길이 없으면 만들어서 간다

길이 없으면 만들어서 간다

현영희 지음

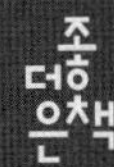

| 책을 내며 |

오랫동안 망설인 끝에 책을 냅니다. 제가 어떻게 지금의 자리에 섰고, 어떤 사람이며 무슨 생각을 하는지를 담은 일종의 자서전입니다.

저는 전문적으로 글을 쓰는 사람이 아닙니다. 그러니 이름을 떨치거나 돈을 벌려는 목적에서 책은 내는 것은 전혀 아닙니다. 또 시의원을 지내고 교육감과 국회의원 선거에도 나섰으니 정치인이라 할 수 있지만 여느 정치인들처럼 출간기념회를 통해 정치자금을 모으거나 정치 디딤돌로 삼기 위해 책을 내는 것도 아닙니다. 그저 10년 넘게 가슴에 담아두었던 절절한 말이 너무 많았기에 서툰 글이지만 책으로 묶어내기로 한 것입니다.

글을 쓰겠다고 덤버드니 참 많은 기억이 주마등처럼 머리를 스쳐 갑니다. 어릴 적 꿈을 키웠던 고향 밀양의 풍경도 떠오르고, 그때를 생각하면 어떻게 견뎌냈을까 싶은 중고교 시절의 고단함도 지금은 그리운 추억입니다. 우리 사회를 위해 뭔가 해보고 싶어 뛰어들었던 유치원 운영으로 받았던 성원이나, 시의원으로 나선 이후 의욕적인 활동을 인정받아 시민단체에 의해 최우수 의원으로 선정되었던 일은 가슴 뿌듯한 보람으로 다가옵니다. 시민들의 성원으로 국회의원이 되었으나 그것도 잠시, 믿었던 이의 배신으로 뜻하지 않게 여의도를 떠나야 했던 순간들까지도……. 보람과 환희, 절망과 좌절 등 참으로 많은 부침이 있었습니다.

무엇보다 국회의원이 되자마자 공천헌금이라는 누명을 쓰게 된 것은 제 인생 최대의 치욕이자 시련이었습니다. 누명을 벗고자 몸부림쳤지만 진실이, 정의가 항상 승리하는 것은 아니란 사실을 절감했을 따름입니다. 한때는 모든 것을 포기하고자 하는 심정이기도 했지만, 마음을 추스르고 비록 빛나지 않더라도 저를 필요로 하는 곳에서 나름의 몫을 하고자 했습니다. 그렇게 해서 문화재단 이사장으로 여성과 아동교육을 위해 다양한 활동을 펼치고, 모교 동창회장, 향우회장 등을 맡아 국회의원 시절이나 유치원을 운영할 때보다 더 분주했습니다. 마지막 남은 저의 자부심을 지키고 여전히 제게 남은 소임을 다하고자 하는 안간힘이기도 했습니다.

그러자니 글을 쓰기까지는 오랜 시간이 흘렀습니다. 생각을 정리하고 자료를 모으는 한편 주변의 도움으로 제 뜻과 걸어온 길을 글로 정리하는 데 십 년 가까운 시간이 들었습니다. 여기에 우리 정치의 이면을 들여다본 제 경험에 비추어 바람직한 정치를 위한 제언도 덧붙였습니다. 다만 이 부분은 시간이 흐르고 정치 상황도 바뀐 만큼 스스로 생각해도 조금 더 다듬을 여지가 있지만 한 시민의 고언이라 여기고 눈여겨 보아주기를 기대합니다.

분명히 말씀드리지만 이 글은 누구를 비난하기 위한 것이 아니고, 정치적 포석을 위한 것도 아닙니다. 이 글은 제 자신과 손주들을 비롯한 가족 그리고 저를 아는 모든 분에게 드리는 일종의 고해성사이자 다짐입니다. 제가 어떤 길을, 무슨 생각으로 어떻게 걸어왔는지 지난날을 돌아보고, 앞으로도 흔들리지 않고 제가 옳다고 생각하는 일, 저를 필요로 하는 곳에서, 모두가 조금이라도 행복해지는 데 나름의 힘을 보태겠다는 뜻을 담은 글이기 때문입니다.

이제 와서 저에게 별다른 명예욕이 있을 리 없습니다. 하지만 '뜻이 있는 곳에 길이 있다'와 'I can do it!'을 좌우명으로, 할 일을 찾아 도전을 거듭해온 인간 현영희의 걸음은 멈추지 않을 것입니다. 그런 만큼 저와 제 가족 그리고 제 이웃들이 조금이라도 살기 좋은 사회를 만들기 위한 저의 노력은 여전히 현재진행형입니다.

이제 글을 마무리하며 50년이 넘도록 삶의 동반자로 희로애락을 함께하며 힘이 되어준 남편 임수복, 그리고 내 삶의 보람인 세 남매와 손주들에게 감사와 사랑을 전합니다.

차 례

1부

뜻이 있는 곳에 길이 있다

나는 한국전쟁이 한창이던 1951년 12월 경남 밀양군 밀양읍 가곡동에서 태어났다. 5남매 중 둘째, 딸로는 맏이였다. 아버지는 당시로는 드문 반농반상(半農半商)이었다. 밀양역에 가까운 가곡동 시장통에 학용품과 일용품, 생필품을 취급하는 가게를 하면서 논밭도 어지간히 있었다. 덕분에 나는 구김살 없이 큰 데다 나름 똘똘해서 국민학교 때는 반장도 곧잘 하는 등 부모님의 자랑거리가 되기도 했다.

하지만 돌이켜보면 나는 부모님 말씀을 고분고분 따르는 순종적인 딸은 아니었다. 고교·대학 진학, 결혼 등 삶의 중요한 순간에 아버지의 뜻을 거스르며 내 꿈을 좇았으니 말이다.

01 ——

꿈은 이루어진다, 명문 경남여고 진학

"나는 나이 열다섯에 학문에 뜻을 두었고(吾十有五而志于學)……"

다들 알다시피 이건 『논어』에 나오는 공자 말씀의 일부다. 여기서 나온 지학(志學)은, 그래서 열다섯 살을 가리키는 말로 쓰일 정도로 유명한 어구다. 조금 거창하게 들릴지 몰라도 나는 그보다 더 이른 열네 살, 그러니까 밀양여중 1학년 때 부산의 명문 경남여고에 가겠다는 야무진 꿈을 품었다. 밀양 읍내에서 자라긴 했지만 내 또래 친구들 대부분이 경남여고 이름은 들어봤을지언정 감히 부산으로 '유학'할 엄두는 내지 못할 때였다.

결과적으로 말하자면 아버지의 뜻과는 다른 꿈이었지만 어쨌든 그것은 '효심'에서 비롯되었다. 그리고 그 꿈은 오늘날의 나를 만든 첫걸음이었다.

오빠 대신 아버지 소원을 풀어드리자

"자식 하나 공부 시키는 것이 이리 힘드나!"

아버지는 마루에 앉아 울음 섞인 목소리로 이리 한탄하셨다. 중학교 1학년 겨울, 어느 날의 일이다. 라디오에서 흘러나오는 부산 동래고 신입생 합격자 명단에서 오빠 이름을 듣고서였다. 어떤 이유에서 그랬는지 모르지만 아버지는 오빠가 법관이 되기를 희망했다. 그러려면 서울대 법대를 가야 하고, 그러기 위해선 먼저 부산의 명문 경남고에 진학해야 한다고 믿었다. 하지만 오빠가 경남고 대신 동래고에 합격하자 그런 속내를 드러낸 것이었다.

'아버지, 제가 대신 아버지 소원을 들어드릴게요!'

아버지가 몹시 낙담한 모습을 보며 오빠 대신 부산의 명문 여고인 경남여고에 가서 아버지 소원을 풀어드리겠다고 속으로 다짐했다. 경남여고 입시가 얼마나 어려운지, 그 준비는 어떻게 해야 하는지도 가늠하지 못한 채 단지 아버지를 기쁘게 해드려야겠다는, 치기 어린 다짐이었다.

하지만 경남여고 가기는 쉽지 않았다. 중학교 2학년 때 진학 희망학교로 '경남여고'를 적어내긴 했지만 실은 만용에 가까웠다. 성적은 괜찮은 편이었지만 당시 나는 공부보다 농구, 송구, 배구 등 운동에 흠뻑 빠졌는데 특히 정구를 좋아해 점심시간에도 학교 정구채를 빌려 정신없이 놀 정도였다. 게다가 영화 보는 것도 즐겨 기를 쓰고 극장에 찾아다니곤 했으니 공부는 자연 뒷전이었다.

그러다가 2학년이 끝나갈 무렵에야 정신이 번쩍 들었다. 수학 시험에서 45점을 받은 것이 계기였다. '아버지 소원을 풀어드리겠다 다짐해 놓고 이게 무슨 꼴이야? 공부를 해야지, 공부!'

그때부터 독하게 공부를 했다. 한데 현실은 만만치 않았다. 무엇보다 아버지는 내 공부에 관심이 없었다. 아니, 관심이 없는 정도가 아니라 '네까짓 게 무슨 경남여고를 가랴'하는 투였다.

그럴 만했다. 오빠는 초등학교 때부터 독채를 얻어 두고 현직 교사에게 과외를 받도록 하는 등 전력을 다해 지원해줬다. 그럼에도 불구하고 경남중에 이어 경남고 입시에도 실패했는데 별다른 사교육을 받지 못한 나야 물어볼 것도 없다는 판단이었으리라. 게다가 아버지는 장자(長子) 우대, 남녀차별 사고방식이 확고한 분이었다. 당시 어른들이 대부분 그렇기는 했지만 아버지는 지금 생각해도 이해가 안 갈 정도로 맏딸인 나의 학업에는 무심했다. 참고서나 문제집도 제대로 사 주지 않아 오빠가 쓰던 책을 물려받아 공부할 정도였으니 말이다.

설상가상으로 나는 오빠와 달리 과외는커녕 온갖 집안일에 시달려야 했다. 대접은 꿈도 못 꾸고 밥 짓는 가마솥에 불 때기, 우물물 길어와 물독 채우기, 어린 동생들 챙기기, 어머니를 도와 가게일 보기 등등 '맏딸은 살림 밑천'이란 말처럼 '집안의 상일꾼' 노릇을 해야 했다. 오죽하면 힘든 일에 지친 나머지 중학교 2학년 때 '나는 데리고 온 자식인가' 싶어 혼자 이불을 뒤집어쓰고 엉엉 울기도 했을까.

길이 없으면 만들어서 간다, '눈치 공부'

어쨌든 본격적으로 공부를 하려니 어려운 점이 한두 가지가 아니었다. 우선 공부할 데가 마땅치 않았다. 당시 우리 집은 방이 두 개여서 안방은 부모님과 막냇동생이 쓰고, 다른 방에서 할머니와 다른 형제들이 지냈다. 좁은 방에 어린 동생들이 북적이니 차분하게 공부할 시간이나 공간이 나질 않았다.

그래 생각해낸 꾀가 '눈치 공부'였다. 저녁 식사를 마친 후 곧바로 잠에 들었다가 동생들이 잠들고 나면 잠자리에서 일어나 심야 공부를 하는 방식을 택했다. 찬물로 세수하고 잠을 쫓은 뒤 마분지를 말아 전등에 갓을 씌워 빛을 낮추고 앉은뱅이 책상에 앉아 밤이 깊도록 책과 씨름했다. 그러다가 안방에서 부스럭 소리가 나면 얼른 전등을 끄고 자는 척하다가 잠잠해지면 다시 일어나 공부하곤 했다. 아버지는 내가 그럭저럭 공부해서 밀양여고에 가기를 바랐기에 경남여고 입시 준비를 마땅치 않게 여겼기 때문이다.

그렇게 식구들 모르게 혼자 공부에 매달린 끝에 다른 과목은 어느 정도 자신감이 생겼지만 수학은 한계에 부닥쳤다. 아무리 애를 써도 도통 실력이 늘지 않았다. 고민 고민하다가 세종고교의 박영돈 선생님을 찾아갔다. 연세대 출신의 박 선생님은 당시 밀양에서 '수학 일타 강사'로 소문이 자자했다. 지금 생각하면 뭘 믿고 그랬나 싶은데 무턱대고 선생님의 신혼집으로 찾아가 과외를 시켜달라고 읍소했다. 그러나 박 선생님은 다른 학교 학생에게 과외를 해주는 건 곤란하다, 중학생은 가르치지 않는다며 단번에 거절했다. 그래도 서너 번을 거듭 찾아가 "도와주세요"라고 읍소한 끝에 결국 그룹을 만들어 오면 가르쳐주겠다는 승낙을 받아내기에 이르렀다.

그렇게 해서 친구들 몇몇을 모아 함께 수학 과외를 받게 됐는데 이제는 과외비가 걸림돌이 됐다. 경남여고 진학에 반대하는 아버지에게서 과외비를 타내기는 어려워 보였기 때문이다. 여기서 또 꾀를 냈다. 그때 집에서 하는 잡화점을 도맡아 보던 어머니에게 수입 중 매일 10원씩 모아 달라고 졸랐다. 그렇게 구리무통에 동전을 모아 매달 과외비 280원을 마련할 수 있었다. 요즘으로 치면 아버지 모르게 '삥땅'을 친 셈이었다.

아버지 모르게 과외를 받다 보니 때로 아버지가 나를 찾으면 친구 집에 놀러 갔노라 둘러대기도 하고, 박 선생님 여유 시간에 맞추느라 때로는 새벽에도 가르침을 받는 강행군이었지만 실력은 쑥쑥 늘었다. 하지만 과외비를 대기 어려워 결국 석 달 만에 내 생애 처음이자 마지막인 사교육은 끝나버렸다. 그래도 그동안 고등학교 1학년 수준까지 선행학습을 하는 등 탄탄한 실력을 쌓은 것이 경남여고 합격에 큰 힘이 되었다.

누가 뭐라 해도 흔들리지 않고 내 길을

"철퍼덕"

난데없는 소리에 퍼뜩 잠이 깼다. 입가에는 침 흘린 자국이 역력했다. 무릎에 군용 담요를 덮은 채 앉은뱅이 책상 앞에 앉아 그대로 선잠이 들었던 모양이었다. 그러다가 절간의 대나무 가지에 얹혀 있던 눈이 제 무게를 못 이겨 땅에 떨어지는 소리에 잠이 깬 것이었다. 중3 겨울방학이 되자 나는 집 근처 절방에서 막바지 고교 입시 공부에 열을 올리던 터였다.

당시 집에서 멀지 않은 곳에 할머니가 다니시던 용궁사란 절이 있었다. 용두목에 자리 잡은 그곳 본전 뒤에 요사채라고 하기에도 뭐한 작은 방이 있었다. 할머니가 부탁하신 덕에 나는 추운 겨울에 그 냉방에서 마지막 정리를 했다. 지금 생각하면 '고시 공부하는 것도 아닌데 무슨 영화를 누리겠다고 그랬을까' 싶지만 당시의 나는 그만큼 절실했다. 형제들과 떨어져 온전히 나 혼자 공부에 빠져들 수 있었던 만큼 나로서는 용궁사에서 보내는 시간이 말할 수 없이 귀했다. 뿐만 아니다. 경남여고 입시를 치르러 아버지 몰래 부산으로 떠날 때 할머니가 나를 데리고 가서 "용왕님, 우야든지 우리 영희 꼭 합격시켜주십사"고 치성을 드린 곳도 용두목 바위였다.

경남여고 시험일이 되자 그런 할머니의 기원을 업고 나는 새벽에 혼자 부산으로 향했다. 당시 중학교 음악 교사였던 고종사촌 오빠가 부산 동대신동에 살았다. 그때까지 몇 번 가 보지도 못한 부산에서 시험 전전날 결혼한 지 얼마 되지도 않은 그 오빠 집으로 찾아들었다.

다음 날은 수험표를 받는 예비소집일이어서 수정동의 경남여고에 가야 했는데 밀양 촌것이 길을 제대로 알 리가 없던 터라 사고가 났다. 물어물어 버스를 탔는데 아뿔싸, 학교와는 반대 방향인 구덕운동장으로 가는 것이었다. 다시 버스를 갈아타니 마침 경남여고 교복을 입은 언니가 눈에 띄길래 잠시도 눈을 떼지 않고 뒤따라간 덕에 간신히 학교에 도착할 수 있었다.

뒤늦게 도착해보니 벌써 수험생들과 학부모들이 운동장에 모여 있었다. 서둘러 달려가는데 그 와중에 체육 선생님을 만나 지각했다는 이유로 한 차례 야단을 맞고서야 수험표를 받을 수 있었다. 그러고는 고종사촌 오빠에게 계속 폐를 끼칠 수 없어 동래고등학교를 다니느라 부산대 앞에서 하숙을 하고 있던 오빠를 찾아갔다.

입시 공부하는 과정도 만만치 않았지만 시험 치기까지도 이토록 곡절이 많았다. 그래도 경남여고에 합격하면 아버지가 기뻐하실 거라는 기대, 흔들리지 않고 올바른 길을 가고 있다는 자신감에 나 자신을 부여잡을 수 있었다.

그간 공부에 온 힘을 다한 덕분인지 시험은 그리 어렵지 않게 느껴져 합격할 수 있겠다는 생각이 들었다. 그런데 시험을 마치고 나오니 어머니가 교문 앞에 와 계셨다. 실은 어머니도 내가 경남여고 진학하는 걸 그리 반기지 않았다. 수학 과외비 마련에는 힘을 보태주기도 했지만 어린 딸이 부모 슬하를 떠나 객지 생활을 할 것이 마음에 걸렸는지 밀양여고에 진학하기를 바랐다. 어느 정도였느냐 하면 뭔가 내 행동이 마음에 안 들어 화가 나실 때면 중학교만 마치면 도자기공장에 보내겠다고 엄포를 놔서 내가 엉엉 울면서 절대로 도자기공장에는 가지 않겠다고 대든 일도 있을 정도였다.

그래도 엄마는 엄마였던가 보다. 혼자 집을 나선 딸이 걱정돼서 점심이라도 사 주려고 오셨다 했다. 집에서 키우던 닭이 낳은 달걀을 판 돈을 들고 부산진역에 내려 허위허위 걸어서 말이다. 어머니 얼굴을 보니 그래도 나를 걱정해주는 사람은 엄마뿐이라는 생각에 눈시울이 붉어지면서도 "뭐하러 왔노?"라고 볼멘소리를 했던 걸 지금도 잊지 못한다. 그날, 어머니와 함께 먹었던 짜장면 맛과 함께.

02 ——

나를 키운 것은 8할이 시련

미국 서부에는 캐나다에서 멕시코 국경까지 이어지는 로키산맥이 있다. 이 장대한 산줄기의 정상에 내리는 빗방울은 작은 차이로 결과가 크게 달라진다고 한다. 서쪽으로 흘러내리는 빗방울은 태평양에 이르고, 동쪽으로는 흘러흘러 대서양에 이르기 때문이다. 불과 몇 센티미터의 차이로 이런 결과가 빚어지니 가히 예전에 어느 TV광고에서 그랬듯이 "순간의 선택이 평생을 좌우하는" 대표적 사례라 할 수 있다.

경남여고 진학이 그랬다. 지금 와서 보면 이는 내 인생의 첫 번째 분기점, 크나큰 전환점이었다. 내가 총동창회장을 맡기도 해서 하는 이야기가 아니라 1960년대 경남여고는, 요즘 말로 하자면 '전국구' 명문이었다. 부산뿐 아니라 경남권의 뛰어난 여학생들이 모여들어 서울의 일류 대학 진학률도 높았고, 사회에 나가 이름을 떨친 동문도 많았다. 그러니 학생들은 서울의 경기여고, 이화여고 못지않다는 자부심이 있었고 주변에서도 이를 인정해 줬다.

이처럼 부산이란 '큰물'에서 엘리트 학우들과 어울리면서 세상을 보는 나의 시야는 넓어졌고, 꿈은 커졌다. 만일 경남여고를 다니지 않았다면 내 인생은 지금과 크게 달랐을 것이다. 사회봉사며 정치 등은 꿈도 꾸지 못하고, 도움이 필요한 이들에게도 손을 내밀지 못하는 그저 그런 삶을 살았을 가능성이 크다.

그토록 경남여고는 내 인생의 행로에서 큰 비중을 차지하지만 실상 나의 여고 시절은 푸르지도 아름답지도 않았다. 낙엽 구르는 것만 봐도 까르르 넘어가고, 걱정 하나 없이 꿈을 키우기는커녕 기차 통학, 입주 가정교사, 오빠 뒷바라지로 이어지는 악전고투의 연속이었다.

철마는 기다려도 오지 않고

"내는 딸년까지 하숙 못 시킨다!"

입학시험을 치르고 밀양의 집으로 돌아와 있다가 신문에 실린 합격자 명단에서 이름을 확인하고 기뻐 어쩔 줄 모르는 내게 아버지가 하신 첫 마디였다. 부모님의 반대를 무릅쓰고 어렵게 공부해서 그 힘들다는 경남여고에 합격했건만 돌아온 것은 아버지의 역정이었다.

지금 생각하면 이해는 간다. 막냇동생까지 형제 다섯을 모두 가르치는 것이 집안 형편상 만만치 않았으리라. 게다가 동래고등학교를 다니던 오빠는 이미 부산에서 하숙을 하고 있던 터였다. 그러나 당시의 나로서는 '왜 내게만 이러나' 싶어 야속하기만 할 수밖에. 훗날 이야기이지만 앞서 분투한 내 덕을 봐서인지 동생 두 명은 순조롭게 부산에서 학교를 다녔으니 말이다.

자칫하면 경남여고에 보내는 대신 밀양여고에 보결로라도 넣어서 나를 주저앉힐 기세였기에 아버지에게 타협안을 냈다.

"하숙이 안 된다면 집에서 기차로 통학하겠습니다."

이렇게 다짐을 하고서야 1966년 나는 꿈에 그리던 경남여고에 다닐 수 있었다. 하지만 현실은 엄혹했으니 기차 통학은 정말 고됐다. 가곡동 집에서 밀양역까지는 10분 정도 걸으면 닿았지만 밀양역에서 부산진역까지는 기차로 한 시간 남짓 걸렸다. 그리고 부산진역에서 학교까지는 또 완만한 오르막길을 15분 정도 종종걸음을 쳐야 했다. 그러니 등교 시간에 대기 위해서는 매일 다른 식구들은 꿈나라를 헤매고 있는 새벽 4시에 일어나 서둘러 준비를 하고는 5시면 집을 나서야 했다.

더 큰 문제는 기차였다. 당시 삼랑진역에서 부산진역까지는 경전선(일명 통학열차라고도 함)이 운행됐지만 밀양역을 지나는 통학 열차는 없어 객차 한두 량을 연결한 군용열차(군인 전용열차)를 타고 다녀야 했다. 그런데 군용열차이다 보니 연착을 하기 일쑤였다. 아무리 기다려도 제시간에 오지 않는 군용열차를 기다리며 역 옆의 우물가 화단에 앉아 책을 보곤 했는데 이를 예쁘게 봐 준 분이 있었다. 부산 철도청으로 통근하던 김만오라는 분이 그런 내가 안 되어 보였는지 한 번씩 급행열차에 태워주곤 했다.

그래도 기차가 연착하는 날이면 여지없이 지각이었으니 '지각대장' 신세를 면하기 어려웠다. 당시 경남여고에는 호랑이 수위 아저씨가 있어 지각생들을 교문 앞에 붙잡아두곤 했는데 내 사정을 알아주어 나만은 지각해도 무사통과시켜주었다. 그래도 다들 교실에 들어가고 난 뒤 텅 빈 운동장을 헉헉대며 가로질러 교실로 향하던 내 심정이 오죽했을까.

한 번은 시험을 치는 날이었는데 그날따라 열차가 감감무소식이었다. 발을 동동 구르는 나를 본 김만오 아저씨가 삼랑진역에 가면 마산에서 오는 기차를 타고 부산으로 갈 수 있다며 차비를 주는 게 아닌가. 덕분에 버스를 타고 삼랑진에 가서 어렵사리 등교할 수 있었지만 숨을 헐떡이며 교실에 이르니 시험시간이 불과 10분밖에 남지 않은 상황이었다. 그래도 선생님이 시험지를 주신 덕분에 다행히 시험을 치를 수 있었지만 결국 10점 만점의 물리시험에서 8점을 받았던 것이 지금도 잊히지 않는다.

툭하면 지각에, 공부라고는 그나마 통학하는 열차에서 겨우 하는 형편이었으니 성적이 상위권에는 들 수 없어 간신히 중간을 갈 정도였다. 그러나 그것보다 나를 힘들게 한 것은 친구 사귀기가 쉽지 않은 점이었다. 예를 들면 단체 영화관람도 못했으니 친구를 사귈 기회 자체가 적었다. 지금은 어떤지 모르지만 당시엔 중간시험이나 기말고사 마지막 날에는 학교에서 단체로 영화를 보러 갔다. 한데 용돈도 넉넉지 않은 데다가 집으로 가는 열차 시간에 쫓기던 나는 단체 영화 관람을 한 번도 가지 못했다. 언젠가 그렇게 영화 〈황태자의 첫사랑〉을 보고 온 다음 날 급우들은 교실에서 발을 구르며 '축배의 노래' 등 영화 속 노래를 흥얼거릴 때 영화를 못 본 나 혼자만 섬처럼 떨어져 겉돌았던 일은 쓰린 기억으로 남아 있다. 요즘 같으면 이른바 왕따 취급을 받기 쉬운 처지였다 할까.

일찌감치 시작한 '교사' 노릇

고단했던 기차 통학은 다행히 고교 1학년으로 끝났다. 2학년이 되면서 운 좋게도 입주 가정교사를 할 수 있었기 때문이다. 초량동에서 입주 가정교사를 하던 선배 언니가 대학에 진학하면서 부산을 떠나게 되자 그 자리를 내게 물려준 덕분이었다.

내가 가르쳐야 하는 학생은 남성초등학교 2학년이었다. 학생

어머니는 매일 저녁이면 한복을 차려입고 집을 비우는 모양새로 보아 지금 생각하면 요정 같은 데서 일하던 분이 아니었나 짐작된다. 자신이 아이를 챙길 수 없는 만큼 꼭 성적을 올려주기보다 동생처럼 돌봐주는 것을 기대한 것이지 싶었지만 그 어머니는 공부 욕심도 남달랐다. 시험에서 언제나 100점을 맞도록 해주기를 바랐다.

그래서 학교 수업을 마치고 돌아오면 밤 9시가 넘도록 아이를 가르치고는 아이가 잠든 밤 10시가 넘어서야 내 공부를 할 수 있었다. 그러다 보니 한 번은 집에 도둑이 들었는데 내가 밤늦도록 공부를 하니 불 꺼지기를 기다리다 허탕을 치고 돌아간 사실을 뒤늦게 알게 된 일도 있다.(예전엔 집에 들어온 도둑이 액땜을 하느라 그런지 꼭 '흔적'을 남기곤 해서 다녀간 걸 알아챌 수 있었다.)

초등학교 2학년에게 뭐 그리 가르칠 게 많았을까, 나는 뭐 그리 악착을 떨며 공부했을까 싶기도 하지만 당시의 나는 가르치는 일이나 내 공부에 열성을 다했다. 교육대학을 나와 초등학교 교사를 지내고 유치원을 세워 원장을 지냈으니 어쩌면 '교사'가 내 적성에 맞거나 운명이었는지도 모르겠다.

남이 해준 밥을 먹으며 공부에 전념할 수 있는 가정교사 생활은 나름 행복했다. 비록 남의 공부를 봐주고서야 가능했지만 그래도 노력하면 기차 통학할 때보다는 훨씬 많은 시간을 내 공부에 쓸 수 있었고, 몸도 덜 고단했다. 게다가 그 집에는 당시로는 귀한 TV가 있어 당시 인기가 높던 TV 드라마를 방영하는 저녁이면 이를 보기 위해 동네 사람들이 모여들 정도로 여유가 있었다. 그 집에서 일하던 가정부도 열심히 사는 내 모습이 안 되어 보였는지 늘 신경 써서 내 도시락을 싸주었다. 풍로에 지은 밥에 김치 쪼가리나 싸 가던 1학년 때 도시락에 비하면, 조금 과장해서 임금님 수라상이라 느껴질 정도였다.

생활은 한결 안정되었지만 집안 형편은 그대로여서 수학여행도 돈이 없어 가지 못했다. 친구들이 모두 설악산으로 떠난 뒤 부산에 홀로 남은 딸이 안쓰러웠던지 아버지가 찾아와 중국음식점에서 탕수육을 사 주며 위로해 준 일이 기억난다. "친구들이 다 함께 가는 수학여행을 보내주지 못해 미안하다"고 하시기에 나는 "괜찮아요, 저는 가지 않아도 상관없어요"라고 오히려 아버지를 안심시켰다.

성격이 그래선지 나는 어려울수록 더 단단해지고, 더 힘을 냈다. 실제로 기차 통학이란 멍에를 벗고 여유를 찾은 나는 합창반이나 MRA(도덕재무장 운동) 등 특별활동도 활발히 하고 진주에서 열린 개천예술제에 참가하는 등 나름 알찬 여고 시절을 보냈다. 여학생답지 않게 나폴레옹 전기나 삼국지 등 어려움을 이겨 낸 인물들 이야기에 빠져 학교 도서관에서 닥치는 대로 책을 빌려 읽은 것도 2학년 때 일이다.

"어떤 어려움이 닥쳐도 견뎌내리라. 짓밟히고 쓰러뜨려도 일어나는 잡초같이."

당시 나의 다짐이었다.

"영희, 갸는 엄청시리 짜게 먹대!"

숙식이 해결되어 모처럼 안락했던 입주 가정교사 생활은 불과 반년 만에 끝났다. 내가 있던 집의 맏딸이 가출을 하는 등 가정불화로 시끄러워졌기에 '더 이상 내가 머물 곳이 아니다' 싶어 스스로 나왔기 때문이다.

이후 연산동에 있던 이모 집에서 한두 달 신세를 지다가 드디어 '독립'을 할 수 있었다. 그간 착실하게 고교 생활을 하면서 어떻게든 해보겠다고 아등바등하는 내 모습이 안쓰러웠던지 아버지가 좌천동에 자취방을 구해준 덕분이었다. 한데 조건이 있었다. 대학입시에 한 차례 실패한 뒤 재수를 하고 있던 오빠 뒷바라지를 하라는 것이었다.

그렇게 고등학교 2학년 2학기 중반부터 오빠와 함께 자취를 시작해서 나중에는 수정동으로 옮겼는데 빨래며 식사 준비까지 내 손으로 해결해야 하는 자취생활은 오빠가 부산대학교 건축과에 입학한 뒤인 고3 때도 내내 이어졌다. 요즘 대부분의 가정에선 고3 수험생이 있다면 입시 공부에 매진하도록 온 가족이 행여 심기를 건드릴까 시한폭탄을 안고 있는 듯, 상전 모시듯 하지만 당시의 나로서는 먼 딴 나라 이야기였다.

그때는 연탄불에 냄비로 밥을 했으니 지금도 냄비 밥을 나만큼 할 수 있는 사람은 없다고 자신할 정도다. 뿐인가. 겨울이면 얼음을 깨서 찬물에 오빠 옷을 빨고, 방바닥에 쪼그리고 앉아 눈치를 보며 밥을 먹기도 했다. 자취방에는 책상이 하나밖에 없어 나는 오빠가 없을 때만 거기서 공부할 수 있었다. 지금은 어떻게 그 엄혹한 시간을 견디며 공부했을까 싶어 나 자신이 스스로 기특하기도 하지만 그때는 마음 편하게 공부하고 누울 수 있는 공간이 생겼다는 것만으로 만족스러웠다.

하지만 어릴 때부터 맏아들 대우를 받아온 오빠는 내 사정을 전혀 배려하지 않았다. 밥이 질면 질다고 잔소리를 하고, 어쩌다 밥을 태우거나 바지를 다릴 때 줄을 맞추지 못하면 험한 소리를 들어야 했다. 게다가 대학에 들어간 뒤로는 툭하면 친구들을 자취방으로 몰고 와 일을 만들었다.

몰려온 오빠 친구들에게 밥을 해주는 것도 내 일이었는데 이게 여간 신경 쓰이는 게 아니었다. 쌀이며 김치는 집에서 보내주는 걸로 그럭저럭 때울 수 있었지만 다른 반찬을 마련하는 게 마땅치 않았다. 집에서 보내주는 적은 돈으로 자취를 하려니 늘 돈에 쪼들렸기 때문이다. 그러니 자연 '내핍생활'을 할 수밖에 없었다. '내핍'이란 제3공화국 시절 활발하게 쓰인 구호로, '가난함을 참고 견딤'이란 뜻이었는데 나는 일찌감치 본의 아니게 내핍생활을 해야 했다. 당시 시장에서 물건을 살 때 최소 단위가 10원이었는데 나는 "깨소금 5원어치 주세요"하는 식으로 '5원 경제'를 실천할 수밖에 없었다.

그래서 꾀를 낸 것이 반찬을 짜게 만들어 조금씩만 먹도록 하자는 것이었다. 가장 만만한 멸치볶음을 할 때 간장을 들이부어 거의 멸치 한 마리로 밥 한 숟갈을 먹을 만큼 짜게 만드는 식이었다. 그러니 내가 한 밥을 먹어본 오빠 친구들 사이에 "영희, 걔는 엄청시리 짜게 먹대"라는 소문이 돌았다는 이야기를 나중에 들었다. 거기엔 그런 '웃픈' 이유가 있었다.

03 ——

대학 진학도, 일도, 사랑도 '마이 웨이'

"오랜 세월이 지난 후 어디에선가/ 나는 한숨 지으며 이야기할 것입니다/ 숲속에 두 갈래 길이 있었고, 나는/ 사람들이 적게 간 길을 택했다고/ 그리고 그것이 내 모든 것을 바꾸어 놓았다고"

이건 미국 시인 로버트 프로스트의 유명한 시 '가지 않은 길'의 마지막 부분이다. 지나온 길을 돌아볼 때면 이 시를 떠올릴 정도로 나는 이 시가 마음에 와닿는다. 고교 진학, 대학과 배우자 선택 등 결정적 순간에 내 의지를 관철하지 않고 주저앉았다면, 그래서 다른 길을 갔다면 어떤 삶을 살았을까 싶어서다.

실제로 우리 모두는 살아가면서 여러 차례 선택의 순간을 맞이한다. 그리고 그 선택에 따라 삶이 달라진다. 한데 그 '선택'을 할 때는 저마다 상황에 따라 여러 가지를 고려하기 마련이다. 예를 들면 어느 것이 자기에게 유리한가 또는 어느 편이 유망한가, 얼마나 좋아하나 등등.

내 경우엔 대부분 선택의 여지가 그리 크지 않았다. '사람들이 적게 간 길' 이런 생각조차 사치였다. 어쩔 수 없는 상황에서 그나마 차선의 길이라도 택하려 고심하고, 일단 선택하면 흔들리지 않고 묵묵히 최선을 다한 것이 내가 걸어온 길이었다.

막히면 돌아서 간다, 대학 진학

고3이던 1968년은 자취를 하며 오빠 뒷바라지하랴, 내 공부에 신경 쓰랴 그야말로 정신없이 지나갔다. 하지만 시간은 무심하게 흘러 대학 진학이란 현실적 문제가 닥쳤다.

사실 나는 대학만큼은 꼭 서울로 진학하고 싶었다. 어쩌면 이런 저런 내 주변 상황에서 탈출하고 싶었는지 모르겠다. 하지만 당시 내 처지로는 이건 이룰 수 없는 꿈이었다. 우선 부모님은 나를 대학에 보낼 생각이 없으셨다. 변호사, 의사 등 '사' 자 붙은 직업을 갖게 해서 자식 덕을 좀 보겠다는 꿈은 아예 꾸지도 않으셨다. 꿈을 펼치도록 돕기는커녕 고교 졸업 후 집에서 살림이나 거들든지 밀양에서 취직을 했다가 어디 공무원하고 결혼시키면 밥술이나 먹지 않겠나 하는 것이 그분들 생각이었다. 똘똘해서 명문고에 다니는 자식이라고는 하지만 딸은 그저 딸일 뿐, 오로지 맏아들인 오빠를 지원하느라 맏딸인 내 장래에는 거의 신경을 쓰지 않았다.

게다가 집안 형편도 여의치 않았다. 초등학생 막내부터 대학 다니는 오빠까지 다섯 남매가 모두 학생이었으니 학비 대기가 만만치 않은 것이 현실이었다. 설상가상으로 그 무렵 아버지가 큰 병을 앓으시는 바람에 가세가 기울었다. 어머니가 부산에서 물건을 떼다가 행상을 할 지경까지 이를 만큼 쪼들렸으니 대학을 가고 싶다는 말은 꺼내지도 못할 형편이었다.

결국 취직 준비를 위해 타자를 배우기로 해서 일종의 교환학생으로 부산상고에 가서 영문 타이핑을 배우기도 했다. 열흘인가 배웠는데 아무리 생각해봐도 이게 아니지 싶었다. 가출하다시피 해서 부산까지 와 갖은 고생을 하며 학교에 다녔는데 여기서 공부를 멈춘다면 모두 헛일 아닌가, 친구들은 모두 대학입시를 위해 영어 단어를 외우고 수학 문제를 푸느라 정신없는데 나는 뭐하고 있는 건가, 내 앞길은 어떻게 되는 건가 등등 별의별 생각이 어지러이 오갔다.

고민 끝에 집을 찾아가 아버지 앞에 무릎을 꿇고 대학을 보내주십사 눈물로 호소했다. 4년제 대학이 어렵다면 교육대학을 보내 달라고 졸랐다. 졸업해서 교사가 되면 동생들 공부를 시키겠노라고 다짐하면서 대학에 보내 달라고 몇 날 며칠을 울며 매달렸다. 나로서는 이왕 서울의 대학을 못 갈 바에야 차선의 길을 택하자는 일종의 전략이었다.

내가 교육대학을 희망한 것은 어린이들을 가르치는 것이 보람이 있어 보이기도 한 것 말고도 여러 이유가 있었다. 서울 유학은 커녕 부산이라도 4년제 대학은 말도 못 꺼낼 처지였는데 교육대학은 국립이고 2년제여서 학비가 적게 든다는 이유가 가장 컸다. 또한 요즘과 달리 졸업만 하면 취업이 보장되었다. 이런 장점을 내세워 설득하니 결국 아버지는 역정을 내면서 "선생질이나 해라. 대신에 네가 동생들 공부를 다 시켜라"란 조건을 붙여 대학 진학을 허락했다.

그렇게 해서 나는 경남여고 교육대반에 들어갈 수 있었다. 당시엔 대학별로 본고사를 치러야 했는데 저마다 시험과목이 달랐다. 이 때문에 학교에서는 막바지에 명문대반, 이대반, 부산대반 하는 식으로 반을 편성해 대학별 맞춤 공부를 시켰다. 그중 교육대반은 공부는 어지간히 하지만 가정형편이 어려운 학생들이 몰렸는데 나 역시 그중 한 명이 된 것이었다.

멀리 뛰기 위한 움츠림, 교육대학 시절

부산 교육대학 시절은 고교 때와 달리 비교적 순탄했다. 딱히 특기할 만한 '사건'도 없었고, 세상 물정에도 어느 정도 눈이 뜨이고 반쯤은 '독립'한 셈이어서 공부에만 몰두할 수 있었기 때문이다. 대신 대학생의 낭만이랄까 로맨스도 없었다.

두 살 차이가 나지만 재수를 했기에 나보다 한 학번 위였던 오빠는 호랑이 같아서 오빠 노릇을 톡톡히 했다. 오빠 친구들 중에 나를 마음에 두었던 이도 있었는데 오빠가 "내 동생은 손대지 마라" 이러면서 딱 지키고 있어 학교 다니는 내내 연애 한 번 제대로 못했다.

그나마 이야깃거리라면 입학 전 아버지에게 약속한 대로 바로 아래 동생을 뒷바라지한 일이다. 지금 생각하면 희한한 일인데 동생 둘은 부산에서 학교를 다녔다. 내가 경남여고에 갈 때는 그리 반대하셨건만 그랬다. 반대를 무릅쓰고 명문 여고에 다니는 내가 내심으로는 자랑스러우셨는지 아니면 '역시 사람은 대처에서 커야 한다'고 생각이 바뀌셨는지 동생들의 '부산 유학'에 적극적이 되었다. 셋째가 고등학교에 갈 때는 아버지가 경남여고 외에는 안 된다고 했다. 고등학교 후배가 된 그 동생과 함께 자취를 하는 일은 오빠 뒷바라지보다는 한결 수월해서 나로서는 별다른 불만이 없었다.

아니, 불만은커녕 오히려 감사한 마음마저 들었다. 물론 오빠나 동생들과 비교해서 서운한 적도 있긴 하지만 아버지 말씀은 곧 법이라 여겼던 데다가 드디어 나름의 자유를 누릴 수 있었기에 그랬다. 지금 돌아봐도 그런 어려움을 이겨낸 경험이 있어서

인지, 이후 살면서 어떤 어려움이 닥쳐도 헤쳐나갈 힘을 얻었다고 생각한다. 그래서 그 시절을 돌아볼 때면 그리움과 더불어 고마움마저 느끼곤 한다.

어쨌거나 교육대학에 다닐 때는 도서관에서 책에 파묻혀 살았다. 비록 차선의 선택이었지만 알아갈수록 어린아이들을 가르친다는 것에 보람과 매력을 느꼈고, 무엇보다 빨리 독립해서 맏딸 구실을 하겠다는 명확한 목표가 있었기에 한눈팔지 않고 공부에 매진했다. 돌아보면 내 인생에서 교육대학 시절은 보다 멀리 뛰기 위해 잠시 움츠리고 힘을 모으던 시기였다.

그 덕분에 1971년 교육대학을 졸업하면서 곧바로 당감초등학교로 발령을 받았다. 당시 부산의 초등학교는 관행적으로 시내 중심에 있는 A급에서, 변두리의 E급까지 등급 구분을 했다. 당감초등학교는 요즘의 '강남 8학군'에 비견할 만한 학군은 아니었지만 꽤 괜찮은 평가를 받는 학교였는데 내 성적이 나름 준수해 그런 배치를 받을 수 있었다. 이때 막냇동생을 수정초등학교로 전학시켜 내가 돌보기로 했다.

당감초등학교에서 처음 맡은 반은 3학년 15반이었다. 그때는 학생 수가 많고 교실이 부족하여 오전 오후반으로 나눠 2부제 수업을 했다. 참스승을 꿈꾸며 출근한 첫날 마주한 초롱초롱한 눈빛들을 지금도 잊을 수 없다. 학생지도나 학부모 면담에 열과 성을 다한 것은 말할 것도 없다.

이 무렵 엉뚱하게도 집에 호루겔 피아노를 들여놓았던 일이 기억난다. 초등학교 교사들은 음악 시간에 풍금을 치며 학생들을 가르쳤기에 필요하기도 했지만 내가 워낙 음악을 좋아해서 저지른 '만행'이었다. 당시 교사 월급으로는 매달 월부 값을 내기가 만만치 않았지만 좁은 자취방에 피아노를 두고 틈나는 대로 뚱땅거리곤 했다. 누구에게 배울 형편은 아니었기에 스스로 교본을 보고 독학을 해서 남 못지않은 실력을 쌓았으니 내게는 음악적 재능이 잠자고 있었던 게 아닌가 혼자 생각한다.

이야기가 조금 다른 데로 새지만 나의 음악 사랑은 이후로도 이어져, 강림문화재단 이사장으로 있으면서 해마다 청소년을 위한 클래식음악회를 열거나 재부(在釜) 밀양향우회장을 맡았을 때는 합창단을 처음 만들어 공연을 하기도 했다. 두 딸이 모두 음악을 전공하게 된 것도 내 영향이 컸고.

우여곡절 끝에 평생 '우군'을 만나다

뭐니 뭐니 해도 교단에 서는 동안 일어난 가장 큰 사건, 아니 내 인생의 가장 큰 결단은 평생의 우군이자 반려자인 남편을 만난 일이라 하겠다.

교사로서 어느 정도 자리를 잡아가고 있던 어느 날 키가 훌쩍

한 웬 남자가 학교로 찾아왔다. 누런 잠바를 걸친 평범한 모습에 처음에는 내가 맡은 학생의 학부모인가 싶었다. 그런데 임수복이라 이름을 밝힌 그는 중학교 때 은사인 최용봉 선생님의 심부름으로 왔다면서 선생님이 나를 만나고 싶어 한다고 했다.

생물을 가르쳤던 최 선생님은 중학교 때 나를 예뻐해 주셨던 데다가 오랜만의 연락이어서 흔쾌히 만나기로 하고 퇴근 후 지금은 없어진 남포동의 부영다방으로 갔다. 하지만 정작 선생님은 오시지 않은 채 문제의 그 남성이 나와 "최 선생님은 급한 일이 생겨 못 오신다고 전화가 왔다"고 하길래 나는 약간 기분이 언짢아져서 간단히 커피만 한 잔 마시고 곧바로 나와버렸다.

그러나 그것이 끝이 아니었다. 알고 보니 그는 당시 철강유통회사의 영업사원이었는데 그 전해 그러니까 1970년 업무차 내가 다니던 부산교육대학에 왔다가 운동장에서 우연히 나를 보고는 맘에 들었다고 했다. 후배였던 교대 직원에게 나에 대해 물어 마침 고향이 같은 밀양인 걸 알고 눈여겨보았다가 최 선생님을 핑계 삼아 당감초등학교로 나를 만나러 온 것이었다. 물론 이건 얼마 뒤 수정동의 한 다방에서 최 선생님과 함께 만난 자리에서 정식 소개를 받으면서 알게 된 사연이었다.

아무튼 나는 그 자리에서 일단 거절했다. 좋고 싫고를 떠나 교단에 선 지 얼마 되지 않아 적응하기에도 바쁘고, 동생도 챙겨야 해서 당장은 연애할 생각이 전혀 없다고 이유를 밝혔다. 더구나

28살 이전에는 결혼할 생각이 없다고 못을 박았다. 한데 그는 끈질겼다. 요즘으로 치면 스토커라 할 정도로 학교로 거듭 찾아오는가 하면 퇴근길을 지키는 등 계속 나를 쫓아다녔다.

그렇게 지극정성을 보이는 데다가 한 번은 거절을 다짐받으려고 들어간 다방에서 이야기 도중에 업무를 위해 전화를 하겠다고 서둘러 자리를 뜨는 모습을 본 걸 계기로 조금씩 마음을 열어갔다. '이 정도로 자기 일에 성실하다면……'하는 생각에 내가 누군가에게 기댄다면 이런 사람이 괜찮지 않을까 하는 마음이 들어서였다.

그의 적극적 공세에 못 이겨 우리 만남이 차츰 깊어가자 나는 아버지 허락을 받아야 한다고 운을 떼었다. 그러자 그는 내 부모님을 찾아뵙겠다고 나섰다. 하지만 문제가 있었다. 우리 둘의 고향인 밀양에서는 돌아가신 그의 아버지에 대한 평이 좋지 않았기 때문이다. 사연을 알고 보면 이해할 만하지만 그의 선친은 술주정뱅이로 가장 노릇을 거의 하지 못한 분으로 소문이 나 있었기에 아버지의 반대는 불 보듯 뻔했다. 그런데 찾아가겠다니 아버지 성미를 아는 나로서는 덜컥 걱정이 들 수밖에. 그래서 어머니에게 편지를 써서 임 아무개가 찾아가도 절대 아버지를 만나지 못하게 해달라고 당부했다.

하지만 그 편지는 아버지 눈에 띄었고, 남편의 가족 사정을 알던 아버지는 친구분들까지 불러놓고 그 사람이 오기를 벼르고 있었단다. 드디어 그 사람이 밀양 집에 찾아가니 아버지가 득달같이 집 밖으로 뛰어나와 이야기는 제대로 듣지도 않고 "절대 안 된다"며 멱살을 잡고서는 집 앞 논두렁에 팽개치더라 했다.

그대로 발길을 돌려 나를 찾아온 그 사람은 모처럼 빼입은 양복에 진흙을 잔뜩 묻힌 채였다. 그 이야기를 들은 나는 울고만 싶었다. 장래의 처가에는 발도 들여놓지 못한 채 논두렁에 자빠진 그 사람의 기분은 어땠을까. 그에게 미안하기도 하고 아버지가 야속하기도 하고 심사가 복잡했다. 하지만 그런 일을 겪으니 오히려 오기 비슷한 것이 생겨나 우리 만남은 더 굳건해졌다.

아버지는 "자식은 애비를 닮는 법"이라며 갈수록 심하게 반대했다. 심지어는 "교사가 연애질이나 하고 다니니 현 아무개를 쫓아내라"는 투서를 내가 근무하던 초등학교 교장선생님에게 보내기도 했을 정도다. 그런데 그 사람도 만만치 않았다. 내 동생이 다니던 경남여고를 무작정 찾아가 이름도 모르면서 용케 만나서는 빵을 사줘 가며 환심을 사기도 하고, 영화관에서 데이트를 할 때면 내 막냇동생을 데려가 우리 둘 사이에 앉히는 식의 조심스런 태도로 우리 아버지 마음을 얻으려 안간힘을 썼다.

옛말에 '자식 이기는 부모 없다'고 했던가. 결국 우리는 아버지의 허락을 얻어내 이듬해인 1972년 부산 남포동의 한 예식장에서 결혼식을 올릴 수 있었다. 초등학교 교사 2년 차, 내 나이 23세였다. 여자 나이 스물다섯이 넘어가면 노처녀라 할 때이고, 내 의지로 맺은 인연이었지만 생각보다 이른 결혼이었다. 그러나 당시나 지금이나 정말 잘한 결정이었다고 생각한다.

솔직히 당시의 일반적인 기준으로 보면 교사인 나에 비해 남편의 조건이 기울었다. 내놓을 만한 집안도 아니고, 모아놓은 재산도 물려받을 재산도 없는, 중소기업의 영업사원으로 홀시어머니에 형제도 여럿인 남자. 반면 여교사는 약사와 더불어 일등 신붓감으로 꼽히던 시절이었으니 아버지가 불같이 화를 낸 것도 이해가 갈 만했다. 하지만 나는 믿었다. 월남 파병을 다녀왔을 만큼 신체 건강하고, 진정으로 나를 사랑해주는 성실한 남자. 둘이 함께 노력하면 어떤 어려움이라도 이겨낼 수 있을 거라고 확신했다.

돌아보면 내 판단은 결과적으로 옳았다. 몇 년 지나지 않아 창업한 남편은 남다른 부지런함과 성실함으로 얼마 안 가 사업을 안정적 궤도에 올려놓았다. 거기에 누구보다 가정에 충실했으니 우리 가족은 물질적으로나 가정적으로 부러울 것이 없이 지냈다. 무엇보다 육영사업에 관심이 있던 내가 유치원을 개원하려 할 때, 시의원 선거에 뛰어들며 정치에 발을 들일 때, 국회의원으로 활동하다가 뜻하지 않은 정치적 시련으로 힘들 때 남편은 항상 나를 믿어주고 물심양면으로 든든한 지원군이 되어주었다. 결혼하고 나서는 장인어른의 사랑을 가장 많이 받는 사위가 된 것도 우리가 열심히 살았던 덕분으로 생각한다.

2부
호랑이처럼 살피고
황소처럼 나아가다

나의 20대는 정신없이 지나갔다. 남들은 대학 다닐 나이에 결혼을 하고, 삼 남매를 낳아 기르고, 맨주먹으로 사업을 시작한 남편의 뒷바라지에 내 꿈을 그려볼 겨를이 없었다. 30대 이후는 달랐다. 유치원 설립으로 시작해 시의원·교육감·국회의원에 도전하며 그야말로 치열하게 살았다. 한마디로 정리하자면 호시우행(虎視牛行)이라 할 수 있다. 하고 싶은 일, 나를 필요로 하는 일을 호랑이처럼 예리하게 찾았고, 일단 목표가 정해지면 한 걸음 한 걸음 소처럼 우직하게 나아갔다. 돌아보면 매번 성공한 것은 아니었지만, 그리고 한 가닥 아쉬움이 없지는 않지만 후회는 없다.

01 ——

모든 것은 유치원에서 비롯되었다

"돈을 벌려고 한다면 하지 마라"

천직으로 알고 섰던 교단을 6년 반 만에 떠나야 했다. 결혼 이듬해 첫 딸을 얻은 것을 시작으로 나는 20대에 3남매의 엄마가 되었는데 육아와 직장생활을 병행하는 것이 너무 힘들었기 때문이다.

당시 교사에게 주어진 출산휴가는 한 달에 불과했다. 그마저도 대신할 임시 교사를 따로 채용하는 것이 아니라 옆 반 교사들이 돌아가며 내가 맡은 반 아이들의 수업을 도와주어 빈자리를 메우는 식이었다. 자연히 집에서 오래 쉬고 몸을 추스르기에는 눈치가 보여 출근을 서둘러야 했던 것이 당시 여교사들이 처한 현실이었다.

내 경우엔 셋째를 낳고서는 출산휴가가 끝난 뒤 아예 업고 학교에 데려갔다. 교무실 옆 숙직실에 아이를 눕혀놓고 쉬는 시간마다 내려와 기저귀를 갈아주고 우유를 먹이곤 했다. 교장 선생님께서 그 모습을 딱하게 여겨 교장 사택의 사모님에게 맡겨놓도록 해주어 쉬는 시간마다 달려가 우유를 먹이고 기저귀를 갈아주고는 했다. 학교에서 기저귀를 빨아 널고 하는 일은 정말 할 짓이 아니었다.

그런 상황이 이어지니 아침에 출근할 때마다 남편은 그만두라 성화였다. 결국 '직장은 다음에 또 가질 수 있지만 육아는 이 시기를 놓쳐버리면 되돌릴 수 없는 거야'란 생각이 들어 고민 끝에 교사생활에 마침표를 찍었다. 1977년 성지초등학교 3학년 담임이 교사로서의 마지막이었다.

그 뒤 몇 년간 아내로, 엄마로만 생활하다가 30대를 맞자 딴 생각이 고개를 들기 시작했다. 이때쯤에는 막내가 유치원에 다니는 등 아이들이 어느 정도 제 앞가림을 하고, 자의 반 타의 반 시작했던 남편의 사업도 어느 정도 궤도에 오른 상태였다. 주위를 돌아볼 여유가 생기니 '내가 뭐 하는 건가? 내 꿈은 어디로 갔나?'하는 의문이 떠올랐다.

그렇다고 돈을 더 벌겠다는 욕심은 아니었다. 어려움이 없었던 것은 아니지만 남편의 사업은 순항 중이어서 경제적으로 안정된 상황이었다. 명예를 바란 것도 아니었다. 원래 남 앞에 서고자 하는 욕망도 없었던 데다가 누군가의 우러름을 받는 것도 마땅치 않았다. 그저 내 도움이 필요한 곳, 내 능력과 재능을 펼쳐볼 수 있는 곳을 찾으려 했다.

그러다가 유치원을 운영하면 어떨까 하는 데 생각이 미쳤다. 앞으로 나 같은 직장여성들이 육아 문제로 고민이 많을 텐데 이들을 도울 수 있는 방법이 무엇일까 고민하다 얻은 아이디어였다. 남편과 의논하니 처음에는 "이제 좀 편하게 살 만해졌으니 가정을 지키는 게 좋지 않겠냐"며 미온적인 태도를 보였지만 나의 고집을 꺾지는 못했다.

그러자 남편은 "유치원을 하되 돈을 벌려면 하지 말고 정말 교육자답게 깨끗하고 올바른 유치원을 하려면 기꺼이 도와주마"란 단서를 붙여 유치원 설립에 찬성했다. 나 역시 유치원을 만들어 돈을 벌 생각은 꿈에도 하지 않았기에 그런 말을 하는 남편이 너무 고마웠다. 남편은 교육은 잘 모르지만 교육자는 어떻게 해야 된다는 나름대로의 철학이 있었던 것 같다.

1980년대 초는 우리나라도 유아교육 붐이 일어나 그 당시 전두환 대통령 부인인 이순자 여사가 잠실에 새세대육영회라는 걸 만들고는 새마을유아원을 육성하기 위해 땅만 있으면 유아원을 짓는 비용 4,000만 원을 지원해주었다. 주변에선 나에게도 새마을유아원을 지으라는 권유가 많았지만 나는 단호히 거절했다. 이유는 그 돈은 언젠가는 나라에 갚아야 할 빚인 만큼 내 소신대로 교육을 하기 어렵기 때문이었다. 또한 대부분의 어린이집 원장들이 교육의 전문성을 가지고 있지 않아 나와는 맞지 않았다. 그래서 나는 교사 출신답게 진정한 교육을 해야 한다고 판단해서 유치원을 하기로 고집을 부렸던 것이다.

다른 유치원과 다른 유치원

그렇게 남편의 전폭적인 지원을 약속받고는 우선 다른 유치원들 견학에 나섰다. 시설이나 교육 모두 이전에 있던 유치원들과는 다른, 진정 어린이들을 위한 제대로 된 유치원을 만들겠다는 꿈을 위해서였다.

한데 잠정적 경쟁자로 생각해서인지 다른 유치원에선 견학을 잘 허용해주지 않았다. 그래서 유아교육 면에서 우리보다 앞선 일본 도쿄의 유치원과 보육원을 방문하기로 했다. 남편의 일본 거래선의 도움을 얻어 찾아간 쇼와유치원, 구니다치 유치원 등에서 여러 가지를 보고 배우며 많은 것을 느꼈다.

특히 시설 하나하나를 아이들 눈높이에 맞춘 점이 눈길을 끌었는데 대표적인 것이 아기 변기였다. 앉아서도 아이들의 발이 닿을 수 있도록 높이를 낮춘 예쁜 아기 변기는 그때까지 우리나라 유치원에서 볼 수 없던 배려였다. 훗날 이야기지만 내가 유치원을 설립할 때 그런 '아기 전용 변기'를 어렵사리 수입해 설치했다. 이는 서울 새세대육영회 부설 유치원에 이어 전국에서 두 번째여서 다른 유치원 관계자들이 구경하러 올 정도였다. 이 밖에 대부분의 시설들도 어린이의 눈높이에 맞춰 설계를 하고 시공을 하여 내가 꿈꾸던 유치원에 한 걸음 더 다가갈 수 있었다.

뿐만 아니다. 일본 유치원에선 영양사가 조리대에서 영양가를 계산하면서 직접 음식을 만들어 주는 모습이 인상적이었다. 어느 새마을유아원에서 길거리에서 파는 어묵을 그대로 양념에 버무려 주는 모습을 보았던 나로서는 일종의 충격이었다. 나중에 내가 운영하던 유치원에선 생수와 유기농 농산물을 전 원아와 교사들에게 공급하고 친구에게 조리사 자격증을 따도록 해서 과자 등 간식거리까지 직접 만들어 주게 된 것도 이때의 경험이 바탕이 되었다.

차근차근 준비를 한 끝에 1983년 부산시 동래구 안락동에 250평 규모의 유치원 부지를 마련할 수 있었다. 물류창고로 쓰기 위해 구입했던 땅을 남편이 내 꿈을 위해 선뜻 쓰라고 내주었다. 부지가 마련되자 나는 모조지 전지를 안방 벽에 붙여놓고 나름의 유치원 설계를 그려나갔다. 일본과 서울의 유치원에서 보았던, 본받을 만한 시설을 일일이 메모해가며 내가 꿈꾸던 이상적인 유치원을 만들려 애썼다. 공사 과정에서 업자들과 수차례 충돌한 끝에 1984년 10월 4일 그토록 꿈꿔왔던 유치원을 드디어 개원하기에 이르렀다.

개원을 앞두고는 당장 원아 모집이 문제였는데 당시로선 드물었던 유치원 버스를 아파트단지 앞에 세워놓고 아이를 데리고 가는 엄마들을 상대로 원생을 모았다. 대신 '다른 유치원에 다니는 유치원생들은 안 받는다'는 원칙을 세우고 이를 충실히 지켰다. 더불어 일체의 잡부금을 걷지 않고, 어쩌다 학부모가 교사에게 건네는 촌지도 강력 금지했다. 다른 유치원들이 원아 모집을 위해 제작하곤 하는 홍보물도 한 번도 만들지 않았다. '그 비용을 아껴 차라리 좋은 교구 갖추는 게 낫다'고 믿어서였다.

남편 회사의 이름을 딴 강림유치원은 이처럼 하드웨어만 남달랐던 것이 아니다. 시설도 '어린이 중심'이란 특징이 도드라졌지만 무엇보다 다른 유치원과 차별화된 것은 소프트웨어였다. 교구도 좋다는 것에는 돈을 아끼지 않았고, 유치원 교사들도 대학에서 유아교육을 전공한 이들을 뽑아 전문성을 살렸다. 원훈을 '튼튼한 어린이, 착한 어린이, 슬기로운 어린이, 꿈을 키우는 어린이'로 정하고 유치원 원가도 내가 직접 작사 작곡했다. 교육과정은 정부에서 마련한 지침대로 따르면서 인성과 사고력, 창의성, 교육에 치중해 운영했다.

가장 큰 특징은 설립 이래 문을 닫을 때까지 영어 조기 교육을 전혀 시키지 않은 것이었다. 물론 영어 교육을 바라는 학부모들도 있긴 했다. 하지만 우리말도 제대로 쓰지 못하는 아동에게 외국어를 가르치는 것은 득보다 실이 많다고 믿어 "아동 발달 단계에 맞춘 국정 교육과정대로 가르치겠다"는 소신을 밀어붙였다.

당시로선 별나다면 별난 이런 교육철학을 펼치기 위해 부모 교육 소책자를 정기적으로 발행한 것도 강림유치원만의 자랑이라 할 만했다. 유아기 교육은 아이, 부모, 교사가 삼위일체가 될 때 가장 효과를 거둘 수 있기에 부모교육에 특히 신경을 썼다. 예를 들어 옆집 아이가 영어학원에 가니까 자기 아이의 뜻은 물어보지도 않고 뒤질세라 덩달아 영어학원에 보낸다면 아이가 영어에 흥미를 느끼고 실력을 키울 수 있을까 하는 질문을 던지는 식이었다.

옳다고 생각하는 일이라 여기면 쉽고 편한 길을 마다하고 우직할 정도로 한 길을 걷는 것은 내가 평생을 일관해온 자세였다. 그런데 이러한 나의 진정은 뜻밖에도 학부모들의 큰 호응을 끌어냈다. 원아들을 진심으로 돌본다는 입소문이 나면서 한 번 우리 유치원에 자녀를 보낸 부모들은 그 동생도 보내는 것이 당연할 정도였다. 그 결과 개원 당시 45명에서 출발하여 이듬해 5학급 200명(5학급 인가)으로 늘 정도로 유치원은 양적으로도 성큼 성장했다. 몇 년 지나지 않아 7학급(3세 1학급, 4세 2학급, 5세 4학급) 규모의 부산의 명문 유치원으로 떠올라 원아 모집 때면 밤샘 대기줄이 생길 정도로 경쟁이 치열했다.

해마다 12월 1일이면 신입 원아를 선착순으로 받는데 전날인 11월 30일 한밤중부터 대기 번호를 받느라 학부모들이 몰려들어 직원들까지 밤샘을 해야 했다. 인기가 얼마나 높았느냐 하면 가까운 주변 사람들이나 힘깨나 있는 이들이 슬그머니 입학 부탁을 하는 일이 적지 않을 정도였다. 내가 그들과 불편한 관계가 되는 것을 무릅쓰고 이런 청탁을 거절하고 원칙을 지켰음은 물론이다.

한편 유치원을 운영하면서 유아교육에 대해 전문적으로 공부할 필요성을 느꼈다. 매일 유치원으로 출근하던 나는 원장실에 앉아 있기보다 수시로 유치원 원아들과 어울리며 필요한 것, 도움이 될 방안을 찾곤 했는데 유아교육 이론을 깊이 안다면 좀 더 도움이 될 수 있을 것 같았다. 1985년 서울대학교에 가서 원장 자격 연수교육을 받은 것이 계기가 됐다. 당시 나는 초등교사 1급 정교사 자격증이 있어 유치원을 운영할 수 있었지만 원장 자격을 얻기 위해서는 이 교육을 받아야 했다. 그 기회에 전국에서 모인 유치원 원장들과 어울리며 노하우를 나누고 강의를 들으니 유치원 경영에서부터 교육 이론까지 얻는 것이 많았지만 배움에 대한 갈증을 풀기엔 뭔가 아쉬웠다.

한 번 목표가 정해지면 한눈팔지 않고 달리는 내 성격이 어디 가겠는가. 그런데 유아교육 이론을 체계적으로 배울 수 있는 곳을 찾자니 현직 원장인 내게 맞춤인 곳이 별로 없었다. 결국 택한 것이 광주 경상대학 유아교육과 편입이었다. 1989년 광주대학교란 종합대학교로 승격한 이곳은 당시엔 직장인들에게 문호를 연 개방대학이었다. 마침 유아교육과가 있었으니 거리가 멀었음에도 불구하고 내게는 선택의 여지가 없었다.

그렇게 해서 2년 반 동안 고3 수험생을 방불케 하는 생활을 했다. 평일엔 유치원 원장으로, 엄마로 지내다가 매주 일요일이면 새벽 4시에 일어나 광주로 가는 학생들을 위한 전세버스를 탔다. 그렇게 남해고속도로를 5~6시간 달려 하루종일 피아제의 인지발달 이론 등과 씨름하고, 과제물 작성하고, 시험공부를 하는 생활을 반복했다. 지금 생각하면 어떻게 그 시간을 견뎠는지 스스로 생각해도 참 대견하다.

당시 큰딸이 서울예고를 다니고 있었기에 강의가 끝나면 광주에서 버스를 타고 서울로 가서는 딸을 위해 밑반찬도 만들어 주고 밀린 빨래도 해주는 등 뒷바라지를 하고는 부산으로 돌아오는 부산→광주→서울→부산 하는 루트로 거의 전국을 순회하는 강행군을 거의 매주 했기 때문이다.

힘들게 대학 공부를 마치고 나니 내 교육방법이 바른길을 가고 있다는 자신감도 생기고, 유아교육에 좀 더 눈이 트이는 효과를 얻었다. 해서 내친김에 더 욕심을 내어 서울의 중앙대학교 교육대학원에 들어가 1992년 석사 학위를 딴 뒤 아예 박사과정을 밟아 2006년에는 문학박사학위(유아교육학 전공)를 받았다.

큰 무대에서 큰일을 해보자

유치원 원장을 하면서 천진난만한 어린이들과 지내며 누리는 재미도 만만치 않았고 어린 자녀를 둔 젊은 직장여성들의 사회생활을 돕는다는 보람도 컸다. 그러면서도 현실적인 어려움은 만만치 않았다.

우리나라에는 유아교육과 관련한 기본법조차 없는 형편이었다. 유아기와 청소년기의 발달이 다른 데도 불구하고 1949년 제정된 초중등교육법을 유치원에 준용하도록 되어 있었다. 그렇다 보니 유치원은 정책의 사각지대에 놓여 있었다. 예를 들면 유치원 교사들은 그 중요성과 역할에 비해 열악한 대우를 받고 있었다. 사립 유치원 교사들의 급료는, 국가가 지원하는 공립 유치원 교사의 50~70% 정도였고 기껏해야 80% 수준에 불과했다. 국가의 동량을 길러낸다는 역할은 마찬가지인데 수익자 부담 원칙이라 해서 사립 유치원에는 정부에서 재정지원을 전혀 하지 않았기 때문이다. 상황이 그러니 사립 유치원의 경우 원아들에게 받는 회비를 모두 쏟아부어도 교사들 월급 주기에 급급할 수밖에 없었다. 내 박사학위 논문의 주제가 '한국 유아교육 재정에 관한 연구'였던 것도 이런 이유가 있었던 것이다.

마침 1998년 부산 유치원연합회 8대 회장을 맡게 되었다. 직능단체의 필요성을 절감해 일찍부터 동래구 유치원연합회에 참여해 활동했지만 내가 이 감투를 원한 것은 아니었다. 사실 한 단체의 대표를 맡기 위해선 철저한 봉사 정신과 희생이 따라야 하지만 어느 정도 연륜이 있는 편이 좋다. 내 경우에는 40대 중반의 젊은 나이였지만 유치원계의 숙원을 푸는 데 자기 일처럼 열심이고 또 일머리가 있다는 점이 인정되어 회장을 맡게 된 것이었다. 말하자면 내가 감투를 욕심낸 게 아니라 '자리'가 나를 찾아온 셈이었다.

회장이 된 나는 자기 유치원만 잘 운영하면 정부가 알아서 도와줄 것이라는 기대를 접고 정부 보조금을 지원받기 위해 이리 뛰고 저리 뛰는 한편 이를 위한 근본 대책으로 유아교육법 제정을 위한 입법운동에 적극 참여했다.

그 결과 1999년 4월 27일 김종필 당시 국무총리를 서울 삼청동 총리공관에서 만나 고충을 전할 수 있었다. 한국유치원총연합회 회장단과 면담하는 자리였는데 부회장이던 나도 함께한 것이었다. 김 총리는 그날 "사립 유치원 교사 1만 9,000여 명에게 매달 3만 원씩 연구수당을 지원하도록 내년 예산에 72억 원을 배정하겠다"고 약속했다. 그러나 재정경제부에서 관련 법이 없다는 이유로 이를 반영하지 않아 결과적으로 무산되었다.

이에 한국유치원총연합회는 하는 수 없이 여의도 고수부지에서 전국적인 집회를 열어 유아교육법 제정과 정부 재정 지원을 촉구하는 시위를 벌이기로 했다. 부산유치원연합회 회장으로 부산지역의 인원 동원을 맡은 나는 각 유치원에서 회비를 갹출하고 상경 시위를 준비했다. 12대의 버스를 마련하고는 당국의 저지를 피하기 위해 새벽 1시에 지역별로 분산, 출발시켰다.

이처럼 군사작전을 방불케 하는 비밀작전을 펼친 끝에 전국에서 모인 5천여 명의 유치원장, 교사들이 고수부지에서 머리에 빨간 띠를 두르고 집회를 연 후 국회 의사당 쪽으로 행진했다. 그 뒤 회장단은 국회에서 각 정당의 대표들을 만나 우리의 입장을 호소했다. 한데 그 후 밖으로 나와보니 부산에서 함께 올라온 일행들이 모두 돌아간 바람에 나만 외톨이가 된 게 아닌가. 소지품을 버스에 두고 내린 터라 차비도 없어 쩔쩔매다가 마침 서울의 원장 한 분을 만나 돈을 빌려 귀향하는 해프닝을 겪기도 했다.

유아교육법은 그 뒤 한나라당의 김정숙 의원의 주도로 16대 국회에서 발의되어 2004년 1월 8일 국회 본회의에서 가결되었다. 김 의원은 고려대 교육학과 출신으로 당시 국회에선 보기 드문 교육 전문가였다. 유아교육법 제정에는 뒷이야기가 있으니 법안 통과 전 나는 여성 정치 참여 문제로 인연이 있던 한나라당의 김 의원에게 "중앙대학교의 이원영 교수에게 관련 자료를 받을 수 있다"고 귀띔해 세 사람이 만나는 자리를 마련했다. 한국유아교육학회 회장을 역임하기도 한 이 교수는 내가 강림유치원을 개원하자마자 세미나에 초청했던 분으로 나중에 그분의 가르침을 받기 위해서 중앙대학교 대학원으로 진학해 지도교수로 모신 인연이 있었다. 그날 박관용 국회의장이 유아교육법 가결을 선포하기 위해 의사봉을 두드리는 모습을 TV로 지켜보던 이 교수는 그간의 긴장이 풀리자 그 자리에서 쓰러져 병원에 실려 갔을 만큼 유아교육법 제정에 혼신의 힘을 쏟은, 유아교육계의 거목이자 정신적 지주였다.

아무튼 30대에 유치원 원장을 시작해서 40대 후반까지 유치원연합회 활동을 하면서 나는 작은 이익에 연연하지 않고 대의를 위해 헌신하면 언젠가는 주위의 인정을 받을 수 있다는 깨달음과 자신감을 얻었다. 또한 옳은 일이라면 무엇이든 겁내지 않고 벌이는 추진력과 조직력을 주변에서 인정받고 각계 인사들과 교류하면서 활동 외연을 넓힐 수 있었다. 그리고 이런 결실은 "유아교육계를 위해 더 큰일을 해주면 좋겠다"는 기대와 무언의 압력(?)으로 이어졌다. 이는 내가 정치판이라는 더 큰 무대에서 활동하는 단초가 되었다.

그러나 아쉽게도 강림유치원은 32년 만에 문을 닫았다. 온갖 정성과 열정을 기울인 유치원이었지만, 유아교육 전문가로서 올바른 유아정책 수립에 힘을 보태고자 국회의원이 되었던 내가 뜻하지 않은 누명을 쓰고 학부모와 아이들 앞에 선다는 게 부끄럽기도 하고 나의 자존심이 허락하지 않았기에 내린 판단에 따른 것이었다. 다만 지금도 주변의 많은 사람이 강림유치원을 그리워하고 있다는 이야기를 들을 때면 마음이 아프다.

02 ——

안락·명장의 '큰며느리'로 나서다

내가 처음부터 정치에 뜻을 두었던 것은 아니다. 남들 앞에 나서기를 꺼렸고 권력 지향적인 성격도 아니었다. 한데 유치원연합회 회장을 맡으면서 나도 몰랐던 사명감, 추진력, 조직력이 발현되었다. 그러자 정치가 내게로 왔다.

뜻을 펼치려 '진흙탕'에 뛰어들다

2002년 제3회 전국 동시 지방선거를 앞두고 부산시 동래구 국회의원이었던 박관용 의원이 사람을 보내 제4대 부산 시의회 의원에 출마를 권유해왔다. 마침 강림유치원이 동래구 안락동에 있기도 했고 부산 유치원연합회장으로서 유아교육 여건을 개선하기 위해 의원 면담, 집단 시위, 세미나 개최 등 이리 뛰고 저리 뛰는 모습을 눈여겨보았던 모양이었다.

실은 박 의원의 이런 권유가 처음은 아니었다. 그보다 4년 전 제3대 시의원을 뽑는 선거를 앞두고도 '당신 같은 인물이라면 정치를 해도 되겠다'며 출마 의사를 물어온 일이 있었다. 그러나 남편이 "당신이 몰라서 그러는데 선거판은 진흙탕 싸움이다. 왜 그런데 끼어드느냐? 정 정치를 하려거든 이혼하고 나가라"고 노발대발하는 바람에 거절한 일이 있었다.

그러나 두 번째 출마 제의에는 솔깃했다. 유아교육법 하나 없고, 정책 입안자들 중에 유아교육 전문가 한 사람 없는 현실의 벽을 뛰어넘으려면 정책 수립 단계에서 유아교육계의 목소리를 대변할 수 있는 사람이 필요하다는 사실을 절감했기 때문이었다. 그렇지 않아도 이를 위해 한나라당 중앙위원(교육 분야)을 맡기도 하고 한때는 부산시 교육위원에 출마할 생각도 했을 정도로 갈증을 느끼던 차였다. 남편도 부산시 교육을 위해 헌신해보고 싶다는 내 의지에 찬성해 "교육위원이라면……"하고 양해했으나 갈수록 시의원 출마를 권하는 주변 인사들이 늘어났다. 어느 어린이집 원장은 "시의원 출마만 하면 전력을 다해 돕겠다"고 할 정도였다. 여기에 국제신문의 김미선 부장이나 PSB(현 KNN)의 성현숙 기자가 부산에서도 여성 정치인을 키워야 한다는 요지의 호의적 칼럼을 쓴 것도 남편의 마음을 움직이는 데 적지 않은 도움이 됐다.

때마침 여성 정치인을 위한 우호적 환경이 조성되기도 했다. 한나라당 중앙여성국(김정숙 위원장)에서 여성 정치지망생들을 위한 여성정치아카데미를 열었다. 이 아카데미에 입학한 나는 매주 한 차례 서울로 올라가 유권자들에게 인사하는 법부터 시작해 실제적인 선거 노하우를 익혔다.

이 무렵 김정숙 위원장은 "당신같이 정치를 위한 모든 것을 갖춘 사람은 흔치 않다"며 시의원 선거 참여를 적극 권했다. 이에 용기를 얻은 나는 본격적인 출마 준비에 들어갔다. 며칠 동안 말도 건네지 않을 정도로 정치 입문을 줄곧 반대했던 남편도 내가 "당신이 정 이혼하자면 이혼하고 출마하겠다"고 당차게 나서자 나중에는 유세장에 직접 와서 응원할 정도로 태도를 바꿨다.

이렇게 시의원 출마를 결심했지만 그 길은 쉽지 않았다. 당 중앙위원이지만 당의 조직 체계는 전혀 모르고, 더구나 직접 선거를 치른 적도 없었으니 당연했다. 차선책으로 비례대표에 도전해볼까 싶어 박관용 의원에게 상의하니 비례대표는 당을 위한 공로가 많은 사람이어야 하는데 그것도 경쟁이 치열하다는 대답을 들었다. 비례대표 되기가 그렇게 어렵다는 이야기를 들으니 이왕 정치에 발을 들여놓는다면 비례대표보다는 당당히 지역구에 도전하는 것이 낫겠다는 생각이 슬며시 들었다.

그래서 내가 살던 동래구에서 출마할 것을 고려하던 중 좋은 소식이 들려왔다. 강림유치원이 있던 안락 · 명장 지역의 한나라당 소속 재선 시의원이 구청장 선거에 나서기 위해 시의원 출마를 포기한다는 것이었다. 박관용 의원이 부산에서 처음으로 경선을 통해 시의원 후보를 결정하겠다고 밝혔기에 당내 경선을 통과해야 한나라당 후보가 될 수 있었는데 기득권을 가진 현역 시의원이 떠나면 내가 유리해진다는 의미였다. 결과적으로 나는 경선 없이 한나라당 후보로 결정될 수 있었다.

그러나 당 후보로 선택된 것과 '진흙탕 싸움'이라 불리는 '본선'에서의 승리는 또 다른 문제였다. 의욕은 컸지만 선거사무실이며 선거운동원들은 어떻게 준비할 건지, 공약 마련이며 득표 활동은 어떻게 하는 건지 당장 해결해야 할 문제가 하나둘이 아니었다. 게다가 한나라 당내 구청장 후보 경선에 탈락한 안락·명장 출신의 재선 시의원이 돌연 무소속 후보로 시의원에 다시 도전하겠다고 나섰기에 더욱 험난한 선거가 기다리고 있었다.

"집에서 밥이나 하지"

선거전은 그야말로 진흙탕 싸움이었다. 치열하단 말도 부족할 지경이었다. 후보 개인의 흠결을 샅샅이 뒤져내어 공격하는 것은 물론 표를 얻는 데 도움이 된다 싶으면 가족사도 들춰내고, 없는 말도 지어내는 흑색선전도 난무했다.

2002년 6월 13일 제3회 전국 동시 지방선거 당시 부산시 동래구 안락 · 명장 지구에서 시의원이 되겠다고 나서 나와 경쟁한 이들은, 한나라당 구청장 공천에서 탈락한 재선 시의원과 민주당 · 민노당에서 각각 1명씩이었다. 그중 내가 가장 초보 후보였다. 정당인이나 보좌관 등 정치판에서 지내던 사람이 아니라 유치원 운영에 전력을 기울였던 '교육자'인 내가 당 조직 운영은커녕 그런 이전투구를 해보았을 리가 없었다. 게다가 안락 · 명장 선거구는 부산에서도 유교 성향이 강한 보수적 지역이었다. 여기에 여성인 내가 후보로 나섰으니 이곳 어르신들은 탐탁지 않게 여겼다. 다른 후보자들에 비해 인지도도 낮아 첫 여론조사에서는 지지도가 10%도 안 될 정도였다.

그래도 일단 출사표를 던졌으니 최선을 다하기로 했다. 박관용 의원의 도움으로 동래지구당 사무국의 지원을 받아 사무장 등 인력을 충당하고 '안락 · 명장의 큰며느리, 새 바람 새 일꾼'을 모토로 선거운동에 돌입했다. 9만여 명에 이르는 지역 유권자들 모두에게 진심을 가지고 다가가면 통할 것이라고 믿어 온 힘을 쏟았다.

처음엔 유권자들의 반응이 시큰둥했다. "정치라면 아예 꼴도 보기 싫다"고 외면하는 이들은 그래도 견딜 만했다. 시장, 버스 정류장 등을 찾아 인사를 하니 "집에서 밥이나 하지, 여자가 왜 정치판에 나왔냐?"고 핀잔하거나 "재수 없다"며 받은 명함을 내가 보는 자리에서 바로 버려 버리는 이들에게도 웃는 얼굴을 보여야 했다. 그나마 곳곳에서 만난 강림유치원 원아들과 졸업생 학부모들에게서 힘을 얻을 수 있었다. 이들이 내가 얼마나 사심 없이 유치원을 운영하는지, 얼마나 믿음직한 일꾼인지에 대해 주변에 입소문을 내주었다.

선거운동을 하면서 느낀 것도 적지 않았다. 당시 온천천이 동래구와 연제구 사이를 흘렀는데 그 주변 풍광이 딴판이었다. 연제구 쪽은 공공근로자를 많이 동원해 주변 환경을 가꿨지만 동래구 쪽은 아예 방치해 놓아 형편없었다. 이게 주민들의 큰 불만 사항이어서 동래구 주민 중에는 "연제구는 남한이고 동래구는 북한"이란 말이 나올 정도였다. 나는 이런 지역 민원을 빠짐없이 메모했다가 나중에 정당연설회에서 조목조목 대안을 제시해 유권자들의 마음을 얻었다. 또 명장동에는 2, 3층 건물의 지하에서 가동되는 영세 가내수공업이 많았다. 이곳을 찾으니 여성 근로자들이 화학섬유 냄새가 진동하고 먼지가 맴도는 곳에서 재봉틀을 돌리고 있었다. 한 분 한 분 일일이 악수를 하며 지지를 호소하자니 문득 목걸이를 하고 반지를 낀 내 모습이 민망해졌다. 그 자리에서 슬그머니 손가락의 반지를 뺀 뒤 지금까지도 어지간하면 반지를 끼지 않는다.

선거운동의 고비는 정당연설회였다. 초등학교 5학년 때 한국전쟁 기념 웅변대회에 반 대표로 나가본 것 말고는 대중연설이

처음인 데다 선거 판세를 좌우하는 자리여서 '잘할 수 있을까' 무척 긴장이 되었다. 남에게 맡길 수 없어 직접 정치에 대한 내 생각, 선거운동에서 느낀 점, 앞으로의 포부를 중심으로 연설문을 공들여 썼더니만 안락초등학교에서 열린 정당연설회를 지켜본 박관용 의원이 "잘했다"고 격려해주어 용기를 얻을 수 있었다.

이렇게 선거운동을 하다 보니 주민들의 여론이 달라지는 게 피부로 느껴졌다. 단순히 감투가 욕심나서 나선 게 아니라 지역 주민을 위해 최선을 다하려는 내 진심이 통했다 할까. 발품을 팔아가며 안락 · 명장을 누비며 인사를 하고, 주민들 목소리에 귀 기울이니 차츰 얼굴을 알아봐 주는 이들도 늘었고, "여성이 많이 진출해야 정치가 깨끗해질 것"이라든가 "인상이 후덕하니 그야말로 큰 살림을 잘 꾸려갈 맏며느리감"이라는 말이 돌면서 인지도와 지지도가 점점 올라갔다.

그렇다고 선거운동이 순탄하기만 한 것은 아니었다. 한 다른 당 후보 부인이 선거법 위반으로 나를 고발해서 선관위로부터 경고를 받기도 했고 투표일을 이틀 앞두고는 나를 비방하는 괴문서가 지역 아파트마다 뿌려져 경찰이 출동해 밤새 수거하는 소동이 벌어지기도 했다.

결정적으로 선거운동 막바지 합동연설회에서 나에 대한 인신공격이 펼쳐졌다. 첫 번째 연설에 나선 무소속 후보가 "현영희는 재산이 많은 데도 불구하고 세금을 제대로 내지 않았다"고 공격하는 게 아닌가. 지역 주민들을 위한 비전을 제시해야 할 자리에서 상대 후보에 대한 네거티브 공격을 시도한 것이었다. 사실 선거운동 기간 중 상대 후보들은 내내 탈세 문제로 나를 공격했지만 이는 근거가 없었다. 후보자 등록을 할 때 규정에 따라 내 재산과 남편의 재산을 합쳐 신고하고 세금은 '내 재산'에 관련된 부분만 신고했다. 그러다 보니 사업을 하는 남편과 합친 '우리 재산'에 비해 유치원 원장인 '내 세금'은 많지 않았다. 유치원을 운영하면 재산세를 감면해주기에 생긴 결과였는데 법적으로 아무 문제가 없는 조치였다.

마지막 연설자로 나선 나는 이 악의적인 인신공격에 의연하게 대처했다. "근거가 없는 황당한 이야기이므로 대응하지 않겠다"고 한마디 하고는 원래 원고대로 지역 현안에 대한 내 의견과 의정활동 포부만 또박또박 풀어나갔다. 물론 상대 후보들에 대한 인신공격은 일체 하지 않았다. 사실 여부는 '나 몰라라' 하고 '우선 물고 뜯어보자'는 공격에 당당하게 대응한 결과 합동연설회는 우려와는 달리 승패를 결정짓는 자리가 됐다. 유권자들이 나의 건설적인 비전 제시에 손을 들어준 것이었다.

그 결과 나는 득표율 55%란 압도적 득표로 시의원에 당선되었다. 10% 미만의 지지도에서 출발해 거둔 압승을 두고 나는 지역 유권자들에 감사하는 한편 초심을 잊지 말자고 다짐했다. 이제 정치 초년생에게 표를 준 유권자들의 뜻을 마음에 새기고, 권력이나 명예에 취하지 않는 지역의 심부름꾼으로 최선을 다하는 것이 내가 할 일이었다.

잊지 못할 정치 스승, 박관용·김정숙 의원

일찍이 공자는 50세를 일러 지천명(知天命)이라 했다. 하늘의 명을 알았다는 뜻인데 공교롭게도 내가 정치에 본격적으로 발을 들여놓은 때가 51세였다. 늦었다면 늦은 나이에 시작했지만 다행히도 나는 두 분의 훌륭한 정치 스승을 만나는 행운을 누렸다. 2002년 건국 이래 세 번째로, 그리고 6공화국 들어 최초로 야당 출신이면서 국회의장이 된 박관용 의원과, 제14·15·16대 국회의원을 지내며 많은 후배 여성 정치인들을 키워낸 김정숙 의원이 그분들이다.

박 의원은 지역구가 동래구이고 내가 세운 강림유치원이 동래구의 안락동이었던 만큼 이래저래 인연이 있을 수밖에 없었다. 앞서 이야기했듯이 내 활동을 지켜보던 박 의원이 내게 시의원 출마를 권유했으니 나를 정치로 이끌어준 인도자였다. 시의원 출마 뜻을 밝히는 자리에서 박 의원은 조심스레 물었다. “남편께서 동의해 주었느냐”면서 “선거판이 진흙탕인데 연약한 여성으로 상처라도 받지 않을지 염려스럽다”고 여러 가지 조언을 해주었다.

뒷날 듣기론 박 의원은 여성인 나에게 공천을 주었다 해서 지역 유지들로부터 야단(?)을 맞기도 했는데 "이제는 시대가 바뀌었다. 여성이 많이 진출해야 정치판이 깨끗해질 수 있다"고 적극 설득했다고 한다. 그러면서도 내게는 그에 대해선 한마디도 하지 않을 정도로 배려해 주었다. 뿐만 아니라 선거운동을 돕도록 지구당 조직을 지원하기도 했고, 정당연설회에 참석해 찬조연설을 통해 당원과 주민들이 나에 대해 오해하는 부분을 조목조목 풀어주는 등 여러 면에서 실질적인 도움을 주었다.

박 의원은 선거운동 때만 도움을 준 것이 아니다. 시의원 시절을 거쳐 나중에 국회의원 선거에 나설 때도 수시로 찾아가 인사를 드리고 조언을 얻었으니 진정한 정치 스승이라 할 만했다. 물론 혹여 내가 정치를 하는 동안 다른 이들에게 손가락질을 받을 일이 있었다면 그것은 전적으로 나의 모자람 탓이지만.

시의원을 막 시작했을 때 일이다. 상임위 중 보사환경위원회에 배정되었다. 유아교육 전문가였으니 내심 전공 분야인 행정문화교육위에 들어가기를 희망했기에 배정 결과가 그리 맘에 들지 않았다. 이런 내 심정을 들은 박 의원은 "물론 원하는 위원회에 가면 좋겠지만, 다른 위원회에서 다양한 분야의 일을 해보는 것도 중요하다"고 조언했다. 여기 더해 무슨 일을 맡든 업무와 관련해서는 의원으로서 최선을 다해야 하지만 다른 사람의 자존심에 상처를 주어서는 안 된다고 했다. 그러면서 "항상 사람을 차지 말고

공을 차도록 노력하라"고 일러주셨다. 무슨 일을 하든 사람은 사람, 일은 일로 구분하라는 그 말씀은 이후 내 정치 인생뿐 아니라 일상에서도 귀중한 나침반이 되었다.

김정숙 의원 또한 여의도를 떠난 뒤에도 때때로 찾아뵙고 좋은 말씀을 듣는 멘토이다. 조지 워싱턴대학교에서 교육학 박사학위를 받은 김 의원은, 국회에서 몇 안 되는 교육 전문가로 2004년 유아교육법이 통과되는 데 결정적인 역할을 한 분이다. 거기에 한나라당 최고위원, 대선 중앙선대위 부위원장, 여성위원장 등 중책을 맡으면서 많은 여성 정치지망생들을 길러내고 조언도 하는 등, 든든한 여성 정치 대모(代母) 역할을 했다. 제16대 국회에서는 여성들의 정치 참여 문호를 확대하기 위해 지역 의원의 30%, 비례대표의 50%를 여성들에게 할당하도록 강력하게 주장했지만 정작 당신은 17대 국회에 입성하지 못하는 등 가진 능력이나 인품에 비해 제대로 빛을 보지 못해 아쉽기도 했다. 하지만 정치를 그만둔 뒤에도 계속 여성 지도자들을 길러내기 위해 노력했으며 세계여성단체협의회장을 역임하는 등 지금도 여성지도자회장을 맡아 활발히 활동하고 계신다.

아무튼 한나라당의 여성정치아카데미에서 인연을 맺은 김 의원은 정치 햇병아리인 내가 걸음마를 걸을 수 있도록 여러 가지로 도움을 주셨다. 여성의 정치참여 확대를 모색하는 '21세기 여성정치연합'이란 모임을 결성하고 아직 어떤 선출직도 맡지 못한 내게 부산지부장을 맡으라 권한 분도 김 의원이다. 그 제의에 따라 2002년 3월 부산 롯데호텔에서 창립대회를 열고 나의 정치 입문을 공식화하는 한편 여성 정치인들과의 인적 네트워크를 구성할 수 있었다.

내가 선거운동 경험이 없어 비례대표로 시의원에 출마할지 고민하자 김 의원은 "도둑질을 했어? 무엇이 겁나? 왜 선거를 못해?"하면서 무조건 지역구로 시의원 후보 등록을 하라고 독려했다. 그런 점을 보면 무척 도전적인 듯하지만 의외로 자상한 면도 있었다. 내가 한나라당 시의원 예비후보 등록을 하니 당시 당 최고위원이던 김 의원이 여성 후보들을 중앙으로 불러 가슴에 꽃을 달아주며 격려해준 기억도 난다. 물론 숫기가 없었던 나는 그 자리에서 가슴에 꽃을 다는 것마저 조심스러워 사람들이 쳐다볼 때는 달고 안 볼 때는 떼고 했을 정도였지만 말이다. 또한 선거운동 기간 중 그토록 바쁜 와중에도 나를 위해 안락초등학교에서 열린 정당연설회에 참석해 찬조연설을 하며 응원해준 사실도 잊을 수 없는 고마운 기억 중 하나이다.

03 ——

시민단체도 인정한 참일꾼

질문도 할 줄 모르는 햇병아리 의원

선거가 있은 지 한 달이 채 안 지난 2002년 7월 9일 제4대 부산시의회가 개원했다. 지역구 의원 40명, 비례대표 4명, 총 44명의 의원으로 구성되었다. 의사당 본회의장에서 의원 선서를 하면서 나는 마음이 설레는 한편, 지역 주민의 참일꾼이 되겠다는 초심을 잃지 않고 하나하나 배우면서 의정활동을 하겠다고 다시 한 번 다짐했다. 당초 내가 정치에 발을 들여놓은 것은 바람직한 유아교육을 위해 조금이라도 힘을 보태고 싶다는 이유에서였고, 안장 · 명장 지구 유권자들의 선택을 받은 '주민 심부름꾼'이 되었으니 이에 충실하자는 마음이었다.

사실 선거 전과 당선 후의 처신이 달라지는 정치인들이 적지 않다. 선거운동 기간에는 한 표라도 더 얻기 위해 평소에는 잘 가지 않던 재래시장에 들러 서민 코스프레를 하거나 심지어 음성 나환자의 손도 덥석 잡으며 간이라도 빼줄 듯하다가도 막상 당선되면 자기가 잘 나서 '배지'를 달게 된 줄 알고 돌변하는 정치꾼들이 자주 우리 눈에 띄는 것이 현실이다. 뿐만 아니다. 유권자를 위한 심부름꾼이라는 인식 없이, 특권을 누리고 권한과 정보를 이용하여 자기 이익을 우선 챙기거나 소속 정당이나 정파의 이익, 혹은 오로지 표심만을 얻기 위해 소신을 굽히고 바꾸는 정치인도 드물지 않게 본다.

그런 정치인이 되고 싶지 않았기에 나름대로 세 가지 원칙을 정했다. 신의, 도덕, 전문성이 그것이었다. 일상생활에서도 그렇지만 정치에서 가장 중요한 것은 신의라고 나는 믿는다. 정치인으로서의 신의는 무엇보다 유권자들과의 약속을 지키는 것이다. 바로 선거운동 과정에서 했던 온갖 화려한 약속을 충실히 지키는 것이 의원이 가장 중요시해야 하는 덕목이라고 믿는다. 도덕 또한 별게 아니다. 물론 정치인에게는 보통사람보다 높은 수준의 도덕이 요구되지만 그것은 '비리 없는 정치인'으로 한마디로 요약할 수 있다. 전문성은 내 전공인 교육 분야에서 갈고닦은 지식을 살려 시정(市政)이 시민을 위해 제대로 운영되는 데 도움이 되겠다는 다짐이었다.

그러나 초선 의원이었던 만큼 의욕만 앞섰지 출발은 순탄하지 않았다. 시정에 관한 지식, 입법 과정 등 의회 활동에 관한 기본 지식이 부족함을 절감해야 했다. 상임위원회도 내가 잘 아는 분야여서 내심 희망했던 행정문화교육위원회가 아니라 낯선 보사환경위원회에 배정되는 바람에 이런 아쉬움은 더 컸다. 어느 정도였느냐 하면 질의 응답 절차도 잘 몰라 상임위원회가 열린 첫날 발언을 전혀 못 했다. 상임위 전문위원이 보다 못해 "의원님, 질문을 하나라도 하셔야 합니다"라고 조언했을 정도였다. 게다가 동료 의원들로부터 "여성 시의원은 초상집에서 밤샘도 못 한다"는 비아냥까지 들어야 했다.

나는 생각이 달랐다. 전문 지식이나 정확한 정보도 없이 공무원들을 상대로 호통만 치는 의원은 되고 싶지 않았다. 의회 본연의 목적인 견제와 감시를 하기 위해선 시 행정을 꼼꼼히 파악해 예산 하나라도 제대로 따지는 것이 먼저라고 믿어서였다. 그런 의미에서 선배 의원들의 발언을 듣는 것 자체가 내겐 공부였다. 초상집에서 꼭 밤샘을 할 생각도 없었다. 주민들의 손발이 되고, 주민 의사를 시정에 반영하는 주민들의 입이 되기 위해선 다른 방법, 더 효과적인 길이 있다고 여겼다. 사실 나라 살림이나 지역 살림이나 가정 살림과 다를 것이 없다. 규모만 다를 뿐이지 근본 이치는 같기 때문이다. 그런 의미에서 주민들 곁에서 고충과 민원을 들어주고, 적절한 해결책을 찾아 주민의 아픔과 불편은 덜어주고 기쁨과 편익을 키우는 '생활 정치'가 내가 꿈꾸는 정치였다.

'생활 정치'의 달인으로 우뚝

국회의원, 특히 지역구 선출 의원의 역할은 다소 모순적인 면이 있다. 지역 주민의 대표 역할과 나라 전체의 이익을 우선할 것인가 하는 문제가 충돌하는 경우가 더러 있기 때문이다. 예를 들어 고용 확대 등 출신 지역 발전을 위해서는 공항을 신설하는 것이 필요하지만 이용객이 터무니없이 적다든가 해서 국가 전체적으로 보면 자원 낭비 등의 우려가 있을 경우가 그렇다. 해당 의원은 지역 유권자들의 편익을 앞세울지, 국가 차원의 큰 안목에서 보아야 할지 하는 딜레마에 빠질 수밖에 없다.

나는 시의원은 조금 다르다고 생각한다. 시 전체의 공공선(公共善)을 고려해야겠지만 주민과 함께하는 생활 정치를 펴는 것이 시의원의 으뜸 업무라고 본다. 국가나 지방정부가 국민의 복지나 편의를 위해 나름대로 정책을 펴고는 있지만 실제로는 지역 구석구석마다 미처 풀지 못한 숙원사업이나 고충이 남아 있다. 대형 국책사업이나 정책 때문에 우선순위에서 밀리는 이런 지역 문제를 파악하고 해결책을 모색하는 것이 생활 정치이자 시의원의 우선 책무라고 나는 믿는다.

생소한 보건 환경 문제를 다루게 되어 당황한 것도 잠시, 나는 착실하게 공부하며 할 일을 찾았다. 당시 시의원들에게는 국회의원과 달리 정책보좌관이 붙지 않았기에 나는 발품을 팔아가며 현장을 찾고, 불편을 호소하는 목소리에 귀를 기울였다. 그 덕에 여러 가지 일을 할 수 있었다. 지역 주민들을 만나보면 시청이나 구청에서 큰돈을 들일 요구를 하는 것이 아니었다. 음식물쓰레기 분리가 힘들다, 어디 좁은 가로에 횡단보도와 인도가 없어 불편하다 등등 작은 불편이나 불만을 덜어 달라는 소박한 요구였다.

예컨대 명장동 언덕의 시싯골 가로환경 정리가 그런 예였다. 용인고교와 대명여고 두 학교 학생들이 오가는 이 길은 어둡고 지저분해 주민들의 민원이 컸음에도 오랫동안 방치된 상태였다. 나는 시 예산을 배정받고 관련 공무원들을 격려해가면서 업자 선정에서 시공 과정까지 꼼꼼히 챙겼다. 보안등과 안전한 인도, 스쿨 존 설치까지 마무리되자 "작은 길도 이렇게 잘 바꿀 수 있다"고 소문이 나 다른 구에서 견학을 올 정도였다.

자원봉사자들이 할아버지 할머니에게 한글을 가르치는 지역의 한 대안학교를 가 보니 사정이 열악했다. 한 달 운영비가 20만 원밖에 안 되어 남들이 버린 책걸상을 주워 와 쓰는가 하면, 교사들이 자기 주머니를 털어 간식 등을 해결하는 형편이었다. 나는 시의회에서 부산 전체의 10여 개 대안학교 운영비를 증액, 배정하라고 촉구했다.

지역을 다녀보니 가난하고 소외된 이들의 어려움이 눈에 들어왔다. 그중 생활보호대상자인 독거노인들이 긴급한 상황 때 소방본부에 알려 도움을 요청할 수 있는 '무선 페이징' 보급이 지지

부진한 것을 알게 됐다. 한 사람당 1만 5천 원의 비용이 필요한데 국비 지원이 없어 절반으로 깎였다는 사실을 알게 되어 시 단독으로라도 추경예산을 확보하여 지급하라고 촉구하기도 했다.

무엇보다 뚜렷한 성과를 보여 뿌듯했던 것이 쓰레기봉투가 구(區)마다 달라 주민들이 불편해 하던 것을 해결한 일이다. 당시 부산시는 구별로 쓰레기봉투 색깔이 달라 흰색, 분홍색, 파란색 등 10여 가지에 이르렀다. 그러다 보니 다른 구의 쓰레기봉투는 수거하지 않아 동래구에 살던 이가 연제구로 이사 가면 예전에 쓰던 쓰레기봉투는 쓰지 못하는 등 불편이 따랐다. 사소하다면 사소한 문제지만 조례를 바꾸지 않고도 해결할 수 있는 사안이라서 나는 시의회에서 5분 발언을 통해 쓰레기봉투의 문제점을 지적하고 통일할 것을 제안해 흰색과 파란색으로 통일하고 어느 구에서든지 쓸 수 있도록 하는 성과를 거뒀다.

그 뒤로도 환경친화형 쇼핑용 베주머니 보급, 시립 오페라단 창단과 오페라하우스 건립 제안 등 지역구를 넘어 시의원 본분에 충실한 활동을 이어갔다. 뿐만 아니라 저출산 문제 해결을 위한 육아 지원책을 제안하는 등 시의원 수준을 뛰어넘는 의정활동을 펼쳤다. 이렇게 발로 뛰면서 현장의 목소리를 들어 합리적이고 효율적인 해결책을 찾고, 막무가내식 인신공격 대신 건설적 비판을 하고, 지역을 챙기되 지역 이기주의를 넘어 부산시 전체를 의식하는 활동을 하니 자연스레 동료 의원들과 시 공무원 그리고 주민들의 인정을 받게 되었다.

최고 득표율로 이어진 '으뜸 의원'

제4대 부산시의회에서 전반기는 보사환경위원회, 후반기는 행정문화교육위원회에서 상임위원회 활동을 했는데 임기 마지막 해인 2006년 겹경사를 맞았다. 그해 4월 17일 부산 경제정의실천연합회에서 실시한 제4대 부산시의회 시의원 의정활동 평가에서 내가 1위를 차지한 것이 첫 번째 경사였다. 당시 부산일보는 다음과 같이 보도했다.

부산 경실련은 제4대 부산시의회 의원들을 대상으로 본회의 및 상임위 활동, 특위 활동 등을 종합해 평가한 '제4대 부산시의회 하반기 및 전체 의정활동 평가보고서'를 17일 발표했다. 부산 경실련은 또 이를 지난 2004년 실시한 전반기 평가 성적과 합산해 제4대 시의회 종합의정활동 평가도 함께 공개했다.

경실련 보고서에 따르면 후반기 의정활동 평가에서는 행정문화교육위원회 현영희 의원이 1천 점 만점에 660점으로 1위를 차지했다.……한편 전·후반기 통틀어 초선 의원들의 활약이 돋보이는 경향을 나타냈으며 비례대표와 여성의원들이 상대적으로 적극적인 의정활동을 보인 것으로 평가됐다.……이번 의정평가는 지난 2004년 7월부터 2006년 1월까지의 기간 동안 부산시의원 39명을 대상으로 출석 일수나 발언 횟수 등 수치를 분석한 정량평가와 정책능력, 적극성, 전문성, 성과 등의 내용을 평가한 정성평가를 실시해 이를 1천 점으로 수치화하는 방식으로 이뤄졌다. 또 이번 후반기 평가내용과 지난 전반기 평가내용을 각각 1천 점씩 합산해 제4대 시의원 의정활동 종합평가도 함께 실시했다.……(2006년 4월 18일)

경실련이 어떤 단체인가. 진보 성향의 시민단체 아닌가. 여기서 실시한 의정활동 평가에서 당시 여당인 한나라당의 초선 여성의원인 내가 전반기 버금(우수) 의원, 후반기 으뜸(최우수) 의원으로 뽑혔으니 이건 누구도 이의를 제기할 수 없는 성적표였다. 질문도 제대로 할 줄 모르는 햇병아리 의원이었던 내가 꾸준히 최선을 다해 펼친 의정활동이 제대로 평가를 받은 듯해 뿌듯했다. 이와 함께 앞으로 의정활동을 더욱 열심히 하라는 채찍으로 받아들여 신발끈을 조여 매었다.

이 같은 평가는 그해 5월 31일 실시된 지방선거에서 두 번째 경사로 이어졌다. 다시 한나라당 시의원 후보로 출마한 나는 부산 전체에서 최다 득표와 최고 득표율(76.3%)이란 압도적 승리를 거두었던 것이다. 재선 의원으로 입성한 제5대 부산시의회에서는 건설교통위원회로 자리를 옮겼는데 이는 부산시의회 15년 역사상 최초의 여성위원이었다.

나는 여성의 장점인 섬세함을 살려 남성의원들이 별로 관심을 가지지 않는 도시 미관과 보행환경 개선사업 등과 함께 자동차 중심의 교통체계를 혁파하는 데 주안점을 두었다. 이를 위해 나는 2007년 상반기에 '자전거 조례' 제정에 온 힘을 쏟았다. 이는 자전거 도로 조성 등 자전거를 타기 위한 여건을 조성하기 위한 제도 마련이 목적으로 성사가 되면 매연과 소음으로 뒤덮인 부산을 녹색도시로 만들어 환경을 보호하고 에너지를 절약하는 효과가 기대되었다. 의회 전문위원의 도움을 받아 외부 전문가를 초청해 워크숍을 개최하자 부산시도 적극 호응해 그해 5월 '부산시 자전거 이용 활성화에 관한 조례안'이 시의회 본회의를 통과했다. 이로써 부산시는 자전거 이용시설 정비계획을 5년마다 수립하고 그 시행계획을 매년 수립, 시행하게끔 되었다. '자전거 조례'의 주역으로서 나는 부산 사랑 범시민 자전거연합회장을 맡게 되어 신문 인터뷰나 방송의 대담 프로에 등장하는 등 안락 · 명장을 넘어 부산 전체에서 인지도가 높아져 뜻하지 않게 여러 공직을 맡게 되었다.

그중에는 2008년에는 부산빙상경기연맹 회장에 추대되어 부산체육회 산하 40여 개 경기단체 중에 유일한 여성회장이란 기록을 세운 일도 있다. 이를 계기로 동계스포츠의 불모지였던 부산에서 빙상 붐을 일으키기 위해 어린 빙상 선수를 후원하는 등 정치 외 영역으로까지 활동폭이 다양해지고 넓어졌다.

04 ——

실패는 있어도 좌절은 없다

큰 꿈을 위해 날개를 펴다

재선 시의원이니 제법 익숙해질 만도 했지만 오히려 정신없이 바빴다. 지역구 현안 챙기는 것은 당연했고, '자전거 조례' 추진, 아동기금 부재 등 시정의 문제점을 파악하고 지적하기 위해 상임위와 관련된 건설교통 현장까지 다녀야 했다. 여기에 박사과정을 밟느라 대학원이 있는 서울과 부산을 분주하게 오가야 했다.

그렇게 아내, 엄마, 시의원, 대학원생 등 일인다역을 충실히 하다 보니 '열심히 하면 되겠다' '진심은 통하는구나' 싶은 생각이 들면서 자신감이 생겨났다. 현장답사 등 꼼꼼한 조사, 예리하지만 합리적인 비판과 대안 제시를 이어가는 데다, 부산시의회 최초로 상임위 회의에서 컴퓨터 화면을 띄워놓고 질문하는 등 참신한 의정활동에 대한 언론의 평가도 호의적이었고, 주변에서도 "국회의원급 시의원"이란 이야기가 심심찮게 나왔다.

이를 반영하듯 점차 중앙정치와의 연(緣)이 생기기 시작했다. 2006년 12월 21일 자 부산일보에는 "여풍당당 한나라 시의원, 현영희 의원 등 중앙 주요 기구 연이어 진출"이란 기사가 실렸다. "부산시의회 현영희 의원은 최근 전국여성대회 선출 전국위원 5인 몫으로 국회 상임위원장, 시·도 당위원장 등 1백 명 이내로 구성되는 임기 1년의 당 상임전국위원회 위원으로 임명됐다.……"면서 부산의 한나라당 여성 시의원들이 최근 중앙당 및 시당 주요 기구의 위원으로 속속 진출하는 등 내년 대선을 앞두고 파워를 과시하고 있다는 내용이었다.

한나라당 전국위원회는 매달 두 차례 정기회의를 열었기에 나는 시의원 업무에 더해 당의 전국 관련 업무까지 관심을 기울이면서 중앙당사에서 열리는 회의를 위해 서울을 오가야 했다. 한번 중앙정치와 연이 닿자 갈수록 깊숙이 발을 들여놓게 되었던 것이다.

당시는 2007년 12월 19일 실시되는 제17대 대통령 선거를 앞두고 박근혜 이명박 손학규 세 분이 한나라당 후보가 되기 위해 치열한 경쟁을 벌일 때였다. 자연스레 당내에서도 진영이 갈렸는데 나는 박근혜 후보를 지지했다. 여기에는 사연이 있다. 그저 같은 여성이어서 지지한 게 아니었다. 박 후보가 한나라당 대표가 될 때 "나는 아버지도 어머니도 잃고 지금 꿈밖에 남은 게 없다. 그러니 나는 국민만 바라보고 가겠다"는 요지의 연설을 했다. 나 또한 한 사람의 정치인으로서 '국민만 바라보고 가겠다'는 그 말이 크게 와닿았기에 박 후보를 위해 전력을 다했다.

박근혜 진영의 S의원이 주축이 되어 '포럼 부산비전'이란 연구모임을 결성했는데 나는 Y의원의 추천으로 공동대표가 되었다. 또 전문직 여성 리더들이 참여해 여성 권익향상과 사회참여 활성화를 모색하는 '부산 여성 희망포럼'의 공동대표를 맡아 2007년 5월 코모도호텔에서 발기인대회를 치렀다. 당시에는 한나라당 후보가 되면 대통령 당선이 거의 확실시되는 분위기여서, 손학규 전 경기 지사가 경선 룰에 반발해 탈당하는 등 당내 경선 자체가 그야말로 생사 대적을 눈앞에 둔 듯 치열했다. 우리는 자비까지 들여가며 전력을 기울였지만 아쉽게도 박근혜 후보는 당내 경선에서 패배했다. BBK 주가 조작 의혹 등 악재가 쏟아졌기에 이 같은 결과를 납득하기 어려웠지만 어쨌든 승복하지 않을 수 없었다. 경선 패배 후 '포럼'의 존속 여부가 거론됐지만 우리는 다음을 기다리며 '포럼' 활동을 계속하기로 했다. 한데 이런 활동이 중앙정치무대로 날개를 펴려는 나의 발목을 잡을 줄은 당시로선 전혀 생각하지 못했다.

펼쳐 보지도 못한 채 지다

나는 2007년 말 시의원에서 사퇴했다. 다음 해 4월에 치러질 18대 국회의원 선거에 나서기 위해서는 선거법에 따라 시의원에서 물러나야 했기 때문이다. 이런 결정을 하기까지에는 고민이 많았다. 시의원으로서 나름 인정도 받고 있는데 장래가 불확실한 국회의원에 출마하는 것이 과연 잘하는 결정인지 조심스럽기도 했고 임기 도중 사퇴는 안락 · 명장 유권자들과의 약속을 저버리는 셈이어서 적잖이 고민했다. 하지만 우리나라 교육을 위한 큰 그림을 그려보겠다던 정치 입문 당시의 초심을 떠올리며 결단을 내렸다. 막상 시의원이 되어보니 지역 문제에 매달리느라 제대로 된 교육정책을 제안하고, 시행하는 데 한계를 느낀 점도 작용했다.

여기에 내가 부산시 동래구에서 출마 결심을 하게 된 계기가 있었다. 나는 시의원 시절 매달 첫째 월요일에 내 지역구의 구의원 4명과 조찬 모임을 이어가고 있었다. 달리 큰 뜻이 있었던 것은 아니고 우리끼리 모여 현장의 고충을 듣고 의견을 나누는 일종의 연구모임이었다. 그런데 당시 동래구 의원이던 L 의원이 그게 신경이 거슬렸던지 가만히 있어도 당선이 될 텐데 왜 자꾸 일을 만드느냐며 모임을 하지 말라는 압력을 간접적으로 계속하는 바람에 그만둔 일이 있었다.

게다가 하루는 그 의원이 불러 갔더니만 선거운동을 하려니 경비도 들고 한다면서 5,000만 원이 필요하다고 하는 게 아닌가. 나는 기가 막혔지만 생각해 보겠다 답하고 돌아 나온 일이 있었다. 이런 일을 겪고 나니 깨끗하게만 정치해도 국회의원 평균은 하겠다 싶은 생각이 들어 출마 결심을 굳혔다. 게다가 시의원 활동을 곁에서 지켜본 남편도 내가 정치를 잘한다 싶었는지 만류하지 않은 것도 힘이 됐다.

그렇게 해서 제18대 국회의원 선거를 앞두고 나를 포함해 현역 L 의원과, 의사 한 분, O 변호사 등 4명이 부산시 동래구에서 공천 신청을 했다. 심사과정에서 지역 여론이나 정치 경력, 여성 정치인으로서의 희소성 등 어느 모로 보나 내가 유력해 보였다. 이건 근거 없는 자신감이 아니었던 것이 공천 발표 전날 당시 한나라당 사무총장이던 부산 출신의 A 의원이 "이제 선거 준비를 하라"고 언질을 주고는 상경했을 정도였다.

그러나 막상 발표는 O 변호사의 공천이었다. O 변호사는 이명박 대통령에게 제기된 각종 의혹을 방어하는 데 앞장서 '일등공신'으로 꼽히는 측근이었다. 반면에 나는 부산에서 '박근혜 사람'으로 지목되었기에 공천 후보 명단에 1순위로 올라갔지만 막판에 뒤집혔다는 이야기를 나중에 전해 들었다. 결국 소신에 따라 박근혜 후보를 지지했던 것이 내 정치 행보에 걸림돌이 되었던 것이다. 나는 울산 등 경남의 여성 정치인들과 함께 중앙당사 앞에서 여성 정치인 홀대에 항의하는 시위를 벌이기도 했지만 공천 심사 결과를 뒤집을 수는 없었다.

그러나 여기에는 뒷이야기가 있으니 '친박연대'에서 내게 손짓한 일이다. 당시 MB계가 주도했던 한나라당 공천은 '친박 학살'이라 불렸을 정도로 박근혜계 의원들을 철저히 배제했다. 이에 반발한 낙천 의원들은 한나라당을 탈당해 부산에서는 김무성 의원을 중심으로 무소속연대를 만들었으며 서청원 전 대표는 '친박연대'를 만들었다. "살아서 돌아오라"는 박근혜 전 한나라당 대표의 격려에 힘입었는지 4월 9일 총선에서 무소속연대 대부분이 당선되었고 친박연대는 비례대표를 8명이나 배출했다. 선거 전에 서청원 친박연대 대표가 나에게 몇 번이나 비례대표를 제안했던 일이 있었다. 하지만 남편의 반대도 있고 해서 친박연대에 가지 않았다. 대신 솔직히 그다지 내키지는 않았지만 O후보 지원 활동을 했다. 그러나 지역 기반이 약했던 그는 낙선하고 무소속으로 출마했던 구청장 출신의 L 후보가 당선되고 말았다.

이렇게 해서 중앙 정치무대를 향한 나의 첫 도전은 실패로 끝나고 나는 본의 아닌 정치적 '동면'에 들어가 유치원 운영에만 전념하게 되었다.

교훈을 얻은 교육감 선거 패배

제18대 국회의원 선거에서 낙천한 후 나는 2년 가까이 강림유치원 일에만 매달렸다. 한데 2010년 6월 제5회 전국 동시 지방선거가 다가오자 주변에서 재도전을 권유하는 목소리가 높아졌다. 지방의회 의원이나 지방자치단체장 후보로 나서라는 이야기가 아니었다. 정치권을 향해 대변해줄 목소리가 아쉬웠던 유아교육계를 중심으로 "당신은 정치가가 아니라 교육자"라며 "교육감에 도전해보라"는 응원의 목소리가 높아졌다. 그러자 교육에 관한 내 비전을 구현하는 데는 교육감이 오히려 나을 수 있다는 생각이 드는 데다 내 포부를 알고 있던 남편도 교육감 선거에 나선다면 말리지 않겠다는 뜻을 비춰 용기를 내어 교육감 후보로 나섰다.

나는 후보 등록을 한 뒤 선거사무실을 마련하는 한편 "현명한 현영희, 원칙과 신뢰의 교육"을 슬로건으로 정하고, 공약집을 제작하는 등 본격적인 선거운동에 들어갔다. 나로서는 20년 넘게 유아교육에 종사하면서 박사학위를 따는 등 전문성을 쌓았고 시의원 활동으로 지명도가 있는 만큼 다른 후보에 비해 유리할 것으로 판단했지만 현실은 기대와 달리 만만치 않았다.

우선 교육감 선거는 부산 전역을 대상으로 하기에 시의원 선거는 물론 지역구 국회의원 선거보다 큰 판이었다. 그런데 교육감 후보의 조건 중에 과거 일 년 동안 비정당인이어야 한다는 조향이 있다. 교육에서 정치색을 탈피하려는 의도지만 정치적 성향이 선거에 큰 영향을 미친다는 현실을 무시한 규정이었다. 어쨌거나 당 조직을 활용하기는커녕 선거 포스터 등 각종 홍보물에도 정당 소속을 표시할 수 없는 형편이어서 '로또 선거' 혹은 '개인기'에 의존한 선거를 치러야 했다. 공약과 후보 이름을 알릴 방법도 마땅치 않으니 유권자들은 후보들을 제대로 알지도 못한 채 투표할 수밖에 없는 상황이었다. 더구나 지방의원 등과 함께 투표해야 했기에 유권자들은 헷갈려 했는데 유세를 위해 처음 찾은 시장에서 어느 상인이 내게 "어제 왔다 가 놓고는 왜 또 왔느냐?"고 핀잔하는 웃지 못할 풍경이 빚어지기도 했다. 외모가 비슷한 다른 후보로 착각한 것이었다.

여기에 진보 진영에선 단일 후보를 냈지만 보수 진영에선 6~7명의 후보가 난립해 표가 갈리니 그나마 교육감 출마 경험이 있는 후보가 지명도에서 유리했다. 내가 주동이 되어 보수 진영 후보 간의 단일화를 추진했지만 성사되지 못한 상태에서 후보자 기호를 추첨으로 정했는데 여기서 나로서는 최악의 결과가 나왔다. 내 번호가 5번으로 나온 것이다. 선거를 치러본 사람들은 알겠지만 후보의 기호 순번도 당락에 미치는 영향이 적지 않다. 의원선거에서 의석 수대로 1번, 2번을 정하는 이유가 여기에 있다. 대부분의 유권자가 후보의 적격성을 따지는 대신 투표소에 가기 전에 이미 선택할 '번호'를 정해 놓기 때문이다. 뒷번호는 아예 이름도 보지 않는 경우가 많다.

당시 선거에서도 기호 1번을 받은 초등학교 교장 출신의 L 후보가 당선됐다. 그는 바로 전의 2007년 교육감 선거에 출마해 3위를 한 기록도 있고 이번에 기호 1번을 받은 것이 주효했던 것이다. 즉, 한나라당을 연상케 하는 기호 1번을 뽑은 덕을 본 '로또 선거'라고 어느 언론의 보도도 있었다. 나는 유효 21만여 표, 득표율 15.45%로 3위에 그쳤다. 그래도 동래구에선 득표 1위를 했기에 나를 믿어주는 유권자들이 있다는 사실에서 작은 위안을 얻을 수 있었다.

아쉬움도 많았지만 교육감 선거라는 큰 선거에서 많은 것을 배웠다. 선거운동을 돕겠다고 온 사무국장이 비용을 받아 처리했다고 말만 하고는 현수막도 제대로 붙이지 않는 등 선거꾼들의 '장난'에 헛돈을 쓴 쓰라린 경험을 하면서 선거자금 관리와 조직 활용에 관해 느낀 바가 많았다. 이와 함께 교육감 선거를 지자체장과 러닝메이트 식으로 묶어 투표하게 하고, 기호순으로 세로로 배치된 투표용지도 바꿔야겠다는 개선점을 절감한 것도 소득이라면 소득이었다.

3부

누가 나에게 돌을 던지랴

어렵사리 제19대 국회에 입성했는데 개원한 지 몇 달 안 된 2012년 8월 이른바 '3억 공천헌금 의혹'이 터졌다. 이후 약 17개월간에 걸쳐 검찰 수사와 재판을 받은 끝에 의원직을 내려놓아야 했다. 여의도를 떠난 이후 내가 걸어온 길이 의미 없다고는 할 수 없지만 그 사건을 고비로 내 삶은 '사건 이전'과 '사건 이후'로 크게 달라졌다.

결론부터 말하면 공천헌금이란 사실 자체가 없었다.

저지르지도 않은 허물을 뒤집어쓰고, 국회의원으로서 막 꿈을 펼치려다가 불의의 낙마를 하게 된 내 심정이 어땠겠는가. 또 그로 인해 내가 받은 수모는 어디서 씻을 것이며 10년간 피선거권이 제한된 데 따른 내 인생의 공백은 어디서 어떻게 채울 것인가.

01 ——

3전4기 끝에 여의도 입성

지역구 후보 낙천의 아픔을 딛고

2010년 교육감 선거에 실패하고 나니 정말 허탈했다. 사는 게 싫을 정도였다. 도망가고 싶었지만 소중한 가족을 생각하니 내 마음대로 할 수가 없었다. 그렇게 1년여간 마음고생에 시달리고 나니 어느덧 제19대 국회의원 선거를 앞에 두게 되었다. 나는 나이도 있는 만큼 2012년 총선에서 정치 인생의 마지막 도전을 하기로 결심하고 남편과 상의했다.

하지만 남편은 내가 정치하는 것을 반대했다. "이제 경제적 여유도 생기고 했으니 건강도 챙기면서 좀 여유 있게 살자"면서 "다른 봉사의 길이 얼마든지 있다"고 다시 정치에 뛰어드는 걸 만류했다. 우리 가족만 잘살 게 아니라 할 수만 있다면 더불어 잘

사는 사회를 만드는 데 작은 힘이라도 보태야 한다고 믿었던 나는 남편을 설득하다 못해 "당신 같은 사람 때문에 나라가 발전이 안 된다"고 화를 내기도 했다. 결국 남편은 "이제 마지막으로 생각하고 최선을 다하라"며 생각을 바꾸기에 이르렀다.

나는 처음부터 지역구 출마를 겨냥했다. 비례대표를 희망하는 것은 여성의 나약함을 보여주는 것 같았다. 물론 지역구에서 당선되려면 치열한 선거전에서 이겨야 하지만 나는 시의원 선거 2번, 교육감 선거도 직접 치러봤고, 대통령 선거, 국회의원 선거 등도 몇 차례 간접적으로 치렀기 때문에 나름 자신이 있었다. 다시 한번 '뜻이 있는 곳에 길이 있다'는 격언을 되새기며 계획을 세워 차분하게 하나하나 준비를 해나갔다.

출마 지역을 고민한 끝에 정치적으로 키워준 동래를 떠나 중·동구를 선택했다. 나를 정치의 길로 이끌어준 박관용 의원과 동래구의 현역 이진복 의원과의 인간관계도 고려했지만 나의 모교인 경남여고가 동구에 있고 신혼살림을 동구 수정동에서 시작했던 인연 때문인지 마음이 쏠렸다. 여기에 당시 언론에서 중·동구에서 5선에 도전하던 현역 C 의원을 두고 컷오프 대상 의원 중 한 명이라고 언급했던 점도 작용했다.

새누리당의 중·동구 공천을 신청하기로 한 나는 최소 경비와 최소 인원, 최단 기간을 선거운동의 콘셉트로 잡았다. 그리고 앞서 시의원 선거부터 인연을 맺었던 몇몇 자원봉사자들에게 도와

달라고 부탁을 해서 구정이 지난 뒤 선관위에 등록한 후 2012년 2월 초 사무실을 열었다. 예비 후보 운동을 하면서 자원봉사자들에게 "절대 선거법은 어기면 안 된다. 모르는 것은 반드시 선관위에 물어보면서 하라"고 거듭 신신당부했다. 이미 선거경험이 있던 나로서는 선거법을 어기면 시작도 해보기 전에 낙마한다는 사실을 알았기에 특히 강조했던 것이다.

그러나 나와 내 주변 사람들의 노력에도 불구하고 3월 8일 발표된 새누리당 공천에서는 현역의 이점을 충분히 살린 C 의원이 중·동구 후보로 결정되었다. 당시 지역 여론의 동향이나 당에 대한 공헌, 당선 가능성, 여성 정치인에 대한 배려 등을 고려했을 때 내가 유력했기에 나로서는 받아들이기 어려운 결과였다. 너무나 억울하여 서울의 새누리당 중앙당사를 찾기도 했으나 별 뾰족한 수가 있을 리 없었다.

그런데 비례대표로 18대 의원이었던 K 여성위원장을 만나 호소하니 그도 매우 마음 아파하며 비례대표라도 넣어보는 게 어떠냐고 조언을 해주었다. 많은 주변 사람들도 나를 위로하면서 비례대표라도 넣어보면 어떻겠느냐고 하는 데다 곁에서 나의 노력을 지켜보았던 남편도 너무 안타깝게 생각하여 "비례라도 한번 넣어보자"고 용기를 불어넣어 주었다.

결국 '그래, 이대로 주저앉을 수 없다. 밑져봤자 본전'이라는 생각에 부랴부랴 공천 신청 서류를 준비해서 비례대표 신청 마감

일 오후 늦게 거의 마지막으로 접수했다. 듣자니 이미 500명이 넘는 비례대표 후보들이 신청했고 비공개까지 하면 600명 정도가 된다고 해서 나는 큰 기대는 하지 않았다. 그런데 정작 발표된 새누리당 비례대표 후보에서 나는 25번으로 결정이 났고 이어 등록한 후 한 명이 탈락하여 23번이 되었다.

그런데 23번은 사실 마냥 기뻐할 수만은 없는 형편이었다. 언론에서는 당시 총선에서 새누리당 비례대표는 20번 정도까지가 당선될 것이라 전망하고 있었다. 지난 18대 국회의원 선거 때 이정현 의원이 18번을 달고 비례에 당선되었고 19대 총선에선 새누리당의 지역구 당선자를 120명 정도로 예상했기에 그에 따른 분석이었다. 그래도 희망을 가지고 부산의 다른 새누리당 지역구 후보들을 위해 지원 유세를 해주는 등 전력을 다해 도왔다. 결과적으로 새누리당은 예상을 뒤엎고 지역구에서 152석을 얻어, 비례대표가 25번까지 당선되는 쾌거를 거뒀다. 몇 번의 실패를 딛고 드디어 내가 여의도에 입성하게 된 것이었다.

깨끗하고 실력 있는 정치인을 꿈꾸며

내가 국회의원이 되고자 한 것은 필요한 법을 만들고 잘못된 법을 고치고자 함이었다. 부산 유치원연합회 회장 시절 잘못된 유아교육 정책 때문에 정말 고생을 많이 했다. 국회의원 중에 유아교육을 전공한 사람이 없었던 탓에 유아교육 정책이 우왕좌왕했기 때문이다. 그 결과 우리 아이들이 제대로 혜택을 받지 못하는 것이 정말 안타까워 아이들의 미래를 위해서 반드시 국회에 들어가야겠다고 생각했었다.

일반 국민은 대체로 정치인을 곱게 보지 않는다. 그만큼 국민을 위하는 정치보다 자신의 권력을 이용하여 자신의 부를 채우기 때문이다. 시의원·구의원을 자기 부하인 양 부려 먹으며 자기 말을 듣지 않을 때에는 마구잡이식으로 잘라 버리기도 한다. 이처럼 선거가 끝나면 지역에서 제왕적 군림을 하는 몇몇 국회의원들을 보면서 나는 더더욱 제대로 된 정치를 해야겠다는 신념을 굳혔었다.

이런 나의 포부는 제19대 국회의원 선거 다음 날인 2012년 4월 12일 중앙선거관리위원회에서 당선증을 받고 나니 더욱 구체화되었다. 바로 비리 없는 깨끗한 정치인, 진정으로 국민을 위하는 실력 있는 정치인이 되겠다는 결심이었다. 나의 당선을 나 못지않게 기뻐한 남편도 "수고했네. 이제 국민에 봉사하는 마음으로 정치를 해야 하는 일만 남았네"하면서 "깨끗한 정치, 소신 있는 정치를 위한 금전적 뒷바라지는 내가 다 해줄 테니 검은 돈은 절대 받지 말라"고 당부했다. 남편은 이 약속을 철저히 지켜 내가 여의도에 있는 동안 매달 1천만~2천만 원씩 지원해주었다. 덕분에 나는 국회의원 시절 전적으로 내 돈을 들여가며 의정활동을 펼칠 수 있었다.

말이 나온 김에 이야기하자면 전 부산시 행정부시장을 후원회장으로 모시긴 했지만 한 번도 후원금을 모으지 않았으며, 국회의원 세비도 의원회관 사무실의 여비서가 관리해 나는 언제 얼마나 받는지도 잘 몰랐다. 그러면서도 수차례 간담회, 토론회 개최나 현장답사, 자료조사 등 활동비를 자비로 처리했으니 이는 오로지 남편의 지원에 힘입어서였다.

19대 국회의원 임기는 2012년 6월 5일 시작되었지만 원 구성을 둘러싼 여야 이견으로 개원식은 7월 2일 뒤늦게 거행됐다. 그러니 국회의원으로서 준비를 하는 데는 시간적 여유가 제법 있어 보였지만 실상은 달랐다. 새누리당의 박근혜 비상대책위원장이 비례대표들을 전문성에 따라 분야별로 나눈 뒤 공약의 실천 방안을 강구하라고 지시했기에 매일 조찬 모임과 회의, 현장 방문이 이어져 시간이 어떻게 흘러가는지 모를 지경이었다. 여기에 국회 사무처와 당에서 실시하는 초선 의원 교육에 참여하랴, 의원회관 및 상임위원회를 배정받고 관련 업무를 파악하랴, 의정활동을 도울 보좌진을 구성하랴 연일 빡빡한 일정이 이어졌다. 게다가 국회 회기 중 서울에서 머물 집을 마련하는 등 공적·사적으로 눈코 뜰 새 없이 바쁘게 지내야 했다.

국회 상임위는 당에서 각 의원의 희망 상임위원회를 3순위까지 지원받아 배정하는 방식이었는데 나는 다행히 희망하던 교육문화체육관광위원회에 배정될 수 있었는데 여기에는 뒷이야기가 있다. 사실 민원 해결에 조금이라도 도움이 될 기획재정위나 행정안전위를 희망하는 국회의원들이 많아 이들 상임위가 경쟁률이 높다. 그렇지만 나는 국회의원이 되면 교육문화체육관광위원회에 들어가 잘못된 유아교육정책과 교육정책에 관련한 법을 개정하기 위해 노력하려고 일찌감치 마음먹은 상태였다. 그래서 상임위 희망을 받을 때 1순위부터 3순위까지 오로지 교육문화체육관광위만 적어냈다. 그 때문인지 바라던 대로 교육문화체육관광위에 배정될 수 있었다.

보좌진 구성도 초선 의원으로선 만만치 않은 일이었다. 친지들을 채용하거나 보좌관들의 급여 중 일부를 떼내 자기가 쓰는 조건을 다는 등 편법을 쓰는 의원들도 있지만 나는 꿈도 꾸지 않았다. 실력 있고 성실한 보좌관을 뽑는 것이 향후 4년간 의정활동의 성패를 가르는 요인이기 때문이었다. 보좌진 구성이 얼마나 중요한가 하면 정치력, 정보력이 뛰어나고 여의도 경험이 풍부한 유능한 보좌관들을 두고는 스카우트전이 벌어질 정도다. 어쨌거나 나는 선배 의원들의 조언에 따라 여의도 경력이 오래된 김성수와 노재국을 보좌관으로, 각각 김옥이 의원과 권영진 의원의 비서관이었던 최철과 유성훈을 비서관으로 해서 모두 7명의 탄탄한 보좌진을 구성했다. 이제 달릴 일만 남은 셈이었다.

02 ——

마른 하늘에 날벼락

내 생애 가장 길었던 하루

10여 년이 지났어도 나는 2012년 8월 2일을 잊지 못한다. 새내기 국회의원으로 막 꿈을 펼쳐 가려던 때에 믿었던 도끼에 발등이 찍혀 의원직도 잃고 피선거권도 제한되면서 정치적 식물인간으로 전락하는 내리막이 시작된 날이었기 때문이다. 실로 내 인생은 그날을 기점으로 완전히 달라졌으니 어찌 잊을 수 있겠는가.

그날 새벽 6시 30분경 나는 잠이 깼다. 전날 대법관 임명동의안 등을 처리하는 국회 본회의가 열렸기에 서울에 와 있던 참이었다. 조금 피곤하긴 했지만 밖이 이미 훤한 상태여서 잠이 깨는 바람에 거실로 나와 TV를 켜려는데 전화벨이 울렸다. '이 새벽에 누구지?' 속으로 궁금해하면서 전화기를 들었다. 부산의 지인이었다. 그분은 다급한 목소리로 "조간신문을 보니까 '3억 공천헌금 의혹 제기'라는 기사에 부산의 몇 국회의원이 거론된 것 같은데 현 의원은 아니겠지요?"라고 걱정스레 물었다.

이때까지만 해도 내가 3억 원 공천헌금을 제공한 장본인으로 지목된 줄은 꿈에도 몰랐다. 3억 원이든 공천헌금이든 나와 무관했기에 "그래요, 누구지?"하면서 몇 마디 나누고는 전화를 끊었다. 그런데 전화를 끊자마자 어느 기자가 전화를 해서는 "3억 공천헌금을 준 사실이 있습니까?"라고 묻는 게 아닌가. 나는 너무나 황당하여 "그런 사실 없습니다"라고 말한 뒤 얼른 전화를 끊었는데 곧이어 모르는 전화가 빗발치듯 걸려 오기 시작했다. 나는 너무 어이가 없고 불쾌하여 그 뒤로는 전화를 아예 받지 않았다.

당시 머물고 있던 서울 집에서는 신문을 구독하지 않아 출근해서야 신문들을 보기 때문에 당장 자세한 내막을 알 수는 없었다. 그런데 나중에 알고 보니 중앙선관위에서 이날 공천헌금 의혹과 관련한 보도자료를 낼 예정이었는데 한 신문이 이를 미리 알고 단독 보도를 했고, 뒤늦게 그 뉴스를 접한 기자들이 내게 확인(?) 전화를 건 것이었다.

문제의 중앙선관위 보도자료는 이랬다.

중앙선거관리위원회는 제19대 국회의원 선거에서 비례대표후보자 공천과 관련하여 거액의 공천헌금을 수수하여 공직선거법 및 정치자금법을 위반한 혐의로 ㅁㅁ당의 현역 국회의원 A씨, △△당의 현역 국회의원 B씨와 같은 정당의 공천심사위원 C씨 등을 7월 30일 대검찰청에 고발했다. 구체적인 내용은 다음과 같다.

1. ㅁㅁ당 소속 국회의원 관련

A씨는 제19대 총선에서 지역구 예비후보자로 등록한 후 공천을 받지 못하자 비례대표 공천을 받기 위하여 3월 중순 같은 정당의 공천심사위원 D씨(제18대 국회의원)에게 3억 원의 공천헌금을 전달하고 3월 말 같은 당 E씨(제18대 국회의원)에게 2천만 원의 불법 정치자금을 제공하여 공직선거법과 정치자금법을 위반한 혐의가 있다.

또한 A씨는 정치자금 수입·지출에 관한 허위 회계 보고, 자원봉사자에게 금품 제공, 선거구민에 대한 기부행위, 유사기관 설치·운영, 타인 명의의 정치자금 기부 등 공직선거법과 정치자금법을 위반한 혐의도 있다.

한편, 중앙선관위는 고발조치와 더불어 A씨로부터 3억 원의 공천헌금을 받은 혐의가 있는 ㅁㅁ당의 공천심사위원 D씨, A씨로부터 2천만 원의 불법 정치자금을 받은 혐의가 있는 E씨, A씨로부터 D씨와 E씨에게 공천헌금과 불법 정치자금을 전달한 혐의가 있는 E씨의 측근 F씨에 대하여 부가적으로 수사 의뢰를 했다.

이 보도자료는 정당이나 의원 이름을 익명으로 처리했지만 어디 기자들이 만만한 사람들인가. 더구나 지역구 후보 공천을 신청했다가 비례대표로 당선된 사람이라고 이야기했으니 국회를 출입하는 기자들이 'A씨'로 나를 지목하기란 손쉬운 일이었다. 그러니 새벽부터 내게 확인 전화를 했던 것이고.

어쨌거나 추문의 주인공으로 지목된 이상 신속하고도 차분한 대응이 필요하다고 판단해서 나는 서둘러 여의도 의원회관 사무실로 출근했다. 그날 오전 11시에 의사당을 방문하는 고등학생 100여 명을 상대로 강의할 일정도 있었기에 더더욱 국회에 가야 했다. 의원회관에 도착해 보좌관들에게 뉴스 내용을 들은 후 "이거는 말도 안 됩니다. 내가 기자회견을 할까요?"하고 대응책을 상의했다. 그러자 보좌관들은 "기자회견보다 반박 보도자료를 먼저 내는 게 좋을 듯합니다"라고 하기에 그걸 준비하도록 맡기고 예정되어 있던 강의를 위해 강의실로 가려 했다. 그런데 보좌관은 국회 상황을 알아보더니 "아무래도 오늘은 강의를 못 할 것 같습니다. 지금 기자들이 강의실 앞에 많이 와서 의원님을 기다리고 있습니다"라고 만류했다. 결국 양해를 구한 뒤 강의를 취소했는데 시간이 갈수록 사태는 눈덩이처럼 커졌다.

'내 잘못이 없으니 시간이 지나면 가라앉겠지'라고 생각한 것은 정말 순진하기 짝이 없는 판단이었다. 어쨌든 의혹이 제기됐으니 당과 관련자로 거명된 이들에게 해명과 사과도 해야 하고 언론에도 진실을 알릴 필요가 있었다. 해야 할 일은 태산 같은데 회오리처럼 몰아닥친 사태에 나는 물론이고 보좌관들도 어떤 일부터, 어떻게 풀어가야 할지 허둥지둥하면서 일종의 패닉 상태에 빠졌다.

일단 보도자료를 통해 단호하게 반박했다. "혐의 내용 자체가 사실무근임을 양심과 정치적 생명을 걸고 분명히 말한다. 만일 공천헌금 혐의가 사실이라면 자진 탈당을 포함한 모든 책임을 다할 것"이라고 강조했다. 또 "이번 사건을 중앙선관위에 제보한 J씨는 제가 19대 총선 예비후보자로 있을 때 수행 업무를 도운 사람으로, 선거 이후 4급 보좌관직을 요구했는데 이를 거절하자 사직한 후 나와 가족을 협박했다"고 그의 고발 배경을 설명했다.

나아가 허위사실로 명예를 훼손한 J씨를 무고로 고소할 것을 밝히고, 검찰에는 이번 사건을 조속히 조사해서 한 점 의혹도 없이 사실을 밝혀 줄 것을 촉구하면서 진실 여부를 떠나 논란을 빚은 데 대해 새누리당 당원과 국민 그리고 나로 인해 의혹을 받고 있는 분들에게도 사과했다. 나로서는 최선을 다한 대응이었다.

'고발'에 휘둘린 중앙선관위 조사

이어 보도자료에서는 "회계 및 기부행위 등과 관련해 중앙선관위 조사 과정을 통해 현행법을 위반한 사실이 없음을 충분히 소명했으나 공천헌금과 관련해서는 조사 과정에서 어떠한 질문도 받은 사실이 없다”고 설명했으니 여기엔 이유가 있었다.

사건이 터지기 두 달 전인 6월에 알고 지내던 부산 동구의 어느 사찰 주지 스님이 전화를 해서는 선관위에서 와서 이것저것 묻고 갔는데 잘 답변했노라고 알려주었다. 며칠 뒤에 다른 지인 한 명도 선관위에서 와서 이것저것 묻고 갔다고 했다.

당시 나는 이상히 여겨 ‘설마 수행비서를 그만 둔 J가……’하는 생각이 떠올랐지만 선거운동 과정에서 책잡힐 만한 일도 없었고, 인간이라면 그런 일을 벌일까 싶어 가볍게 넘어갔다. 그런데 6월 말경 중앙선관위에서 잠시 출석하라는 연락이 왔다. 바쁜 일정 탓에 조율을 거쳐 7월 14일 과천의 중앙선관위에 가니 선관위 과장이 조사실에서 이것저것 묻는데 이를 듣고 나는 경악했다.

질문의 바탕은 J가 작성한 2권의 수첩이었는데 예비후보 등록한 이후의 나의 일정들을 몇 분 단위로 하나하나 기록한 것이어서 내가 기억하지 못하거나 처음 접하는 내용도 적지 않은 게 아닌가. 게다가 J 본인이 보지 못한 일마저 추측하거나 자원봉사자들에게 탐문해 적었고 선거법을 어기도록 나를 유도한 사례까지 들어있어 참으로 기가 찼다. 그러니 7시간에 걸쳐 조사를 받으면서 “나는 금시초문이다. 잘 모르는 일이다”란 답변을 거듭할 수밖에 없었다.

조사를 마친 후에는 나름 적절하게 소명했다고 여겼기에 당에도 보고하지 않으면서도 의아했던 기억이 있긴 했다. 선관위 측에서 공천헌금은 말할 것도 없고 이를 전달했다는 C씨에 관한 질문을 일체 하지 않았기 때문이다. 나는 '이상하네. 나를 도와주었던 사람에 관한 질문은 다 했는데 그에 관한 이야기는 왜 안 하지'라고 생각하면서 선관위를 나섰다.

그런데 알고 보니 중앙선관위는 나름 꿍꿍이가 있었다. J는 이미 5월 말에 총선 기간에 작성한 노트 두 권 분량의 메모, 선거 관련 회계자료 등을 들고 선관위에 출두했다. 그는 "현영희 의원이 현기환 전 의원과 H 전 대표에게 총선 직전인 지난 3월 각각 3억 원과 2,000만 원을 (새누리당 부산시당 홍보위원장 출신의) C씨를 통해 전달했다"고 진술했다. 또 자기가 돈이 든 쇼핑백을 운반했는데 "쇼핑백 안에 5만 원권 또는 외화(外貨)가 들었는지는 확인하지 못했다"고 했단다. 중앙선관위는 베테랑 직원 4명을 붙여 사건 당사자들의 통화 내역과 계좌를 분석했고, 돈을 전달했다는 서울역의 식당에 대한 현장검증까지 마치고는 내게 한마디 확인도 없이 7월 31일 두 달간의 조사자료를 대검찰청에 넘긴 것이었다.

밀어닥치는 거센 파도에 홀로 맞서는 심정

시간이 흐르면서 사태는 눈덩이가 굴러내리듯 걷잡을 수 없이 커져갔다. 선관위가 관여하면서 '3억 공천헌금'은 사실상 기정사실화되었고 언론은 나에 대한 공격거리를 찾느라 벌떼처럼 달려들었다. 나나 현 전 의원이 J의 고발 내용을 단호히 부인하고, 검찰에 자진 출두해 조사를 받겠다는 의사를 밝혀도 언론은 귀를 기울이지 않았다. 10명으로 구성된 새누리당 공천심사위원회는 시스템적으로 운용돼 누구 한 사람이 영향력을 미치는 구조가 아니었으며, 현 전 의원은 공천심사 동안 내 이름을 거론한 적이 없을 뿐 아니라 비례대표를 선정하는 심사소위 멤버도 아니었다고 공천심사위 관계자가 아무리 설명해도 소용이 없었다. "로비자금의 성격상 당사자끼리 일 대 일로 주지 누가 제삼자를 통해 전달하느냐"는 당연한 의문도 끼어들 틈이 없었다.

새누리당도 내게 힘을 보태주지 않았다. 단지 당 대변인이 그날 브리핑을 통해 "선관위가 검찰에 수사 의뢰한 만큼 사실에 대한 철저하고 엄정한 수사가 이뤄져야 한다"며 "검찰은 한 점 의혹도 없이 사실관계를 명확히 규명해달라"고 원칙론만 밝혔을 뿐이었다.

이어 다음 날인 3일 오전 새누리당은 국회에서 최고위원회의를 열어 당 윤리위 차원의 진상조사, 검찰의 철저한 수사 촉구 등의 수습책을 제시했다. 이미 검찰에 자진 출두할 의사를 밝혔던 나는 국회에서 열린 당 최고위원회의에 참석해 해명을 했지만 당 지도부는 이미 진실 규명이나 나에 대한 옹호보다는 당에 미칠 파장을 최소화하는 데만 관심이 쏠린 분위기였다. 나로서는 회의장 앞에 몰려든 기자들 앞에서 “황당하다. 내가 왜 이런 데를 와야 하는지……”라고 탄식할 수밖에 없는 상황이었다.

최고위원회의에 참석한 후 나는 그날 오후 비행기 편으로 부산으로 내려갔다. 보좌관들이 잠시 거리를 두는 것이 필요하다고 조언하기도 했고, 자진 출두를 약속한 만큼 어차피 부산지검에서 조사받을 것에 대비해서였다. 공교롭게도 비행기에서 부산지검에 자진 출두하겠다고 한 현 전 의원을 만났지만 눈인사 말고는 달리 이야기를 나눌 형편이 아니었다. 나 때문에 곤욕을 치르게 됐으니 미안해서 어떤 말도 할 수 없기 때문이었다.

부산에서는 취재진이 몰려들 것을 우려해 석남사 인근의 집으로 갔다. 가서 TV 뉴스를 보니 정말 세상이 미쳐 돌아가는 것 같았다. 나에 관한 온갖 추측과 과장, 허위 보도가 쏟아지고, 검찰은 벌써 부산 집 등에 대해 압수수색을 벌였다. 처음 겪는 일인 만큼 언제 어떻게 사실을 밝혀야 효과적인지, 언론엔 어떻게 대응해야 하는지 누구 하나 의논할 사람이 떠오르지 않았다. 집채 같은 거센 파도가 들이닥치는데 홀로 맞선 심정이었다. 머리는 어지럽고 숨이 가쁘고 답답한 것이 정말 갈수록 땅 밑으로 가라앉는 심정이었다.

내가 소속된 새누리당은 전혀 도움이 되지 않았다. 8월 3일 1차 최고위원회의의 조치에 대해 당 안팎에서 “미흡하다”는 비판이 나온 데 따라 그날 오후 2차 최고위원회의를 열어 나와 현 전 의원에 대한 탈당을 권유하기로 결정했다. 엎친 데 덮친 격이고 뒤통수를 맞은 격이었다. 해명할 기회도 주지 않고, 제대로 조사도 하지 않은 채 나의 명예와 정치 생명에 치명타를 가하는 조치였다. 당과 그리고 박근혜 후보를 보호하려는 의도라고 이해하면서도 정치의 비정함을 절감할 수밖에 없었다.

남편만이 나를 격려하고 기운을 북돋아 주었다. 8월 4일 집으로 가자 남편은 "지금부터 정신 바짝 차려야 한다. 살려면 죽고 죽으려면 산다. 어떻게 할래?" 나는 남편의 말에 정신이 번쩍 들었다. '마음을 다잡고 차분하게 대응하자. 남편의 말대로 죽으려면 산다는 마음으로 차근차근 준비해 진실을 밝히기 위한 긴 싸움을 해야겠다'고 다짐했다.

03 ——

믿는 도끼에 발등 찍히다

멀끔한 첫인상의 J, 악연의 시작

나는 사람을 잘 믿는 편이다. 출신 지역이나 학교, 주변의 평에 구애받지 않고 오로지 사람됨을 보고 판단한다. 그리고 대부분 사람들이 그렇겠지만 한 번 믿은 사람은 나를 배신하지 않는 한 끝까지 믿는다. 다행히 그리 잘못 살지 않았는지 살아오는 동안 내 믿음을 크게 배신하는 사람은 만나지 못했다. 이른바 공천헌금을 고발한 J를 제외하고는 그랬다.

J는 지인의 소개를 통해 만났다. 2012년 2월 부산 중·동구에서 새누리당의 지역구 의원으로 공천을 받기 위해 예비후보 선거사무실을 차리기 직전이었다. 사실 예비후보 때에는 본격적인 선거운동을 하는 것이 아니기에 믿을 만한 5~6명만 있으면 충분히 꾸려

갈 수 있다. 나는 시의원 선거와 교육감 선거 당시에는 동래구 사람들을 중심으로 한 자원봉사자들의 도움을 받았으나 이번에는 지역구가 다르기 때문에 동래구 사람들에게 부탁할 수가 없었다. 그렇다고 동구 사람을 쓸 수도 없었다. 왜냐하면 현직 국회의원이 있기 때문에 서로 입장이 난처해질 수 있기 때문이었다.

나는 중·동구를 희망하는 다른 예비후보들에 비해 출발이 늦었지만 서두를 생각이 없었기에 2월 초에나 사무실을 꾸릴 계획이었다. 시의원 활동과 교육감 선거 출마를 통해 어느 정도 이름이 알려진 상태였고 지역에서의 평도 좋았기에 나름 자신이 있어서였다. 대신 이번에는 젊은 사람 중심으로 선거운동을 펼치고 싶었다. 그래서 2010년 교육감 선거 마지막 즈음에 나의 온라인 선거운동을 도왔던 P, 사무실 손님 접대 및 안내로 K, 사무실 회계로는 남편 회사 있던 L상무의 소개로 회사에서 아르바이트를 했던 K, 내 사무실에서 일하고 있던 C 등으로 구성했다.

문제의 J는 P씨가 소개했다. 만나보니 첫인상은 괜찮았다. 눈썹이 짙은 것이 직업군인 같은 느낌이었는데 아주 밝은 인상은 아니었으나 예의가 발랐다. 나이는 36세로 내 아들처럼 ROTC 출신(나중에 보니 학사장교였다)이라 하여 반갑기도 했다. 이력서를 보니 이렇다 할 직장에 오래 있지는 않았으나 이명박 대통령의 선거캠프에서 홍보를 도운 경력도 있어 조직 활동이나 선거에 아주 문외한은 아니라고 판단했다. 집이 경기도 용인 수지이고 결혼을 해서 3살짜리 딸이 있다기에 나를 도우려면 가족과 떨어져야 하는 점이 마음에 걸렸다. 그는 “몇 달 만이라 별문제가 없다”면서 오피스텔(나중에 알고 보니 여동생 집에 있었음)에 있을 거라고 답했다. 부산이 낯선 동네라 길을 잘 모를 텐데 운전을 잘할 수 있겠느냐고 물으니 내비게이션이 있어서 할 수 있다고 싹싹하게 대답했다.

결국 J를 수행비서 겸 운전기사로 채용하되 선관위에는 사무장으로 등록하기로 했다. 그래야만 유권자들에게 후보의 명함을 돌릴 수 있기에 취한 조치였다.

악의적이고 치밀한 함정

선거사무실을 연 뒤 구정이 지나자 가까운 사찰과 교회를 방문하는 등 예비후보로서 본격적인 선거운동을 시작했다. 그런데 여기 동행했던 J가 사찰이나 교회 방문 시간, 헌금 액수 등을 낱낱이 기록하는 줄은 꿈에도 몰랐다. 아마 알았어도 ‘일처리를 참 꼼꼼하게 하는구나’하고 넘어갔을 것이다. 나중에 선관위 조사 과정에서 J가 내 행동 하나하나를 적어둔 사실을 알고 나니 ‘정말 기둥뿌리가 썩는 것도 모르고 있었구나’하는 한탄이 절로 나왔다.

이런 일도 있었다. 나는 사찰이나 교회, 성당에 인사를 가면 기본적으로 예의를 갖추어야 한다고 생각했다. 그래서 많지 않은 금액을 봉투에 담아 내 이름은 적지 않은 채 헌금함에 넣곤 했다. 어느 교회에 갔을 때 우연히 대학 선배를 만났는데 예배를 끝까지 볼 여유가 없어 준비해 간 헌금을 나중에 좀 넣어 달라고 부탁하고 자리를 떠난 일이 있다. 그런데 선거법을 잘 몰랐던 그 선배는 봉투에 내 이름을 써서 헌금을 했단다. 나중에 이것이 선거법 위반이라 해서 문제가 되어 검찰이 확인해보니 그 대학 선배의 글씨로 판명되어 그 선배가 미안해하기도 했다. 어떤 교회에서는 J가 5만 원을 냈다고 고발했는데 검찰이 그 교회에 확인하는 과정에서 기록은 3만 원으로 되어 있어 검찰과 교회가 논쟁을 하기도 했단다.

J는 또 내가 설립자로 있는 유치원에도 들러 행정실장에게 "후보님의 지시이니 내가 사용한 경비를 달라"고 하는 방식으로 내가 준 경비, 비행기 티켓값을 이중으로 받아가기도 했다. 심지어 이발비, 가족과의 식대 등 자기 개인경비를 받아갔던 사실을 대납금 청구내역을 보고서야 뒤늦게 알았으니 참으로 기가 차는 일이었다.

투표일이 며칠 남지 않은 시점에서 차를 타고 가는데 J가 갑자기 새누리당의 몇몇 후보에게 후원금을 내는 것이 좋다고 제안했다. J는 H, L 등 4명의 후보를 꼽았는데 나는 두 사람은 잘 모르지만 평소 H후보는 제주도에서, L후보는 전라도에서 꼭 승리하기를 바라는 마음이었기에 선거법 위반이 아니라면 그렇게 하고 싶었다. J가 선거법 위반은 아니라며 500만 원까지 후원이 가능하다고 하기에 500만 원씩 두 사람에게 보내라고 지시하고 영수증을 받아두도록 했다. 그런데 J는 선거사무소의 C와, 자기 아내, 아내 친구의 이름으로 각 후보에게 보냈다고 하면서도 영수증은 끝까지 제시하지 않았다. 그러면서도 이 돈을 사진을 찍어 놓았다가 증거로 삼아 선관위에 고발했으니 정말 악의적이고 파렴치한 행위였다.

속 보이는 '양심선언'

2012년 4월 총선에서 비례대표 의원으로 당선된 후, 나는 서울-부산을 오가면서 너무나 바빴다. 그 와중에도 보좌진들을 잘 뽑아야 한다는 선배 의원들 조언을 듣고 몇 사람을 소개받아 면접도 보았다. 그러던 어느 날 내가 위원으로 활동하던 여성가족부 청소년보호위원회 회의가 있어 조금 일찍 보좌관 후보 한 명을 만나 면접을 보고 나서 차에 타니 갑자기 운전을 하던 J가 자기에게는 몇 급을 줄 것이냐고 물었다.

사실 J에게는 말하지 않았지만 내심 그에게 6~7급 정도를 주어 차를 계속 몰게 할까 생각하던 터였다. 그런데, 갑자기 자기에게

4~5급은 주어야 하지 않겠느냐고 하니 조금 당황스러웠다. 나는 4~5급 보좌관은 국회 경험도 있어야 하니까 경험을 먼저 쌓는 게 좋지 않겠느냐 하고는 회의하러 올라갔다. 회의 후 내려오니 다시 J는 부모님과 상의를 했는데 6급을 할 수는 없다고 해서 나는 너무 놀랐다.

마음이 불편했지만 이어 세종문화회관 별관에서 열린 '현씨 종친회'에 참석한 후에 부산으로 갔는데 J는 가는 내내 한마디도 하지 않았다. 부산에 도착하여 J에게 "집에 가서 쉬고 내일 이야기하자"하니 그는 꼭 그날 이야기를 해야 한다고 고집을 부렸다. 그래서 커피숍에서 이야기를 나누던 중 갑자기 돌변해 자기는 6급은 도저히 받아들이지 못하겠다고 목청을 높이더니만 갑자기 자동차 키를 내 앞에 두고 나가버렸다. 그렇게 J가 발끈해서 가버린 뒤 나는 '어떻게 이럴 수가 있는가' 싶어 어이가 없기도 하고 화가 나 한동안 자리를 뜨지 못했다.

그런데 이것이 J와의 마지막이 아니었다. 그로부터 며칠 뒤 저녁, 남편에게 전화가 왔다. J가 남편에게 전화로 "양심선언 하겠다"고 협박 비슷한 이야기를 하더라는 것이었다. 남편은 "본인이 하는 행동은 본인이 책임져야 한다. 다음에 저녁이나 함께하면서 이야기를 들어보자"고 답한 후에 전화를 끊었다. 그 이후 다시 전화를 하지 않더니만 중앙선관위에 고발을 한 것이었다.

그런데 J의 행위는 공익을 위한 '양심선언'과는 차원이 전혀 다른 것이었다. 한 언론의 보도에 따르면 2012년 5월 1일 오후 경기도 과천에 있는 중앙선거관리위원회 정치자금과로 한 남자가 전화를 걸어왔다. 국회의원 공천을 받기 위해 돈을 줬다면 어떤 처벌을 받는지, 조사는 어떻게 진행되는지를 물어봤다. 이 남자는 열흘 뒤 다시 전화를 걸었으나 "구체적으로 제보해달라"는 선관위 측 요청엔 입을 굳게 다물었다. 남자는 이름도 밝히지 않은 채 "마음이 정리되면 보자"는 말을 남기고 전화를 끊었다. 그리고 열하루 만인 5월 22일 중앙선관위에 나타났다. 바로 명목상 나의 선거사무장이었지만 수행비서 겸 운전기사를 지낸 J였다.

중앙선관위에 따르면 J는 '양심선언'을 하겠다며 수첩 2권과 회계자료 등을 통째로 넘겼다. 여기에는 시간대별 일정은 물론 만난 인물과 행적, 심지어 통화내용까지 나의 일거수일투족이 쓰여 있었다. 그뿐 아니라 같은 당의 다른 총선 후보 선거사무소 개소식 때 떡을 돌린 것에서부터 운동원 간식비를 지원하거나 후보 선거캠프를 방문한 기록 등 소소한 것까지 샅샅이 적혀 있었다. J는 수첩 내용을 컴퓨터에 다시 옮겨 적으면서 선거법 위반 행위에 해당하는 부분을 별도로 표시까지 했다. 또 고쳐 적은 기록 옆에는 나의 남편과 '거래'를 할 부분까지 따로 적혀 있었다고 했다. 이와 함께 돈을 전달했다는 C씨의 뒷모습과 가방 등 심부름할 때 몰래 찍어 보관해온 사진 파일도 다시 정리해 놓았더라는 것이다. 이토록 꼼꼼한 준비가 단순히 '메모광'의 기록일까.

고발을 염두에 둔 '사전공작'이 더 진상에 가까운 것 아닐까.

J의 속셈을 시사하는 후일담이 있으니 2012년 11월 21일 중앙선거관리위원회가 이른바 '공천헌금' 사건을 제보한 J에게 포상금 1억 5,000만 원을 지급했다는 보도가 그것이다. 이 기사에서 선관위 관계자는 "일단 포상금의 50%인 1억 5,000만 원을 지급했으며, 나머지 50%는 재판에서 유죄가 나왔을 때 추가로 지급할 예정"이라고 말했다. 후속 보도는 없었지만 내가 2014년 1월 대법원에서 유죄 확정판결을 받았으니 J는 나머지 1억 5,000만 원을 받았을 것이 분명하다. 그리고 J가 받은 포상금 3억 원은 그때까지 선거범죄 포상금으로 가장 큰 액수라고 했다.

나는 선거운동 기간에 J를 아들처럼 생각하고 말 한마디라도 따뜻하게 해주려 노력했다. 앞에서는 친절하고 예의 바르게 행동했지만 그의 내심에는 악마의 의도가 있었던 것을 모르고 깜박 속았던 것이다. 나의 행동 하나하나를 체크해 가면서 일일이 수첩에 기록하고 나를 도와주는 참모들을 협박하고 명령까지 했다는 사실을 나중에 알고 나는 경악하지 않을 수 없었다.

아무리 세상이 험악하다 해도 어찌 이럴 수 있을까 싶으면서도 한편으로는 인간 J가 가엾기도 했다. 지금도 나는 J가 단순히 인사 불만 때문에 그랬는지 혹은 누가 시켜서 사전에 계획적으로 함정을 팠는지 모른다. 그리고 상당한 시간이 흘렀기에 원망이 많이 희석된 만큼 J가 어디서 무엇을 하고 있는지 알고 싶지도 않고 알지도 못한다. 그렇지만 젊은 사람이 인간적 믿음을 배신하고 얻은 3억 원으로 자기 딸과 가족에게 과연 떳떳하게 무엇을 해줄 수 있었을지, 앞으로 어떤 일을 하며 무엇을 더 얻을 수 있을지 궁금하긴 하다.

일을 키운 '브로커' C

공천헌금 의혹의 '조연'으로 등장한 C 씨는 어쩌면 희생자이기도 하다. 그렇지만 검찰의 압박에 못 이겼다 해도 사실을 왜곡해서 자신은 물론 나까지 구렁텅이에 빠뜨렸으니 어쩌면 자업자득인 면도 있긴 하다.

내가 C를 알게 된 것은 2008년 대통령 선거를 앞두고 한나라당 대선 경선이 벌어질 때였다. 한나라당의 부산시당 홍보위원장도 지냈던 그는 부산 정가의 마당발이었다. 대선 경선 시 나는 박근혜 캠프에서 일을 도왔고 그는 이명박 캠프에 있었기에 얼굴은 알았지만 친분이 있는 사이는 아니었다.

C는 그해 대선 과정에서는 새누리당 외곽단체인 '한국의 힘' 부산지역 책임자로도 활동했고 이명박 정부 실세 중 한 명이던 전 방송통신위원장 C의 고교 후배로도 알려졌다. 실제 어느 정도 친분이 있었는지 모르지만 C 전 위원장이 부산과 대구, 경북지역

을 방문하면 자주 나타나곤 했다. C는 H 전 대표의 부산특보로 활동하기도 했다.

그러다가 2010년 내가 부산 교육감 선거에 나섰을 때 가끔 선거캠프에 와서 자문을 해주면서 친분을 쌓게 되었다. 당시 시의원 선거만 치러보았던 나로서는 부산시 전체를 대상으로 하는 큰 선거를 치른 경험이 없어 누구의 도움이라도 필요한 처지였기에 선거경험이 적지 않은 그의 이런저런 조언을 고맙게 여겼던 것은 사실이다.

19대 총선 때도 나는 C에게 자문을 부탁했는데 그는 서울로 자주 들러 당의 움직임과 정보를 전해 주기도 했다. 나는 미안하기도 하고 고맙기도 해서 식비나 찻값 등 활동비에 쓰라고 활동비 500만 원을 J에게 심부름시킨 것이 '3억 원 공천헌금 의혹'이라는 사달이 벌어진 배경이었다. 말하자면 인지상정에서 비롯된 작은 호의 하나가 온 산을 불태우는 불씨가 된 셈이었으니 나로서는 정말 기막힌 일이었다.

그런데 이후 C의 태도가 문제였다. 기록을 바탕으로 한 J의 진술에 비해 기억에만 의존하던 그의 진술이 흔들릴 수는 있다. 하지만 가장 중요한 '금액'이 오락가락하면서 신뢰도가 떨어지고 결국 이것은 본인은 물론 나에게도 치명타가 되었다.

C는 처음엔 J를 통해 내게서 500만 원을 받았다며 '공천헌금 3억 원'은 완강히 부인했다. 그러다가 검찰 조사를 받는 과정에서 가족

까지 들먹이는 압박에 못 이겨 5,000만 원을 받았다고 진술을 바꾸더니만 재판과정에서는 검찰의 무리한 압박을 폭로하며 500만 원만 받았을 뿐이라고 다시 번복했다. 이러니 재판부가 그의 진술을 신뢰하기 힘들었을 것이고 이것이 판결에 상당한 영향을 미쳤으리라 본다.

그러나 실상을 알고 보면 내가 C를 통해 현기환 전 의원에게 헌금을 한다는 구조는 부산 정가의 상황을 아는 이라면 상상하기 힘든 일이었다. 우선 C와 현 전 의원과의 관계가 매끄럽지 않았다. 2004년 현 전 의원이 부산시장의 정책특보로 있을 때 C는 새누리(당시 한나라당) 부산시당 홍보위원장으로 있어 알게 되었다고 한다. 현 전 의원이 처음에는 비슷한 연배의 대학 동문으로 알고 가깝게 지냈는데 나중에는 C가 나이와 출신 학교를 속였음을 알게 된 후 거리를 두었다는 사실은 부산 정가에서는 널리 알려진 일이었기 때문이다.

C도 사건 초기 언론들과의 인터뷰에서 "현 전 의원은 2007년 대선후보 경선에서 박근혜 의원을, 나는 이명박 대통령을 밀었다. 현 의원과 현 전 의원은 친박인데 굳이 나를 공천헌금 전달자로 썼겠나? 정말 황당하다." "현영희 의원과 현 전 의원은 서로 잘 아는 관계이기 때문에 설령 현영희 의원이 돈을 전달하려 했다고 하더라도 내가 중간에 낄 이유가 없다"고 거듭 밝혔다.

그랬던 그가 검찰의 거센 압박을 못 이겨 수사 과정과 재판에서 여러 차례 말을 바꾸는 바람에 결국 '3억 원 공천헌금 의혹'은 나에게 어떻게 해도 치유할 수 없는 상처를 남기게 됐다. 그러니 C가 조금만 심지가 단단해 있는 그대로 500만 원 수수 사실만 고수했더라면 재판 결과가 달라졌고 그에 따라 나의 행보도 달라졌을 것이란 아쉬움을 지금도 금할 수 없다.

04 ——

덮어라 버려라, 비정한 정치권

신속하고도 냉정한 '꼬리 자르기'

'3억 원 공천헌금 의혹'이 터진 후 새누리당의 대응은 언론에서 '꼬리 자르기'라고 할 정도로 이례적으로 신속하면서도 냉정했다. 불과 한 달 만에 나에 대한 탈당 권유, 제명, 체포동의안 가결이 숨가쁘게, '이견 없이' 이어졌다.

당시 정치 상황을 돌아보면 그럴 만도 했다. 이제는 고인이 된 새누리당의 J 의원과 민주통합당의 P 원내대표가 저축은행 비리와 관련해 검찰의 수사 대상으로 거론되는 등 19대 국회는 시작부터 뒤숭숭한 분위기였다. 결국 J 의원은 국회에 체포동의안까지 제출되었지만 부결됐고, P 원내대표는 체포동의안이 국회에 제출되자 검찰에 자진 출석해 조사를 받으면서 체포동의안이 자동폐기되긴 했지만 '8월 방탄국회'니 뭐니 하는 여론의 비판에 여야 할 것 없이 '비리 의혹'에 민감한 분위기였다.

이를 반영하듯 한 언론은 내 '사건'과 관련한 음모설을 세 가지나 언급하기도 했다. '청와대 주도설' '친이계 기획설' '박지원 기획설'이 그것이었다. 먼저 새누리당 친박 진영에서 "청와대에서 특정 언론에 먼저 흘렸을 것"이란 이야기가 돌고 있다고 했다. "이명박 대통령의 청와대에서 총선 공천을 주도한 박 의원 측을 견제하기 위해 고의적으로 흘렸다"는 얘기였다. 이는 당시 이명박 대통령과 대통령 후보로 유력한 박근혜 의원 간의 갈등 때문에 나온 것이었는데 여기에 친이(친이명박)계 기획설도 힘을 보탰다. L 전 대통령실장 등 경선 주자들이 내 '사건'을 이용해 활로를 찾으려 한다는 것이었다. 왜 하필 대선 후보 경선이 한창일 때 보도가 나왔겠느냐는 음모적 시각을 근거로 '중앙선거관리위원회의 3개월 조사→7월 30일 검찰 고발 및 수사 의뢰→검찰에서 대통령 민정수석비서관실 보고 직후 언론 보도'라는 그럴듯한 시나리오까지 제시되었다. '박지원 기획설'은 박지원 원내대표가 자신을 둘러싼 '방탄 국회' '체포동의안 처리' 논란을 단번에 뒤집기 위해 언론에 정보를 제공했다는 설이었다. 제보자인 J가 호남 출신이라는 사실에 바탕을 둔 음모론이었다.

셋 중 어떤 것이 맞는지 혹은 다른 배경이 있었는지 모른다. 어쨌든 당시 여야는 정치적 위기를 탈출하거나 이득을 취하기 위해 나를 '희생양' 삼아 처리하자는 데 암묵적으로 이해관계가 일치한 상태였던 것은 분명했다.

비호는커녕 쓰러진 사람을 짓밟다

상황이 이랬으니 당 차원에서 선관위나 검찰에 진상 파악을 하려거나 해명을 하려는 움직임은 전혀 없었다. 그렇다고 내 이야기를 듣거나 나를 옹호하려는 움직임도 이상할 정도로 없었다. 8월 3일 저녁 최고위원회의에서는 당 윤리위 차원의 진상조사 결정을 내리긴 했다. 진상조사위도 구성했다. 그러나 형식적이었다.

당 윤리위는 내게 해명 자료 제출을 요구했는데 도대체 하지도 않은 일에 대한 자료를 어떻게 무슨 수로 만들어 제출한단 말인가. 또 진상조사위는 내게 출석을 요구했으나 그때 검찰 조사 일정과 겹쳤기에 일정 조정을 요청했으나 받아들여지지 않았다.

그러자 새누리당은 8월 6일 이를 이유로 들어 나와 현 전 의원을 제명하기로 결정했다. 이날 K 당윤리위원장은 국회에서 윤리위 전체회의를 마친 후 내가 "소명자료 제출 요구와 출석을 거부하는 등 당명에 불복한 점이 있다"며 나와 현 전 의원이 "당 발전에 극히 유해한 행위를 하고 당의 위신을 훼손했다"고 제명 이유를 밝혔다. 제명 논의가 시작된 지 단 하루 만에, 혐의가 입증된 것도 없는데, 참석위원 전원 합의로 서둘러 제명 결정을 한 것이었다. 그것도 내가 검찰에 소환되어 2차 조사를 받는 날 그랬으니 나로서는 등 뒤에 칼을 꽂는 행위로 여길 수밖에 없었다.

이를 두고 언론은 총선 당시 공천 작업을 지휘했던 박근혜 전 비대위원장을 보호하기 위한 '속전속결 꼬리 자르기'라 비판했다. 그런 비판이 이유가 있었던 것이 박 전 비대위원장의 책임론을 들어 대선 후보 경선 일정의 연기를 요구하는 등 비박 진영의 반발이 만만치 않았기 때문이다. 당장 8월 3일 밤 11시로 KBS에서 방영 예정이었던 새누리당 대선 후보 토론회가 무산되었다. K, L, K 등 비박 경선 주자 3명이 토론회 참석을 보이콧하는 바람에 박 전 비대위원장이 방송국까지 왔다가 그대로 돌아가는 사태까지 벌어졌다. 비박 주자들은 나아가 황우여 대표의 사퇴, 공천 당시 '컷오프' 자료 공개 등을 요구하며 경선 자체를 포기할 수도 있다는 강경한 자세를 취했다. '경선 일정 연기 불가' 입장을 고수하던 박 전 비대위원장 측으로선 발등에 불이 떨어진 격이었다.

여기에 당 상임고문단도 8월 4일 공천헌금 파문의 당사자인 나와 현 전 의원의 즉각적인 탈당과 의원직 사퇴를 촉구하고 나섰다. 이들은 "이걸 왜 법률적으로 따지느냐"며 "일단 '무조건 잘못했다. 물러나겠다'고 하는 게 정도"라고 어처구니없는 주장을 폈다. 법의 심판이 나오기도 전에 무조건 잘못을 인정하고 '죽으라'

니 쓰러진 사람을 부축해 일으켜주기는커녕 한 번 더 짓밟는 행위와 같아 나로선 억장이 무너지는 어거지로 들렸다.

당초 8월 10일로 예정됐던 새누리당 대선후보 결정을 '잔치'로 만들기 위해 제명 절차는 번갯불에 콩 구워 먹듯 진행됐다. 새누리당 당헌 · 당규상 현역의원인 나는 윤리위 결정만으로 제명이 이뤄지는 게 아니라 의총에서 재적의원 3분의 2 이상의 찬성을 얻어야 했다. 그러니 여름휴가 등을 이유로 상당수 의원이 국회를 비운 탓에 당장 의총이 소집되기 어려웠던 만큼 제명 절차가 마무리되기까지 다소 시간이 걸릴 것으로 예상되었지만 이것도 깨졌다.

어떻게 했는지 몰라도 8월 17일 국회에서 열린 새누리당 의원총회에서 참석한 의원 120명 전원의 만장일치로 나에 대한 제명안이 통과된 것이다. '공천헌금 의혹'이 제기된 지 불과 보름 만에 이뤄진 결정이었다. H 대변인은 이날 의총 후 브리핑에서 "윤리위원장의 제명안 설명 뒤 L 원내대표가 '찬반 토론을 위한 의견이 있으면 말하라'고 했는데도 아무도 말하지 않았고, 또 '이의가 없냐'고 재차 물었을 때도 다들 이의가 없다고 해서 만장일치로 결정한 것"이라고 설명했다.

아무리 관행에 따랐다고 하지만 반대토론도 정식 표결도 하지 않은 채 만장일치라는 결론을 내린 것이 과연 민주정당의 적법한 결정이라 할 수 있을까. 당시 언론에서 한 초선 의원이 "아직 혐의만 받고 있는 상황인데 가혹하다는 생각을 했다. 결국 박근혜 후보의 대선 가도를 위해 털어내자는 기류가 강하게 작용한 때문 아니겠냐"고 말했다고 전했을 정도였다. 그날 박근혜 대선 경선 후보가 맨 뒷자리에서 의총장을 지켜보고 있어 무기명 투표가 아니면 의원 개개인의 뜻을 말하기에 부담됐을 것이라는 얘기까지 나왔다. 또 부산 정가에선 아무리 당 분위기가 그렇다고 하더라도 최소한 부산 의원 한두 명 정도는 사법적 판단에 앞서 제명하는 것에 대한 지적을 했어야 한다는 기사도 나왔지만 그뿐이었다. 유죄 여부와 무관하게 나의 정치적 운명은 나락으로 굴러떨어지고 있었다.

이심전심 여야, 체포동의안 가결

새누리당에서 박근혜 전 비대위원장의 대선 가도를 탄탄히 하기 위해 나를 '버린 돌' 취급하는 것이 분명해지자 여야는 이심전심으로 나를 '매장'하기로 한 듯 거칠 것이 없었다. 검찰은 8월 27일 국회에 나에 대한 체포동의안을 제출했고, 국회는 9월 6일 본회의를 열어 체포동의안을 통과시켰다.

법무부 장관이 나와 체포동의안 제안 설명을 한 뒤 곧바로 나는 신상 발언을 했다. 의장에게 인사를 하고 단상에 오르니 나도 격앙되어 숨이 가쁘고 목소리가 떨렸다. 나는 터져 나올 듯한 울음을 삼키며 미리 준비했던 원고를 읽었다.

신상 발언을 통해 '사건' 이후 처음으로 내 가슴에 담아 두었던 말을 공개적으로 할 수 있었다. 그런데 발언을 마친 후 의석으로 돌아가려니 다리에 힘이 빠져 주저앉을 뻔했다. 그래도 끝까지 침착하게 내려왔다. 나도 체포동의안 투표를 마치고 나오니 이진복 의원과 몇몇 여성의원들이 나를 위로하며 안타까워했다.

본회의가 끝나기 전에 회의장을 나와 부산으로 가기 위해 공항으로 가는데 라디오에서 국회의원 266명 출석에 200명이 '가', 47명이 '부', 5명 '기권', 14명 '무효'로 체포동의안이 가결되었다는 뉴스가 나왔다. 체포동의안의 이유는 도주 우려와 증거인멸이었다. 도주할 이유도, 없애야 할 증거도 없지만 일단 나를 구속해 놓고 심리적 압박을 가하며 조사를 하겠다는 것이 검찰의 속셈이었다.

어느 정도 예상은 했지만 혐의가 입증되지도 않은 상태에서 체포동의안이 통과되다니 참으로 정치란 정말 비정하다는 것을 다시 한번 느꼈다. 하지만 나는 대선을 생각하지 않을 수 없었다. 새누리당이 원망스러웠지만 대선 승리를 위해 나는 끝까지 신의를 지켜 운명을 받아들이기로 했다.

05 ——

'소설' 쓰는 일부 언론

모두 '기레기'나 '하이에나'는 아니지만

요즘 기자답지 않은 기자들을 '기레기'라고 비꼬아 부른다. 기자와 쓰레기의 합성어라고 한다. 나는 '기레기'란 말은 잘못되었다고 믿는다. 이 멸칭의 배경을 보면 자기 또는 자기가 지지하는 정파의 마음에 들지 않는 기사를 쓴 기자나 언론을 싸잡아 공격하기 위한 이유가 있다고 여기기 때문이다. 그러나 '사회의 목탁' 또는 '제4의 권력'이라 불릴 정도로 민주 사회에서 중요한 역할을 해온 언론에 대해 이런 경멸적 호칭이 부여된 데에는 그럴 만한 이유가 있다고도 생각한다. 이른바 '3억 원 공천헌금 의혹'의 당사자로 지목된 후, 일부 언론의 무책임한 허위·과장·추측 보도로 적지 않은 마음고생, 이미지 손상 등 피해를 직접 겪은 나로서는 어느 정도 공감이 가기 때문이다.

이해는 간다. 언론의 으뜸가는 존재 이유가 사회 비리의 고발과 시정이니 공천헌금이란 희대의 정치적 사건이 터졌으니 집중적으로 취재하고 보도하는 것은 이해할 만했다. 그러나 언론은 냉정하고 철저한 취재를 통해 팩트(fact)를 보도해야만 한다. 이 과정에서 언론사 간의 경쟁이나 주목받겠다는 욕심에 불확실하거나 무리한 보도가 있을 수는 있겠다. 하지만 그럴 경우라도 진실을 확인하는 노력이 뒤따라야 하고, 잘못된 보도임이 드러나면 가능한 한 서둘러 정정 보도를 하는 것이 언론의 정도 아닌가.

추문이 터지면 경쟁적으로 몰려들어 우선 물고 뜯어보자는 식의 언론 행태를 두고 하이에나 같다고도 한다. 떼로 몰려들어 사냥감을 공격하는 하이에나에 빗댄 표현이다. 원래 혐의와는 무관해도 '뭐든지 하나만 걸려라'하는 식인 검찰의 '먼지털이식 수사'와 이 같은 '하이에나 언론'의 행태를 직접 겪고 보니 그간 좋지 않은 일로 뉴스감이 된 이들이 왜 진저리를 쳤는지 알 수 있었다.

권력욕에 취한 인성 파탄자로 몰다

2012년 8월 공천헌금 의혹이 터진 후 2014년 1월 대법원 판결로 의원직을 잃기까지 언론은 나에 관한 기사를 그야말로 폭포

수처럼 쏟아냈다. 나의 과거, 내 주변 사람들을 샅샅이 뒤져내, 나 스스로도 '내가 이런 일을 했나, 이런 말을 했나' 싶은 이야기까지 쏟아냈다. 매일 아침 자고 일어나면 나에 관한 기사를 접해야 하는데 '카더라' 방송 '아니면 말고' 보도까지 난무하니 나는 미칠 것만 같았다. '이런 매체가 있었나' 할 정도로 이름도 몰랐던 인터넷 신문까지 나서서 험담을 늘어놓는데 어디에도 항변하거나 해명할 방법이 없으니 내 심정이 어땠겠는가.

허위 보도 사례로는, 내가 일 년에 10억 원의 수익을 올리는 '유치원 재벌'이라든가, 시의원 시절 "50억 원을 쓰더라도 국회의원을 해보겠다"고 큰소리를 쳤다든가, 아랫사람을 함부로 부리는 바람에 J가 배신한 것이라는 등이 대표적이다.

영리를 목적으로 유치원을 운영하지도 않았거니와 유치원으로 연 10억 원의 수익을 올리기란 원천적으로 불가능하다는 것은 산술적으로 조금만 따져봐도 알 수 있는 팩트다. 또한 정치인이란 이 중에 "50억 원 들여 국회의원" 운운하는 공언을 하고 다니는 멍청이가 있을까, 내가 그렇게 아랫사람에게 모질게 굴었다면 지금도 연을 이어가고 있는 내 보좌관 출신들은 어떻게 설명할 것인가.

내가 공천헌금을 주고 비례대표로 사전에 내정을 받은 상태였다는 뉘앙스를 풍긴 추측 보도도 난무했다. 내가 비례대표 신청 마감날에야 겨우 접수를 했다는 사실, 그리고 공천헌금을 했다면 당선 예상권 내의 순위를 받았을 거라는 '상식'만 갖췄다면 하지 않았을 거짓 보도였다.

무엇보다 이런 사건이 나면 그 '장본인'인 나를 우선 취재하는 것인 기본이자 가장 중요하다고 할 수 있다. 내가 과연 헌금을 했는지, 돈은 어떻게 마련했는지, 돈을 주었다는 H 위원과의 관계는 무엇인지 등등 언론이 궁금해할 핵심적 이야기가 있지 않은가. 당시 기자단 간사였던 모 기자 한 사람과 인터뷰를 한번 하긴 했다. 나의 이야기도 듣고 사실을 제대로 기사화하라는 취지였다. 그래서 나는 대화 내용을 녹음하면서 내가 말한 사실을 그대로 보도해 주기를 부탁했다. 그러나 소용없었다. 이후로도 내 '목소리'는 빠진 채 그저 선입견을 가지고 선관위나 검찰에서 들은 정보나 추측을 바탕으로 기사가 이어졌다.

06 ——

결론을 정해놓은 검찰 조사 Ⅰ

이례적으로 신속했던 검찰

중앙선관위의 수사 의뢰를 받은 부산지검 공안부는 수사 인력을 보강하는 등 초반부터 속도를 냈다. 사건 전담부서인 공안부에 검사 2명과 수사관 4~5명을 추가로 배치하고 N 2차장 검사가 직접 총괄 지휘하는 체제를 갖추는 등 속전속결 의지를 다졌다. 그러나 회의적인 시선도 존재했으니 보도에 따르면 한 검찰 관계자는 "현재로는 정황 증거밖에 없는 상황"이라며 제보자 J의 진술이 구체적이더라도 실제 돈을 건네는 장면을 직접 목격한 것은 아니기에 J의 '확신'과 '입증'은 다른 문제라고 했다.

나의 정치자금법·공직선거법 위반 혐의는 남편 회사의 직원들을 선거운동에 동원한 것과 법정 한도액을 초과해 선거사무장

수당을 지급한 것, 다른 후보 사무실에 떡을 돌리고 사찰과 교회 10여 곳에 헌금을 하는 등 거의 '백화점 수준'이었다. J를 참고인 신분으로 연거푸 소환해 강도 높은 조사를 벌인 검찰이 가장 주목한 것은 물론 '공천헌금'이었다. J가 검찰에서 한 진술을 바탕으로 언론에서 내가 C에게 3억 원을 건넸다는 상황을 재구성한 상황은 대강 이랬다.

공천헌금 전달 시점은 3월 15일 오후. J는 부산진구 범천동 S빌딩 15층에서 현 의원을 만났다. 이 건물 15층에는 현 의원의 남편인 사업가 임모 씨가 2005년 설립한 Y장학재단 사무실이 있다.……현 의원이 이 자리에서 은색 쇼핑백을 건네며 "3억 원인데 서울로 가 C에게 건네라"며 줬고, J는 곧장 KTX를 타고 서울역에서 C를 만나 쇼핑백을 건넨 뒤 함께 식사를 하러 갔다는 것. J는 돈을 건네기 전 서울역 화장실에서 스마트폰으로 쇼핑백 사진을 찍어 놨다.……J는 "C가 서울역 3층 한식당에서 미리 준비해 온 루이비통 가방에 현금을 옮겨 담은 뒤 현 전 의원에게 전화했지만 '회의 중이라 통화가 어렵다'고 하자 곧바로 '만나자'는 내용의 휴대전화 문자메시지를 보냈고 현 전 의원이 '알았다'는 답을 보내왔다"고 진술했다. J는 "서울역에서 C가 '내가 알아서 처리하겠다'고 말해 그 자리에서 헤어졌고, C가 현 전 의원에게 돈을 건넨 장면을 직접 보지 못했다"고 했다.

한편 검찰은 4일 J가 현금 3억 원이 든 은색 쇼핑백을 받았다는 부산 범천동의 사무실과 자택 등 10여 곳과 함께 나와 우리 가족 등의 은행 계좌에 대해서도 광범위한 압수수색을 실시했다. 이 과정에서 남편의 기업 관련 계좌에서 수 개월간 뭉칫돈이 빠져나간 사실을 포착했고 내가 은행에서 거액의 돈을 찾아 차량에 싣는 장면이 찍힌 CCTV 화면을 확보했다는 보도가 나왔다. 나는 1년 가까이 은행에 간 적이 없다. 돈이 필요하면 ATM에서 뽑아 쓰고 계좌이체도 해본 적이 없었는데 어찌 이런 기사를 쓰는지 참으로 어이없는 허위보도였다. 하지만 나중에 설명하겠지만 이것은 모두 내 혐의와 무관한 것으로 드러났다. 내게 뭔가 구린 데가 있다는 이미지를 심기 위해 펼친 검찰의 언론 플레이였다.

기울어진 운동장, 검찰 조사

모든 일이 순식간에 벌어지는 바람에 허둥대면서도 남편은 즉각 변호사를 선임해서 검찰 소환에 대비했다. 8월 6일 오후 나는 보좌관들과 함께 부산 연제구 부산검찰청사로 갔다. 난생처음 피고발인 신분으로 검찰에 출두한 것이었다. 이미 자진 출두 의사를 밝히긴 했지만 몰려선 기자들을 보니 공연히 주눅이 들었다. 질문이 쏟아졌지만 "진실은 곧 밝혀질 것"이라 간단하게 답변하고 조사실로 향했다.

나를 담당한 검사는 K 검사였다. 나는 모든 진실을 밝히면 검찰이 J의 고발 내용과 나의 말을 들어보고 진실을 가려낼 줄 알았다. 그러나 아니었다. 검찰은 이미 J의 진술을 사실로 믿는 분위기였다. 이를테면 '기울어진 운동장'에서 경기를 하는 꼴이었다. 서울역 만남, 돈을 담았다는 쇼핑백과 이를 옮겨 담았다는 C의 루이비통 가방, 관련자들의 통화 사실 등 J의 진술 상당 부분이 사실로 확인된 탓인 듯했다. 그 때문에 남편의 돈에서 인출된 뭉칫돈의 사용처 등 이른바 '공천헌금'의 출처에 대해 집중 질문했다.

검사는 나에게 "3억 공천헌금을 J을 시켜 C에게 보냈느냐?"고 묻기에 "그런 일 없습니다"고 간략하게 답했다. 잠시 후 쇼핑백을 찍은 사진을 한 장 보여주면서 "이 쇼핑백을 아느냐?"는 질문을 받고는 깜짝 놀랐다. 내가 J에게 들려 보낸 쇼핑백이 아니었기 때문이다. 이어진 "이 쇼핑백 안에 3억 원이 들어 있었지요?"란 질문에도 나는 어이가 없어 "아닙니다. 저는 C에게 활동비 500만 원을 전달하도록 시켰을 뿐입니다"라고 부인했다.

조사를 받다 보니 슬그머니 화가 나기 시작했다. 내 말은 믿을 생각도 않고 J의 진술에 더 무게를 두고 모든 것을 거기에 끼워 맞추고 있는 듯한 인상을 받았다. 그럴 수밖에 없던 것이 철저한 압수수색에도 불구하고 의혹의 핵심인 돈의 출처를 찾아내지 못했기 때문이었다. '현 의원이 은행에서 돈을 찾는' 모습이라며 선관위가 고발 증거자료로 검찰에 제출한 CCTV 화면도 사실과 다른 것으로 드러나기도 했다. 나는 "의혹이 제기된 시점을 전후해 거액의 뭉칫돈을 인출한 사실조차 없다"며 혐의를 강력 부인했다. 돈을 본 사람도 없고, 받았다는 사람도 없는데 어디서 나온 돈인지도 알 수 없으니 '유령 돈'이 오간 셈이어서 '의혹' 자체가 성립 안 되는 상황이었다.

게다가 그 와중에 검찰에 소환된 J의 진술이 일부 흔들린다는 소식이 흘러나왔다. J의 제보 내용 중 핵심 중 하나는, 문제가 된 3월 15일 저녁 돈 전달자인 C가 '알겠습니다'라는 현 전 의원의 문자메시지를 자기에게 보여줬다는 것이었다. 그런데 대질신문에서 C측이 J에게 "내가 어떤 자세로 어떻게 보여줬느냐"고 구체적으로 따지자, J는 "문자메시지를 봤다는 부분은 내가 착각했을 수도 있다"고 했다는 기사가 나왔다. 또 나의 변호사 측이 J가 제시한 쇼핑백에는 3억 원이 들어갈 수 없음을 실험을 통해 입증하자 J는 "수표일 수도 있고 달러일 수도 있다"고 얼버무렸다. 이에 "달러를 주면서 '3억 원'이라고 하느냐"고 지적하자, "나도 직접 못 봐서 돈이 얼마인지는 모른다"고 궁색한 답을 했다.

수많은 질문에도 혐의가 명확히 입증되지 않았지만 조사는 밤을 새워 14시간 동안 진행됐다. 시의원을 할 때도 돈을 주고 공천을 받아 본 적이 없었다, 공천헌금을 내라고 했으면 정치를 하지 않았을 것이다 등 평소 나의 소신을 조근조근 밝히느라 조사가 길어졌다.

3차례 철야 조사에도 못 찾은 물증

8월 중순 2차 조사를 받을 때는 남편도 참고인 신문으로 검찰에 출두해 조사를 받았지만 한 번 겪은 일이어선지 조금은 마음의 여유가 생겼다. 정말 순식간에 세상 사람들의 웃음거리가 된 것 같아 때로는 죽고 싶은 생각마저 들었지만 '우리 손자들이 보고 있지 않느냐' '떳떳하고 좋은 할머니란 이미지를 남기고 싶다'는 소망 아닌 소망으로 버텼다. 그렇게 해서 마음의 여유가 생기자 왜 1차 때와 똑같은 질문을 하느냐고 짜증을 부리기도 했다.

공천헌금 의혹 외에 주로 선거법 위반 혐의에 대해서 조사를 받았던 2차 조사는 15시간에 걸쳐 밤을 새워 진행돼 나는 진이 빠질대로 빠졌다. 아무리 조사를 해도 나의 답변에는 변화가 없고 증거라 할 만한 게 나오지 않아서인지 조사가 끝난 뒤 K 검사가 L 부장검사실로 나를 안내했다. 부장검사는 내가 C에게 500만 원을 주었다고 줄곧 주장한 것을 두고 "3억 원은 죄가 되고 500만 원은 죄가 되지 않나요"라고 비꼬듯이 물었다. 이에 나는 "그럼 500만 원에 대한 죗값을 받을게요"라고 답하고 말았다.

두 번째 조사를 받은 지 불과 하루가 조금 지나 3차 조사를 받았다. 철야 조사, 남편 조사 등 압력을 가해도 명확한 증거를 찾지 못한 검찰이 압박 수위를 높인 것이었다. 15시간에 걸쳐 진행된 3차 조사 때는 J와의 대질신문이 있었다.

몇 달 만에 모든 일의 원흉인 J를 보는 순간 나는 분노가 치밀어 잠시 자제심을 잃었다. 앞에 있던 컵의 물을 그의 얼굴에 뿌리면서 "앞에서는 순한 양인 양 하면서 뒤에서는 악마의 탈을 쓰고 접근해서는 온갖 거짓말로 고발을 하다니 나하고 무슨 원수가 졌길래 이런 행동을 하느냐" 등등 고함을 지르며 내가 알고 있는 욕을 다했다. 내가 너무 흥분하여 분을 못 참자 검사는 J를 조사실 밖으로 내보냈다.

세 차례 소환조사를 마친 부산지검은 대검·법무부와 협의를 거쳐 국회에 체포동의안을 제출한 뒤 이르면 8월 22일 사전 구속영장을 청구할 방침이라고 했다. 그런데 검찰은 새누리당 공천심사위원 등을 상대로 청탁하는 명목으로 3억 원을 받은 혐의로 31일 C를 구속, 기소하면서도 현 전 의원에게 돈이 흘러갔다는 물증을 찾지 못해 공소장에 돈의 사용처와 관련한 언급은 뺐다. 그만큼 알맹이 없는 조사 결과였다.

07 ——
한 가닥 희망을 준 사전구속영장 기각

이례적이고 무리한 영장 청구 강행

유난히 수사를 서둘렀던 검찰은 8월 22일 공직선거법 등의 위반 혐의로 사전구속영장을 청구했다. 이른바 '3억 원 공천헌금 의혹'이 터진 지 불과 한 달 남짓 흐르는 동안 세 차례 소환조사를 마친 후 내린 결론이었다. 내가 국회의원의 불체포 특권을 포기하고 검찰에 자진 출두해 조사를 받았으며, 국회의원 신분으로 도주할 우려가 없고, '사건'의 핵심인 3억 원이란 거액의 실체만 규명하면 되기에 증거를 인멸할 가능성도 거의 없다는 점 등을 감안하면 사전구속영장을 청구한다는 것은 이례적인 조치였다. 게다가 나에게서 돈을 받았다는 현기환 전 의원이나 H 의원의 경우 증거 불충분 등의 이유로 무혐의 처분을 받은 마당에 나에 대한 구속영장을 청구한 것은 누가 봐도 의문스러운 일이었다.

그래서인지 검찰은 슬그머니 혐의 내용을 바꿨다. 당시 보도에 따르면 검찰은 나의 혐의로 8가지 총 3억 6천여만 원에 달하는 불법 자금을 꼽았다고 했다. 그런데 정작 "수사가 진행 중"이라는 이유로 정작 중요한 '3억 원'의 구체적인 출처와 구성, 전달 경로는 밝히지 않았다. 심지어 수사를 지휘했던 부산지검 N 차장검사는 기자들 질문에 "그 돈을 본 사람은 아무도 없다. 나도 궁금하다"고 했단다. 그 돈은 J가 만들어낸 '유령의 돈'이었으니 그럴 수밖에 없었을 것이다. 그나마 나를 선관위에 고발한 J도 단지 내가 "3억 원이 들었으니 C에게 전달하라"는 말을 들었다고만 했을 뿐 현금을 본 적도 없고, 따라서 사진 등 물증을 제시하지 못했기 때문이다.

여기에 검찰의 주장에 따르더라도 돈의 성격이 바뀌었다. 한 언론은 현기환 전 의원의 관련 가능성이 희박해지면서 문제의 돈을 '공천 대가'로 보기는 힘들어졌다고 지적했다. 검찰은 일단 나와 C 간의 돈거래를 "공천을 매개로 한 청부 및 (돈) 수수"라 보았다. 그러기에 익명의 검찰 관계자는 언론에서 사용하고 있는 '공천헌금' 용어에 대해 "공천과 관련해 당에 지급하는 게 공천헌금인데 그것은 아니다. 브로커가 뭔가 일이 되도록 해줄 테니 나한테 돈을 달라고 하는 변호사법 위반 혐의와 비슷하다"고 했으니 정말 궁색한 설명 아닌가. 그런데도 검찰은 나에게 심리적 압박을 가하기 위해 사전구속영장을 청구했던 것이다.

운명의 그날, 진실은 힘이 셌다

나의 운명을 가를 9월 7일. 영장 심사를 받기 위해 오전 11시 남편과 함께 변호사 사무실에 들렀다가 부산지법으로 갔다. 기자들은 이미 법원 앞에 진을 치고 있었다. 재판장 밖에서 기다리는 도중에 죄수복을 입은 몇 사람이 포승줄에 묶인 채 걸어가는 모습을 보는 순간 소스라치게 놀랐다. 평생 파출소도 한 번 가 보지 않은 내가 저렇게 될 수도 있다니! 도대체 무슨 잘못을 했기에 이런 처지가 되었단 말인가, 한탄이 절로 나왔다.

L 판사의 주재로 영장 심사가 시작되었다. 간단하게 내 이름과 주민등록번호를 말하고 난 뒤 판사가 공천헌금과 선거법 위반과 관련한 몇 가지 질문을 했다. 나는 최선을 다해 진솔하게 답을 하려 노력했다. 이어 나를 조사한 K 검사가 수사 과정과 혐의 내용을 설명했다. 이어 함께 간 C 변호사가 검사의 발언을 하나하나 짚어가며 논리적으로 반박했다. 그다음 B 변호사가 내 억울한 심정을 대변하듯 변론를 펼 때는 나도 모르게 하염없이 눈물이 흘렀다. 변론이 끝난 뒤 판사는 하고 싶은 말이 있냐고 물었다. 나는 미리 준비했던 글을 통해 "너무나 억울하다. 내가 진실을 밝힐 수 있도록 도와달라"고 호소하는데 눈물이 앞을 가려 글자가 보이지 않을 정도였다.

심사가 끝나고 검찰청으로 돌아와 심사 결과를 기다렸다. 구속이냐 기각이냐. 나는 진실이 이길 것이라고 믿으면서도 만약의 경우에 대비해 마음의 준비를 하고 있었다.

저녁을 대충 때우고 초조하게 기다리던 중 밤 11시경 수사관이 들어오더니 "의원님, 기각되셨습니다. 이제 집으로 가셔도 됩니다"라고 했다.

나는 수사관의 안내에 따라 검사실로 가서 K 검사에게 목례를 한 후 "미안합니다. 그리고 감사합니다"라고 간단하게 인사를 했다. 언론이 부실수사 운운하며 검찰을 비판할 것이 예상되었는지 K 검사는 풀이 죽어 있었다. 검사가 보완 수사를 위해 일요일 오전 10시에 오라고 하기에 나는 건강이 심각하게 좋지 않으니 출두 시일을 좀 늦춰 달라고 양해를 구했다. 그러자 K 검사는 잠시 후 부장검사실에 다녀오더니 안 된다고 하기에 나는 "그럼 하는 수 없이 변호사를 통해서 연락을 드리겠노라"고 한 뒤 1층으로 내려왔다. 그 시간까지 기다리던 기자들이 몰려들어 소감을 물었지만 나는 입을 꾹 닫은 채 보좌관들의 부축을 받으며 차에 올라 집으로 돌아왔다.

나와 보니 황우여 당 대표 전화가 와 있었다. 그리고 이진복 의원이 격려 문자를 보내왔다. 아마 나의 영장 심사 결과를 애타게 기다렸던 모양이다. 차를 타고 집으로 돌아가는 길에 늦은 시간이지만 감사 전화를 드렸다. 남편은 "정말 다행이다. 만약에 당신이 감옥에 간다면 우리 집안이 어떻게 되겠나. 고생했다. 이제부터 차근차근하게 대응하도록 하자"고 나를 위로했다.

법원의 판단, 검찰의 몽니, 정치권의 망신

국회에서 의원에 대한 체포동의안이 가결된 뒤 사전구속영장이 기각된 예는 내가 처음이자 지금까지는 마지막이다. 심사 다음 날 언론을 통해서 알게 된 영장 기각의 핵심 사유는 이랬다.

"이 사건의 핵심이라고 할 수 있는 공천 관련 3억 원 제공 혐의와 관련해 피의자와 제보자의 진술, 당초 500만 원을 받았다던 공범이 5천만 원을 받았다고 진술을 번복한 데다 여러 정황 증거를 보태더라도 현 의원의 선거법 위반 혐의에 대한 소명이 없거나 부족하다."

영장 심사를 했던 L 판사는, 3억 원이 담겼다는 쇼핑백 사진, 쇼핑백의 출처, 나의 남편의 재력, 남편 회사의 금전 관리 형태, 차명 폰 사용, 일부 문자메시지 내용 등 검찰이 제시한 정황 증거를 모두 받아들이기 어렵다고 보았다. 거기 더해 "나머지 혐의에 대해서도 피의자 입장에서는 다퉈볼 여지가 있고 증거인멸과 도주 우려가 없다"고 설명했다. 그러면서 "이 사건은 본안재판을 통해 피의자, 제보자, 공범 등의 진술에 대한 신빙성을 신중하게 따져 유 · 무죄를 가려야 할 사안으로 보이는데 현 단계에서 피의자를 구속하면 방어권 행사를 부당하게 제한할 우려가 있다"고 덧붙였다.

사전구속영장이 청구된 가장 큰 이유는 내가 새누리당 비례대표 후보로 공천받을 수 있도록 공천심사위원들을 상대로 청탁해 달라며 C 모 전 부산시당 홍보위원장에게 3억 원을 제공했다는 것이었다. 그런데 나는 C에게 활동비 명목으로 500만 원을 건넸다가 며칠 뒤 돌려받았다는 주장을 굽히지 않아 이날 심문에서는 검찰과 내 변호인 사이에 1시간 30여 분에 걸쳐 치열한 공방전이 벌어졌었다.

지난 한 달여간 나와 내 주변 인물에 대한 대대적인 압수수색과 광범위한 계좌추적, 강도 높은 소환조사를 벌이고도 제보자의 진술과 정황 증거 이외에 직접적인 증거를 찾아내지 못한 터였다. 검찰은 J가 증거로 제시한 사진에서 돈이 담겼다는 쇼핑백의 크기와 내용물의 부피로 봤을 때 5만 원권으로는 3억 원이 안 된다는 사실을 인정하면서도 유로화가 섞였을 수도 있다며 남편의 회사에서 지난 1년간 환전한 게 50만 유로에 달한다는 기록을 제시했지만 "무역회사인데 연간 50만 유로도 환전하지 않겠느냐"는 변호인의 반격에 허점을 드러냈다.

또한 내가 C에게 건넨 돈의 성격도 문제가 됐다. 새누리당 공천에 아무런 영향력이 없는 그에게 단순히 활동비 명목으로 돈을 줬다면 '공천과 관련해 금품을 제공했다'는 혐의를 적용하기 어렵고,

C가 중간 전달자가 되려면 공천에 영향을 미칠 수 있는 인물이 등장해야 하는데 이와 관련한 증거가 없다는 것이 변호인들이 논리였다. 공천심사위원이었던 현기환 전 의원이 지목되기도 했지만 관련 단서는 포착되지 않은 사실을 지적한 반론이었다.

영장 기각은 나로서는 법원의 최종 판단에 한 가닥 희망을 가질 수 있는 기쁜 결과였지만 검찰은 내놓고 반발했다. 구속영장이 기각됨에 따라 수사가 부실했다는 비판을 면할 수 없게 되었기 때문이다. 부산지검은 다음 날일 8일 '(현 의원) 구속영장 기각에 대한 검찰 입장'이란 보도자료를 통해 기각 사유를 조목조목 비판하고 나섰다.

핵심 쟁점인 '3억 원 제공' 협의에 대해 제보자인 나의 전 운전기사 J의 진술이 일관되고 '전달책'인 C의 진술 번복 등을 거론하며 "(공천헌금이 오갔다는 사실의)소명이 부족하다는 법원 주장을 도저히 납득할 수 없다"고 반박했다. 그러나 이 같은 주장은 오히려 C가 처음에는 내게서 500만 원을 받았다가 돌려줬다고 진술했다가 검찰 조사 과정에서 무슨 까닭인지 다시 5,000만 원을 받았다고 번복한 사실을 외면한 일방적 주장이었다.

검찰은 또 '공범'인 C에 대해선 영장을 발부해 놓고선 나에 대해선 완전히 배치되는 판단을 내렸다며 "한마디로 특정 피의자를 봐주기 위한 의도적인 기각 결정으로밖에 볼 수 없다"고 강조했다. 이 또한 새누리당에서도 탈당 권유에 이어 나를 제명한 마당에 나를 비호해 줄 세력이나 이유가 없다는 사실을 외면한 주장이었다. 결국 검찰의 이 같은 반발은 한마디로 무죄 추정의 원칙을 무시하고 '구속 만능주의'를 지향하는 검찰의 몽니에 불과했다 하겠다.

한편 언론은 구속영장이 기각됨에 따라 앞서 9월 6일 국회 본회의에서 나에 대한 체포동의안을 가결한 정치권도 체면을 크게 구긴 꼴이 됐다고 지적했다. 사법부조차 인정하지 않은 '공천헌금 3억 원'이라는 혐의 사실을 별다른 의심 없이 덥석 물어 체포동의안을 통과시켰으니 그런 지적이 나올 법했다. 물론 정치권은 이를 검찰의 부실수사 탓으로 돌렸다.

당시 언론에 따르면 야당인 민주당 대변인이 "국회에서 체포동의안까지 처리하게 해놓고 구속 판단을 이끌어내지도 못할 수준의 영장을 법원에 청구한 것은 국회와 국민을 기망한 것"이라고 검찰을 맹비난한 것이 대표적인 예다. 하지만 '구속 판단을 이끌어내지도 못할 수준의 영장'은 국회에 제출된 체포동의안과 사실상 같은 내용이었으니 체포동의안에 찬성한 200명의 국회의원들도 검찰의 부실수사에 맞장구친 것이나 마찬가지였다.

이와 함께 중진과 평의원 간의 형평성 문제도 거론되었다. 저축은행 비리 의혹에 연루됐던 C 새누리당 의원의 체포동의안은 부결됐고, P 민주통합당 원내대표는 체포동의안이 제출되자 검찰에 자진 출석해 조사를 받으면서 체포동의안이 자동 폐기되었으니 그런 비판도 설득력이 있었다.

나에 대한 영장 기각은 뜻밖의 결과를 낳기도 했다. 내가 여의도를 떠난 후인 2014년 9월 3일 철도 비리와 연루되었다는 이유로 제출된 새누리당 S 의원에 대한 체포동의안이 국회 본회의 표결에서 부결된 것이 그것이다. 이는 여야 지도부의 생각과는 달리 여야 막론하고 상당수의 이탈표가 나온 결과였다. 이를 두고 나의 사례가 계기가 되어 검찰 수사에 대한 불신이 크게 작용했다고들 했다. 새누리당 어느 재선 의원이 "국회에서 체포동의안이 압도적으로 가결됐지만 정작 불구속 기소됐던 현영희 의원이 떠올랐다"며 "결론적으로 구속되지 않을 현역 의원을 당론으로 가결 처리하는 잘못을 저질렀다"고 아쉬워했다는 보도가 이런 시각을 뒷받침한다.

어쨌거나 나에 대한 구속영장 기각은 어쩌면 진실이 밝혀질지 모른다는 희망을 잠시 갖게 했지만 이후 검찰의 추가 조사와 법원의 외면으로 인해 결국은 내가 뒤집어쓴 허물을 벗어날 수는 없었다.

08 ——

결론을 정해놓은 검찰 조사 Ⅱ

끼워 맞추기 수사

9월 초 4번째 검찰 소환조사를 받았다. 매번 10여 시간씩 반복되는 질문을 받다 보니 정말 가기 싫었다. 집으로 찾아온 보좌관과 함께 변호사 사무실에 들렀다가 검찰로 향했다.

핵심을 건드리지도 못하는 오전 조사가 끝났다. 점심을 먹은 후에 다시 조사가 시작되었다. 몇 가지 질문을 하더니 C와 대질시켰다. 포승줄에 묶인 초췌한 C의 모습을 보자니 나는 너무나 괴로웠다. 이른바 '공천헌금'과 관련한 문답이 오갔다.

나는 검사의 질문에 또박또박 답을 했다. C가 앞서 검찰 조사에서 공천헌금 3억 원이 아니라 활동비 500만 원을 받았다고 진술을 번복했다는 소식을 들었기에 나는 더욱더 또렷하게 말했다. 나는 마음속으로 '제발 내 말을 잘 듣고 진솔하게 이야기 해달라'고 빌었다.

그런데 C는 진술 거부권을 행사하겠노라고 했다. 검사가 이유를 묻자 그는 "3억 원 공천헌금 때문에 이미 나를 구속해서 조사를 했지만 그동안 아무런 증거를 찾지 못한 것 아닌가? 그리고 며칠 전에 J와 나를 대질신문했지만 J가 거짓말을 하고 있었다. 나는 법원에 가서 떳떳하게 나의 진실을 밝히겠다"고 이야기했다.

그러자 C를 내보내고 다시 조사를 했다. 조사가 길어지자 나는 식은땀이 나기 시작하며 허리, 어깨가 아팠다. 저녁 먹은 후에 다시 조사하겠노라 이야기하기에 내가 "오늘은 몸이 많이 아프니 조사를 그만했으면 좋겠다"고 하자 검사는 "영장이 기각이 되었다고 그렇게 말하느냐?"고 비아냥댔다. 나는 화가 났다. "내가 조사를 안 받겠다고 했느냐? 나는 국회의원의 특권도 버리고 3차까지 조사를 받았고 오늘도 조사를 받고 있지 않나? 단지 몸이 너무 아프니 다음에 조사를 받겠다는 것 아닌가? 검사님도 사람인데 어떻게 그렇게 말을 하느냐"고 쏘아붙였다.

잠시 후 검사도 내 모습이 딱해 보였는지 "오늘은 조사를 종료하겠으니 그럼 언제 오면 좋겠느냐"고 묻기에 나는 "변호사하고 의논해서 연락을 드리겠다"하고는 진술서 내용을 검토하기 시작했다. 2시간 넘게 검토하다 보니 저녁 9시가 가까웠다. 그렇게 9시가 지나 조사를 다 마치고 돌아오는 나는 몸도 아프지만 마음이 지칠

대로 지쳐 겨우 집으로 돌아올 수 있었다. 도중에 허기를 메우려 국밥집에 들르니 남편이 애가 쓰여 거기로 마중을 나왔다. 내가 그 시점에서 남편에게 할 수 있는 말은 "여보 미안해" 이 한마디뿐이었다.

9월 중순 5번째로 검찰에 소환되었다. 나는 무거운 발걸음으로 검찰로 향했다. 남편은 이제 마지막 소환이니 차분하게 조사에 잘 응하고 돌아오라고 격려했다. 나도 '부디 오늘이 마지막이 되었으면' 하는 바람이었다.

그날은 토요일이어서 당직실을 통해 9층 검사실로 가니 수사관이 다시 10층 조사실로 안내했다. 잠시 후 K 검사가 들어왔다. 검사는 3월 15일 공천헌금 전달과 관련해 C와의 통화 내역과 당일의 행적들에 대해 집중적으로 캐물었다.

점심 식사 후에 이어진 조사에서 수사관이 갑자기 쇼핑백을 하나 들고 들어왔다. 'S'자가 크고 굵게 그려져 있었는데 서류봉투 하나가 들어갈 만한 크기였다. 가짜 종이돈과 서류봉투도 있었다. 검사가 그 쇼핑백을 아느냐고 묻기에 나는 처음 보는 쇼핑백이라고 했다. 검사는 나에게 서류봉투에 돈을 어떻게 넣었는지 그림을 그려보라고 했다. 나는 그림을 그렸다. 그리고 서류봉투에 가짜 돈을 넣어 쇼핑백에 넣으라고 했다.

나는 거부했다. 그 쇼핑백을 사용하지 않았기 때문에 시연할 수 없다고 했다. 그리고 처음 조사받을 때 보여준 사진과 전혀 다르다고 했다. 두 번째 조사에서 보니까 사진이 바뀌어 있어서 나는 처음의 사진과 두 번째 사진도 다르다고 했다. 나는 처음에 보여준 사진에 대해 설명하고 그림도 그려 주었다. 나는 어째서 가방이 자주 바뀌는지 도무지 이해할 수가 없었다.

검사는 밖으로 나가 J를 데리고 들어왔다. J는 검사의 질문에 태연하게 답을 했다. 무슨 말을 하는지 들리지는 않았지만 쇼핑백에 돈 13다발을 넣는 시연을 하고 있는 것 같았다. 나에게도 몇 가지 질문을 했지만 나는 귀를 막고 답을 하지 않았다. 1시간여 뒤 J를 내보냈다.

검사도 조금은 미안했던지 직업이니 어쩔 수 없으니 이해를 해달란다. 너무 충격을 받아서인지 걷는 것도 힘들어 다리를 절었다. 집으로 돌아오니 몸이 땅으로 꺼지는 듯했다. 억지 누명을 쓰고, '출구'도 보이지 않는 가운데 매번 10여 시간씩 어처구니없는 질문에 시달려보지 않은 사람은 이때 내 심정이 어땠는지 짐작도 못 할 것이다.

알맹이 빠진 기소

결국 부산지검은 9월 25일 나를 공직선거법 위반 혐의로 불구속 기소했다. 2012년 3월 15일 19대 총선에서 새누리당 부산대

해운대·기장 또는 비례대표 후보로 공천을 받기 위해 힘써 달라며 활동경비 및 청탁자금 명목으로 C에게 5천만 원을 건넨 혐의였다. C도 공직선거법 위반 혐의로 구속 기소됐다.

그러나 검찰은 나와 C를 기소하면서 "3억 원은 현기환 전 의원에게 전달하기 위한 돈"이라는 J의 주장을 기소장에 적시하지 않았다. 보도에 따르면 부산지검 관계자는 "C가 수수한 혐의가 있는 3억 원은 제3자에게 전달하기 위한 것이 아니라 포괄적인 '공천 청탁 관련 금품'이라는 판단"이라고 밝혔단다. 당초 선관위가 고발했던 핵심 내용인 '공천헌금'이란 명분이 슬그머니 사라진 것이었다. 게다가 금액 또한 3억 원에서 500만 원, 다시 5,000만 원으로 고무줄처럼 줄었다 늘었다 했다. 나와 C가 일관되게 3억 원이 오간 사실을 부인하고 있는 데다 검찰이 나에 대한 체포동의안 국회 제출, C에 대한 구속 기소 과정에서 문제의 돈을 확인할 구체적인 물증을 전혀 제시하지 못한 채 그저 제보자 J의 진술과, C와 나의 진술 일부, 통화 내역 등만 적시했을 따름이었다. 사건의 핵심인 돈의 출처와 조성 방법, 흐름 등은 전혀 언급하지 않았다.

온 언론이 관련 기사로 도배질할 만큼 떠들어 놓고는 기소 내용에는 알맹이가 빠졌으니 '부실수사' '용두사미 수사'란 비판이 제기되는 것이 당연했다. 내가 C에게 건넸다는 돈이 5,000만 원으로 줄어들었고, 그마저도 돈을 건넨 이유가 '공천 청탁'에서 '경비 겸 사례'로 바뀌었으니 당초 선관위가 수사 의뢰한 내용을 확인하기는커녕 후퇴한 셈이었다. 중앙선거관리위원회가 이 사건을 검찰에 고발하는 과정에서 확인되지 않은 의혹들을 발표해 의혹을 증폭시키고 수사에 차질을 빚게 한 것도 문제라는 지적도 나왔다. 어쨌든 검찰 수사 결과는 태산이 들썩일 만큼 일을 벌여 놓았는데 정작 겨우 쥐 한 마리가 튀어나온 격이었다.

언론은 돈을 주었다는 나는 불구속 기소하고 전달책에 불과한 C 씨는 구속 기소한 것은 형평에 맞지 않는다, 나에게 돈을 받았다는 의혹이 제기된 현 전 의원과 H 전 새누리당 대표는 "돈을 받았다고 인정할 증거가 없다"며 무혐의 처리한 것은 '꼬리'만 자른 것이다 등 여러 문제점을 지적했다. 나아가 돈을 주고받은 물증이 없어 향후 법정에서 C가 말을 바꿀 경우 공소 유지가 가능할지 의문이라고까지 했다.

어쨌거나 검찰의 시간은 끝나고 이제 '공'은 사법부로 넘어가게 된 것이었다.

09 ——

진실에 눈감은 재판

'3억 공천헌금'은 간데없고

2012년 10월 5일 부산지법 351호 법정에서 첫 공판이 열렸다. 사실 재판 전에는 실체적 진실이 밝혀지지 않을까 어느 정도 기대를 했었다. 검찰이야 선관위의 수사 의뢰를 받아 고발 내용을 바탕으로 수사를 진행한 만큼 선입견을 가지고 몰아갈 수도 있다고 생각했다. 그렇지만 핵심 증거인 돈의 실체와 출처에 관한 물증도 찾지 못한 채 오로지 J의 진술에만 의지해 기소했기에 '3억 공천헌금'이란 말은 사라졌다. 내게서 돈을 받았다는 이들은 무혐의 처분을 받았다. 내가 공천헌금을 한 적이 없으니 당연한 일이었고, 이것이 재판에서 인정받으리라고 믿은 이유였다.

그러나 부산지법 형사합의6부는 내 기대를 저버렸다. 6번의 심리 끝에 11월 23일 나에게 유죄 판결을 내렸다. 재판과정에서 C가 검찰에서 했던 진술을 번복하고, J의 증언은 흔들렸음에도 나로선 납득할 수 없는 판결을 내린 것이었다.

10월 17일 열린 2차 공판에서 C는 검찰의 강압 수사로 당초 내게서 받았다는 활동비를 두고 진술이 바뀐 사정을 증언해 파문이 일었다. 그는 구속된 후 한동안 받은 돈 액수가 500만 원이라 주장했다가 8월 17일 돌연 액수를 5천만 원으로 번복했었다. 이와 관련해 C는 이날 법정에서 "현 의원으로부터 3월 15일 받은 돈은 500만 원인데 강압 수사로 5천만 원이라고 허위 자백했다"고 증언했다.

그러면서 C는 증인 신문 과정에서 "구속 초기 수사 검사가 '고3 아들, 대학 3학년인 딸, 86세 어머니와 90세 아버지를 모두 불러서 조사하겠다. 당신 재산도 모두 공매처분하고 동생 사무실도 작살내겠다'고 해 변호사와 상의해 5천만 원이라고 말을 바꿨다"며 울먹였다. 또 C는 이 무렵 변호사가 "(당신은)단순 전달자이니 500만 원이나 5천만 원이나 죄가 별 차이 없다" "사회적 파장이 큰 사건인데 500만 원으로 주장하면 되겠느냐. 검찰이 빠져나갈 구멍을 줘야 한다"고 말했다고 소개했다. 결국 처음에는 1,000만 원, 2,000만 원 하다가 결국 5,000만 원으로 타협을 했단다. 부산지검 측은 당연히 C의 주장을 반박했다. "요즘 세상에 그런 방식으로 허위자백을 하는 피의자가 어디 있느냐"며 "전혀 사실무근"

이라고 했다.

내가 주었던 500만 원이 3억 원으로 둔갑했다가 다시 5,000만 원으로 줄어든 사정을 알게 되니 C가 그런 마음고생을 한 것이 가여우면서도 '참으로 책임감 없는 사람이구나'하는 탄식이 절로 나왔다. 그가 한심해 보이는 한편 기가 찼다. 그가 검찰의 압박에 굴복하지 않고 꿋꿋이 진실을 계속 밝혔더라면 이른바 '공천헌금 파문'이 이렇게 커지지도, 오래가지도 않았을 텐데 하는 생각이 들어서였다.

10월 23일 3차 공판에선 증인으로 나온 J의 진술이 오락가락해 신빙성에 대해 강한 의문이 제기되었다.

J는 이날 "지난 3월 15일 현 의원이 쇼핑백을 주면서 '3억 원이다. 서울에 있는 C에게 전달하라'고 말했고, 이 백을 당일 오후 서울역에서 C에게 전달하니까 그가 루이비통 가방에 넣었다"고 밝혔다. 그는 또 "100장씩 묶인 5만 원권 다발 12~13개를 쇼핑백에 넣었을 때의 부피와 중량이 3월 15일 쇼핑백을 전달했을 때와 일치한다고 진술한 게 맞느냐"는 검찰의 질문에 "그렇다"고 답했다. 그러나 우리 측 변호사가 가짜 돈을 만들어 가지고 와서 돈을 J에게 5만 원권 20다발, 30다발, 40다발이 든 쇼핑백의 무게를 각각 구분해보라고 했으나 그는 구분을 못 하면서 다 비슷하다고 진술했다.

게다가 그는 "당초 쇼핑백의 벌어진 틈으로 내용물을 꺼내 봤다고 했다가 나중에 쇼핑백이 봉인돼 있었다고 말을 바꾼 이유가 뭐냐"는 우리 측 변호인의 추궁에 "첫 진술은 (제보 내용을) 어필하려다 보니……"라며 얼버무렸다. 그는 또 "검지와 중지를 쇼핑백 틈으로 넣어 내용물이 돈이라는 느낌을 받았다"고 진술했지만 법정 시연(試演)에선 두 손가락을 쇼핑백 틈으로 넣었는데도 내용물에 닿지 않았다. 특히 J는 선관위 문답에서 "돈이 회색 종이로 싼 한 덩어리였다"고 했다가 검찰에선 '흰색으로 싼 여러 뭉치'로 바꿨다가 이날 법정에서 다시 '흰색 한 덩어리'로 번복했다. 도대체 아무도 '3억 원'의 실체를 본 사람이 없다는 이야기였다.

J의 말이 앞뒤가 맞지 않고 기억이 안 난다, 그랬을 거 같았다고 횡설수설하며 거짓말을 하는 듯하자 재판장이 나에게 J를 고발하겠느냐고 물었을 정도였다. 반성은커녕 고개를 치켜들고 태연하게 거짓말을 하는 J를 보면서 나는 분하고 억울한 심정을 가누느라 가슴이 아팠다.

마지막 심리에선 피고인인 나에 대한 검찰 측의 심문이 있었다. 검사가 하나하나 질문을 할 때 나도 차분한 마음으로 또박또박 대답을 하긴 했지만 갈수록 하고 싶은 말이 많아져 무슨 말을 어떻게 했는지 모를 정도였다. 이어 검사가 구형을 했는데 나와 C는 물론 선거운동 과정에서 나를 도왔던 지인들까지 모두 유죄로 징역형이나 벌금형이 구형되었다.

검찰의 구형이 거의 끝날 즈음 뒤에서 나를 툭 치는 사람이 있어 뒤를 돌아보니 남편이었다. 변호사랑 함께 왔다고 했다. 구형에 대해 걱정을 했더니 검찰의 입장에서는 당연히 그렇게 한다면서 판사의 판결이 중요하다고 했다. 1심 판결은 11월 23일 10시에 한다고 했다. 남편이 나를 위로하면서 너무 걱정하지 말라고 했다.

기대도 헛되이 진실은 외면받고

그러나 11월 23일 결심에서 나온 판사의 판결은 기대와 달랐다. J의 고발을 뒷받침할 C의 진술을 뿌리부터 뒤집어엎는 진술이 나왔지만 재판부는 이를 외면하고 나에 대해 정치자금법 위반으로 징역 2년에 집행유예 3년, 추징금 4천 800만 원과 벌금 300만 원을 선고했다. 재판부는 "복잡한 방법으로 돈을 포장하는 등 의심할 만한 정황과 현 의원과 J 사이에 돈 심부름을 시킬 정도의 신뢰가 당시 있었던 점을 들어 5천만 원을 넉넉히 인정할 만하다"고 판시했다. 아니, '돈 심부름을 시켰다'고 해서 유죄라는 게 아니라 "시킬 만하다"하다는 이유로 유죄라니 이건 증거가 아니라 추정에 의한 판결 아닌가. 나는 억울하고 기가 막혀 하늘이 무너지는 것 같았다.

재판부는 또 "5천만 원은 C가 스스로 진술한 금액이며 제보자가 제시한 쇼핑백의 포장 형태와도 일치한다"면서 검찰의 강압 수사에 의해 그의 진술이 바뀐 사실을 받아들이지 않았다. 다만 "청탁 시도에 성공하지 못했고, 돈을 다시 돌려받은 점, 비례대표 공천에 영향을 미치지 않았던 점 등을 양형에 고려했다"고 재판부는 덧붙였다.

1심 재판 때는 증인들이 많이 나왔다. 나에게 J를 소개해 주었던 P 씨, 교회 목사, 유치원행정실장 등 10여 명의 증인이 출석하여 정말 나름대로 열심히 증언을 해주었다. 특히 선거사무소에서 직간접으로 내 선거운동을 도왔던 이들은 피의자 신분으로 앉아 있어야 했다. 모두들 한결같이 시간을 맞추어 법정에 나왔다. 그런데 J는 한 번 출석하고는 두 번째는 배가 아프다는 이유로 출석하지 않았다. 아마 증인 신문을 하다 보면 말이 어긋나 자신에게 불리하다는 생각이 들어 그렇게 한 것 같았다. 그러니 나는 더욱더 화가 났다. 고발당한 우리는 모두 죄인 취급을 하면서 고발한 자는 그토록 사정을 봐준다는 사실을 용납하기 힘들었다. 이 같은 판결에 나는 너무나 억울했지만 항소를 하면 된다기에 그걸 기대하고 참아야 했다. 그러나 2013년 6월의 고등법원 판결과 이어진 2014년 1월의 대법원 판결은 한 가닥 남아있던 '진실이 승리하리라'는 희망과 기대를 짓밟고 말았다.

부산고법 제2형사부는 몇 달간의 법정 다툼 끝에 2013년 6월 5일 "C의 검찰에서의 진술에 신빙성이 있어 피고인들 사이에 수수한 돈은 5천만 원이고, 그 돈의 공천 관련성도 넉넉히 인정할 수 있다"면서 나에게 징역 1년 6월에 집행유예 2년, 추징금 4천 800만 원을 선고했다. 1심과 달라진 것이라고는 선거사무장 수당과 자원봉사 대가 제공 부분 등 일부분이 무죄로 인정되었다는 사실뿐이었다.

나는 곧장 상고했으나 대법원 판결도 그리 다르지 않았다. 대법원 제1부는 2014년 1월 16일 나에게 공직선거법 위반, 정치자금법 위반 혐의로 징역 1년 6월에 집행유예 2년, 추징금 4,800만 원을 선고한 원심을 확정했다. 대법원 상고심에서는 사실 여부보다 법 적용의 타당성 등 법리 다툼을 벌인다고 들었다. 그러기에 나에 대한 유죄 판결이 바뀔 가능성은 크지 않다고 여겨 대법원 판결에 큰 희망은 걸지는 않았지만 정신적 타격은 컸다.

대법원 확정판결이 나오는 날 보좌관들만 법원에 갔고 나는 판결 소식을 집에서 방송을 통해 들었다. 남편은 내 손을 꼭 잡으면서 "마음을 크게 먹어라. 우리가 앞으로도 사회에서 얼마든지 봉사할 수 있는 일이 많으니 잘 생각하자"라고 위로했지만 눈물도 말라버린 나는 목이 메어 한마디도 할 수 없었다. '하고 싶은 일, 해야 할 일이 많이 남았는데……' 그런 생각이 머리를 스쳤다. 나는 보좌관에게 전화를 해서 국회 사무실을 비워야 하니 정리를 부탁한다고 차분하게 말하고는 그대로 자리에 쓰러졌다. 모든 것이 사라지는 것 같았다.

10 ——

누가 나에게 돌을 던지랴

정의의 여신도 눈감을 때가 있다

'정의가 반드시 승리하는 것은 아니다.' 재판과 관련해 항간에 오가는 이 말을 나는 '공천헌금 의혹' 사건을 몸으로 겪으며 절감했다. 내가 아무리 항변하고 해명해도 거대한 벽을 마주한 것 같았다. 허위 고발자 J의 발언이 오락가락하고, '전달책' C의 진술이 바뀌어도 검찰과 법원은 기이할 정도로 귀 기울이지 않았다.

2년 가까이 다퉈온 끝에 대법원 제1부는 2014년 1월 16일 확정판결에서 공직선거법 위반과 정치자금법 위반 재판과 관련한 나의 상고를 기각하고 검찰의 주장을 인정한 고등법원의 판결을 받아들였다. 사실 대법원에서 고법의 판결이 뒤집어지리라고는 크게 기대하지 않았다. 대법원은 사실 여부의 판단을 다루는 사실심이 아니라 하급심의 판결에서 법률 적용과 논리에 오류가 있는지에 대해서만 다루는 '법률심'이기 때문이었다. 이는 한마디로 고등법원 판결에 법률 적용이나 논리에 오류가 없는 이상 답은 정해져 있다는 의미였다.

그러니 J는 왜 '공천헌금' 실물을 사진 찍지 않고 돈이 들었다는 '쇼핑백'만 찍었는지, 과연 쇼핑백에는 얼만큼의 돈이 들었었는지, 그 돈이 '활동비 지원'인지 '공천헌금용'이었는지, '공천헌금'이었다면 그 돈은 누가 챙겼는지, 그걸 전달하려던 C가 액수를 두고 여러 차례 말을 바꾼 과정과 이유는 무엇인지 등 숱한 의문 사항에 대해선 이미 고등법원에서 판단이 내려진 상태였다.

당연히 대법원 판결에선 무엇보다 내가 C에게 주었다는 금액은 '3억'에서 '5,000만 원'으로 줄어들었고, 그 목적도 '공천헌금'에서 성격도 애매한 '활동비'로 바뀐 이유나 개연성에 대한 언급은 보이지 않았다. 나 이외에도 관련 피고인이 다수 얽혀 있었고 '혐의'도 여럿이어서 판결문은 A4용지 22장에 달할 만큼 길고 복잡했다. 그중 내가 의원직을 떠나게 된 결정적 이유인 '3억 공천헌금' 관련 대목만 인용해 본다.

가. 기고인 현영희 · C의 정당 후보자 추천 관련 금품수수로 인한 공직선거법 위반의 점에 대하여

원심은, 피고인 C이 검찰 피의자신문 단계에서 J를 통하여 피고인 현영

희로부터 수령하였다는 돈의 액수가 500만 원이라고 진술하다가 2012. 8. 17.경 그 액수가 5,000만 원이라는 취지의 진술서를 작성하여 검찰에 제출한 후 그때부터의 피의자신문 과정에서는 위 진술서와 동일한 내용으로 진술하였는데, 그와 같은 진술 번복의 경위에 임의성을 인정할 수 있고, 그 진술 번복의 경위 등에 관한 피고인 C의 설명, 피고인 현영희와 피고인 C 사이의 통화내역이나 피고인 C이 피고인 L에게 보낸 문자메시지의 내용, 피고인 C의 현금 인출 내역이나 기타 통화내역 등에 비추어 위 진술의 신빙성을 인정할 수 있다고 판정하였다. 나아가 원심은, J이 피고인 현영희로부터 돈이 든 쇼핑백을 전달받아 이를 피고인 C에게 전달한 경위 및 상황 등에 관하여 구체적으로 진술하였고, J이 금전 수수 당일에 촬영한 쇼핑백 사진과 제1심 · 원심에서 그 쇼핑백에 5,000만 원을 넣었을 때의 형상이 크게 차이가 나지 않았던 사정 등을 종합하여 J의 이 부분 진술의 신빙성을 인정하면서, 피고인 현영희 · C의 판시와 같은 각 범행 사실을 유죄로 인정한 제1심 판결을 그대로 유지하였다.

원심 판결 이유를 원심이 적법하게 채택한 증거들에 비추어 살펴보면, 원심의 위와 같은 사실인정과 판단은 정당한 것으로 수긍할 수 있고, 거기에 필요한 심리를 다하지 아니하거나 논리와 경험의 법칙을 위반하여 자유심증주의의 한계를 벗어나 사실을 잘못 인정한 위법이 있다고 할 수 없으며, 나아가 피고인 현영희 · C의 상고이유 주장과 같이 자백에 대한 보강증거나 공소사실의 특정에 관한 법리, '정당이 특정인을 후보자로 추천하는 일'과의 관련성이나 그 '제공' 여부 등에 관한 법리를 오해하는 등의 위법도 없다.

결국 인용된 판결문에서 보듯 대법원은 '공천헌금'과 관련한 나의 '범행'을 유죄로 인정한 고등법원의 판결을 유지했다.

이를 보고 나니 궁금한 것도 많고 하고 싶은 말도 많았지만 꾹꾹 눌러 담고 10년 넘게 지내왔다. 그런 만큼 이제 사건의 핵심 쟁점에 대한 나의 반론과 해명을 정리해 나를 알고 이 책을 읽는 분들의 판단을 구하려 한다.

돈을 주고 공천을 받으려 했다고?

이건 그야말로 있을 수 없는 이야기이다. 권위주의 정권 시절, 주로 야당에서 이와 관련한 소문이 돌았던 것은 사실이다. 정부 여당의 압력으로 야당은 정치자금이 궁색한 나머지 비례대표를 공천할 때는 계파 보스나 당 지도부의 몫으로 추천을 받아 거액 헌금자 몇몇을 비례대표 명단에 끼워 넣은 일이 없지는 않았다고 들었다.

하지만 2012년 총선을 앞둔 새누리당에서 비례대표 의원직을 두고 '헌금'을 받는다는 것은 상상할 수도 없다. 우선 그럴 필요가 없었다. 아무리 당시 이명박 대통령과의 사이가 원만하지 않았다 해도 새누리당은 여당이었다. 여기에 새누리당의 대통령 후보로 유력한 박근혜 전 비대위원장의 국민적 인기는 압도적이었다. 정치자금이 모자랄 일은 없었다는 이야기다.

게다가 당시 박근혜 전 비대위원장은 디도스 공격, 전당대회 돈 봉투 사건 등의 와중에 정치 쇄신을 강조하며 '클린 정치'를 강하게 밀어붙이던 상황이었다. '공천헌금'이 끼어들 여지는 더더욱 없었다. 이와 관련 새누리당 공직후보자추천위원회에 참여했던 한 인사는 언론에 "그런 분위기에서 진행된 공천이었기 때문에 누구 하나 의심받을 행동을 할 분위기가 아니었다"며 "돈을 받고 공천을 약속하는 일은 불가능했다"고 단언하기도 했다.

게다가 언론에 따르면 당시 새누리당은 '시스템 공천'을 했다. △현역의원 하위 25% 컷오프제 △정당 지지율과 예비후보 지지율 비교 △예비후보 간 지지율 비교 △도덕성 검증 등 다양하고 복잡한 방식으로 심사를 하는 구조여서 특정인의 '사심(私心)'이 개입할 여지가 적었다는 것이다. 특히 비례대표 공천의 경우도 공천위원회 내부에 '심사소위'를 구성해 1차로 후보들을 걸러낸 뒤 전체회의에서 추인하는 방식으로 진행되었는데 현기환 전 의원은 비례대표 심사소위에 포함되지 않았기 때문에 나에게 돈을 받고 공천을 약속할 위치가 아니었다는 것이다.

나의 공천이 내정되어 있었다고?

'헌금설'과 관련해 내가 사전에 비례대표 공천을 약속받은 상태에서 신청했다는 이야기도 돌았다. 이는 새누리당의 '공천 금품수수 의혹 진상조사위원회'가 2012년 8월 12일 2차 회의 후 "L 전 기획조정국장을 상대로 질의한 결과 현 의원이 3월 8일 지역구 공천을 철회하고 비례대표로 바꿔 신청한 사실을 확인했다"고 발표한 데서 비롯되었다. 지역구 공천발표 전에 결과를 미리 안 내가 지역구 신청을 철회하고 비례대표 신청을 했다는 헛소문은 언론에 기사화되기까지 했다.

그러나 나는 지역구 공천 발표 다음 날인 2012년 3월 10일 비례대표 신청을 했다. 나는 그날 J를 직접 서울 당사에 보내 공천 서류를 접수시켰다. 그때 심사비를 냈는데 앞서 지역구 공천 신청 때 280만 원을 냈기에 그 차액분 170만 원을 냈다. 이건 비례대표 공천 심사비와 특별당비가 포함된 영수증으로 확인된 사실이다.

지역구 공천을 신청했다가 이를 철회하고 비례대표를 다시 신청해서 공천을 받은 것은 분명히 이례적이긴 하다. 그러나 나의 비례대표 공천은 '헌금'에 따른 '내락'의 결과가 아니었다. 시의원 활동, 교육감 출마 등으로 지역에서 나름 지명도가 있었고, 20년 이상 유치원을 운영하면서 문학박사(유아교육학 전공)학위를 받는 등 교육 전문가로 전문성도 있었다. 여기에 당 상임전국위원에 박근혜 지지 모임인 '포럼 부산비전'의 공동대표를 지내는 등 당에 대한 기여도도 평가받을 만했다. 부산 중 · 동구에 공천 신청을 했으나 현역의원에게 밀려 공천을 못 받았을 따름이었다. 마침 민주통합당이 부산에서 여기자 출신을 비례대표 7번에 배정하자 일종의 '대항마'로 부산지역 여성 몫으로 우선 공천 고려 대상으로 거론된다는 이야기도 있었다. 내가 공천을 받을 만한 충분한 자격이 있었다는 이야기다.

그래도 이런 이야기를 납득하기 어렵다 하자. 즉, 내가 거액을 건네고, 비례대표 공천을 사전에 언질을 받았다고 하자. 그랬다면 당선 가능성이 희박한 순위를 받았을까. 그런 순위를 받고 3억 원이나 건넸을까. 내가 새누리당으로부터 받았던 비례대표 순번은 25번으로 당시 각 정당과 언론이 분석한 '당선 안정권'(20번 안팎)에서 한참 떨어져 있었다. 그 후 앞 순번 후보가 취소되면서 23번으로 당겨지긴 했지만 내가 '거래'를 했다면 그토록 당선이 불확실한 순번을 받지는 않았을 것이다. 내가 어지간히 세상 물정 모르는 멍청이가 아니라면 말이다.

'3억 원'은 하늘에서 떨어졌나?

J는 내가 자기에게 '3억 원을 C에게 전하라'며 돈 심부름을 시

켰다고 선관위에 고발했다. 그런데 J의 진술 말고는 '3억 원'의 실체는 끝내 드러나지 않았다. 말하자면 말만 무성하지 실체는 없는 '유령'과 같은 돈이었다. J를 포함해 아무도 그 거액을 본 사람이 없다. J가 C를 만나기 전 서울역 화장실에서 찍었다는 '돈'은 현금이 아니라 '돈이 들었다는 쇼핑백'이었다. 내 움직임을 10분 단위로 적어가며 고발한 J가 왜 가장 중요한 '돈' 사진은 찍지 않았을까. 설사 포장이 되어 있더라도 풀어서 찍은 뒤 다시 쌌으면 됐을 텐데 말이다.

무엇보다 검찰 조사 과정에서도 드러난 일이지만 문제의 쇼핑백은 3억 원을 담기에는 너무 작았다. 내 변호사가 이를 집요하게 따지자 J와 검찰은 5만 원권이라 했다가 이도 안 되니 달러나 유로화, 심지어 수표가 섞였을 수 있다고 말을 바꾸다가 결국 금액 자체를 아예 5천만 원으로 축소했다. 모두 '현금'의 실체가 없어 벌어진 해프닝이었다.

내가 3억 원을 준 일이 없으니 당연한 이야기이지만, 검찰은 돈의 출처도 찾아내지 못했다. 우리 집이며 남편 회사, 은행 계좌 등을 몇 차례나 샅샅이 압수수색하고도 그랬다. 나의 남편이 몇 차례 계좌에서 돈을 인출한 기록은 찾았지만 이는 3억 원에 턱없이 모자라는 것으로 확인됐다.

'돈 심부름'을 아무에게나 시키나?

자, '유령 돈'은 갈수록 꼬리가 길어진다. '돈 심부름' 이야기다. 3억 원은 현실에서는 보통사람이 좀처럼 보기 힘든 거액이다. 5천만 원도 비슷하다. 가지고 다닐 일이 별로 없다. 그런데 이게 공천헌금이다. 말하자면 '구린 돈'이고 '뒷돈'이다. 주고받는 데 조심하고 신경 써야 할 돈이란 이야기다.

그런데 그 돈을 알게 된 지 한 달 남짓 된 아랫사람에게 맡겨 전달한다고? J는 나와 아무런 인연이 없던 사람으로, 비록 선관위에 선거캠프 사무장으로 등록했지만 수행 비서 겸 운전기사였다. 깊이 신뢰하기엔 시간도 모자랐고, 맡은 임무도 그리 중요하지 않았다. 피를 나눈 친인척도 아니고, 선거운동에서 핵심 역할을 하는 중요 인사도 아니었다. 게다가 그런 거액을 사과박스나 박카스박스 같은 데에다 단단히 포장한 것도 아니고 그저 봉투에 넣어 가지고 갔다니 이게 '검은 돈' 거래에서 있을 법한 일인가.

'전달책'으로 지목된 C는 어떤가. 중앙 정가의 소식을 전해 주는 그에게 내가 고마움을 느꼈고, 서울에 간다고 했을 때 식사비 등 활동비를 지원해 주려 한 것은 맞다. 하지만 그것은 어디까지나 공천헌금이 아닌 '활동비'였고, 금액도 500만 원에 불과했다. 여기서 몇 차례 문제가 됐던 정치자금 뒷거래를 보자. 대부분 당사자끼리 돈이 오가지 친인척 등 정말 믿을 만한 사람이 아니라면 그 사이에 '전달책'을 두지 않는다. '뒷돈' 거래는 아는 사람이 적을수록 좋으니 당연하다.

현 전 의원이 부산시장 정책특보를 지낼 때 나는 시의원이었으니 서로 아는 사이였다. 반면 C는 부산 정가에서 활동하긴 했지만 나이와 출신 학교를 속였다 해서 현 전 의원과는 데면데면한 관계라는 사실이 적어도 부산에서는 많이 알려져 있는 상태였다. 그러니 설사 내가 현 전 의원에게 공천 부탁을 하려 했다면 어느 모로 보나 내가 직접 현 전 의원과 접촉하는 것이 상식적이고 효율적이었다. 그럴 이유도 없고 그러지도 않았지만 J나 C를 통해 그런 식으로 공천헌금을 건넬 이유가 없었다는 이야기다.

돈 받았다는 사람은 어디에?

'3억 원 공천헌금 의혹'과 관련해 선관위에서 검찰에 넘긴 내용 중에는 내게서 돈을 받았다는 인물로 현 기환 전 의원과 또 다른 H 의원이 거론됐다. 그런데 결과적으로 두 사람 모두 무혐의 처분을 받았다. 돈을 받았다는 직접적 증거가 없다는 이유였다. 그 결과 현 전 의원은 2015년부터 1년간 대통령비서실의 정무수석을 지냈다. H 의원 또한 여전히 현역 정치인으로 활약 중이다. 모두 안녕을 누렸고 누리고 있다는 이야기다. 만일 두 사람에게 조금이라도 법적 흠결이 있었다면 그게 가능했을까. 말도 많고 탈도 많은 정치판인데 언제든 어디에서든, 야당이든 언론이든 탈탈 털어서 문제 삼는 바람에 걸림돌이 되었을 텐데 말이다.

그러니 내가 할 말이 많지 않겠는가. 내 경우에도 '5,000만 원을 공천 로비 활동비로 C에게 주었다'는 직접적 증거가 없지 않은가. 3억 원은커녕 5,000만 원도 본 사람은 없고 '들었다는' 사람뿐이다. 공천 로비는 누구에게 언제 어떻게 했는지 또는 하려 했는지 언급도 없고, 돈을 받았다는 사람은 무혐의 처분을 받았다. 도대체 무슨 돈이 어디서 나와서 어떤 경로를 거쳐 누구에게 갔는지 나도 참으로 궁금하다.

한마디로 J의 허위고발이 불씨가 되어, C가 진술 번복으로 불길을 키우고, 검찰의 선입견과 법원의 수수방관 탓에 '산불'로 번진 것이다. 그 와중에 내세울 학연도, 중앙정치의 어느 계파에도 속하지 않는 변방의 무명 여성 정치인이었던 내가 여야를 막론한 정치권의 외면으로 이례적으로 신속하게 '낙마'한 사건이었다. 그렇다고 내가 그대로 엎어져 있던 것만은 아니지만.

4부

비가 오든 바람 불든 내 길을 가다

네덜란드 철학자 스피노자가 그랬다. "내일 지구가 멸망하더라도 나는 오늘 한 그루의 사과나무를 심겠다." 어떤 상황에 처하든 최선을 다해 자기 할 일을 하겠다는 의지의 표명이다. 이른바 공천헌금 파문으로 소속 정당인 새누리당에서 타의에 의해 밀려난 뒤 여의도를 떠나기까지 내 심정이 꼭 그랬다.

비례대표였기에 나를 지켜보는 유권자들도 없지만, 그리고 아무도 알아주지 않더라도 떠날 때 아름다운 뒷모습을 남기고 싶었다. 국회 본회의에서건 상임위원회에서건 기회가 닿는 대로 질의하고, 법안 발의를 위한 간담회나 토론회도 여러 차례 주최했고, 국정감사에도 충실히 임했다.

01 ——
시련 속에서 얻은 '소득'

"회사는 잃어도 저 사람 명예는 회복시켜야"

역경을 당해봐야 누가 진정한 친구인지 알 수 있다는 말이 있다. J의 고발로 시작된 이번 사건을 겪으면서 나는 그 사실을 절감했다. 내 재판에 증인으로 나온 사람도 있고, 나 때문에 재판을 받고 형벌을 받은 사람도 있지만, 평소 가깝게 지냈음에도 위로나 격려 전화 한 통은커녕 나와의 인연을 부인하거나 심지어 마치 '불가촉천민'인 양 나를 기피하는 이들도 없지 않아 있었다. 그런 사람들은 대부분 정치권 인사들이었지만 거의 모든 내 주변 사람이 나를 믿고 응원해주었다.

그중 첫손가락에 꼽히는 사람은 당연히 남편이다. 처음 내가 정치를 시작한다고 했을 때는 만류했던 남편은 그 후 내내 나의 든든한 우군이자 후원자였다. 돈이 될 만한 개발 정보를 요구한 일도 없고, 인사를 부탁하지도 않았다. 대신 걸림돌이 되었으면 되었지 본인이 경영하는 회사에 하등 도움이 되지 않는데도 굳건히 나의 정치 활동을 지지해주었다.

이번 사건이 터졌을 때도 남편은 내가 그런 '거래'를 하지 않았다는 사실을 잘 알고 있으니 당연한 일이었지만 한 번도 나에게 화를 내거나 짜증을 낸 적이 없다. J를 왜 고용했냐거나 무엇 때문에 돈 심부름을 시켰느냐고 따질 만도 하건만 그러지 않았다. 출근할 때면 늘 힘내고 식사를 꼭 챙기라고 당부하고, 퇴근할 때는 어깨가 처진 피곤한 모습으로 들어오면서도 저녁 식사를 했느냐, 뭐 좀 사 가지고 들어갈까 라고 나를 챙겨주곤 했다. 검찰에 조사를 받으러 가면 내가 돌아올 때까지 주차장에서 애간장을 태우며 기다렸고, 힘들게 돌아오면 괜찮을 거라고 늘 위로하곤 했다.

나는 잠도 제대로 자지 못하고, 자다가도 울화가 치밀어 깨서는 하염없이 울다가 지쳐 잠들곤 했다. 잠이 잘 오지 않을 때는 일어나 컴퓨터 앞에 앉아 나의 마음을 글로 쏟아내기도 했는데 어느 날 새벽엔 컴퓨터 앞에 앉아 있는 나를 보고는 남편이 소스라치게 놀란 적도 있다. 남편도 잠을 못 자기는 마찬가지였는데 컴퓨터 앞에 앉아 있는 나를 보니 문득 새벽에 일어나 컴퓨터로 글을 쓴 후 비극적 선택을 한 고 노무현 전 대통령이 떠올라서 그랬다는 것이었다. 잠이 오지 않아 생각을 정리한 글을 쓰고 있다고 말하자 그때서야 남편은 가슴을 쓸어내렸다. 그런 날이면 남편은 회사에 가서도 하루종일 일이 손에 잡히지 않는다며 집에 있는 나에게 몇 번이나 확인 전화를 하곤 했다.

그런 와중에 새삼스레 남편의 사랑을 확인한 일이 있었다. 검찰에 출두해서 1차 조사를 받고 난 며칠 뒤 내 담당 B 변호사가 저녁에 집으로 남편을 찾아왔다. 변호사는 1시간 가까이 남편과 이야기를 나눈 후 그날 서울로 돌아가지 못하고 우리 아파트 게스트룸에서 자야 할 상황이었다. 내가 게스트룸까지 안내하는데 변호사는 "정말 감동적입니다"라고 몇 차례나 나에게 이야기했다. 나는 무엇이 감동적이란 말인가 궁금했지만 그는 별다른 말은 하지 않았다.

뒤에 알고 보니 변호사는 우리 남편에게 '딜'을 하러 온 것이었다. 내가 '3억 원을 공천헌금' 혐의를 완강하게 부인하자 5,000만 원이라도 주었다는 사실을 인정하라는 검찰 측의 비공식 제안을 전하며 우리더러 이를 받아들이는 게 어떻겠느냐고 넌지시 권했다. 말하자면 일종의 플리 바게닝(plea bargaining)이었다. 이는 범죄자가 혐의를 인정하는 조건으로 검찰이 가벼운 범죄로 기소하거나 형량을 낮춰주는 제도로, 미국 등에선 자주 이용되지만 우리나라에선 공식적으로 인정받지 못하는 제도였다. 검찰은 확증을 찾지 못하자 C의 진술에 끼워 맞춰 나의 진술을 받아내 수사를 쉽게 하려는 의도인 듯했다.

그러면서 변호사는 그러지 않으면 검찰이 남편의 회사도 가만 두지 않겠다고 하더라는 말을 전하며 남편을 설득했다. 그러나 남편은 터무니없는 제안이라면서 오히려 화를 냈다. "회사 다 가져가라고 하라. 나는 운동화 한 켤레 신고 고향 밀양을 떠나 부산에 와서 저 사람 만나 이만큼 열심히 산 끝에 지금은 구두를 신고 있다. 없는 사실을 어떻게 있다고 하나? 회사를 잃어도 나는 저 사람 명예를 살려야겠다"고 하더란다.

이 말을 들으니 정말 남편이 너무도 고맙고 미안해서 얼굴을 들 수가 없었다. 이번 일을 계기로 회사 등에 압수수색을 당한 것은 물론 회사 경영에도 적지 않은 차질이 생겼고, 본인 역시 참고인 신분으로 검찰 조사를 받는 등 남편도 이루 말할 수 없는 수난을 겪었기 때문이다.

나를 돕던 법무법인의 M 대표는 이렇게 나를 위로했다. "현 의원님, 현 의원은 그래도 참으로 행복한 사람입니다. 부부간에도 서로 신뢰하지 못해 이혼이 늘어나는 요즘 사회에서 임 회장님 같은 분이 있을까요? 저렇게 현 의원을 아끼고 사랑하는 남편이 있고 또 돈도 있고 주변에서 걱정해주는 많은 지인이 있으니 현 의원은 얼마나 행복합니까?"

나는 아차 하는 마음이 들었다. 그렇다. 나에게는 사랑하는 남편과 자식, 손자가 있지 않은가. 그리고 변호사를 선임할 여유도 있고 매일같이 나를 걱정해 문자를 보내주고 있는 많은 지인이 있구나. 우리 사회에는 돈이 없어 변호사도 제대로 선임 못 하고 억울한 누명을 쓰고 있는 사람들이 많다는 것을 왜 진작 깨닫지 못했을까. 나는 갑자기 부끄럽다는 생각이 들었다.

물론 부부의 연을 맺을 때 평생 고락을 함께한다고 서약을 했지만 살면서 이렇게 피해를 주고 마음고생을 시킬 줄이야! 지금까지도 그때 일의 여파로 사업에 지장을 받는 일이 있어 힘들어 하지만 나에게 불평 한마디 하지 않는 남편에게 그저 나는 평생 죄인일 뿐이다.

이제 와서 이야기지만 솔직히 검찰 조사를 받는 중에는 정말 하루에도 몇 번씩 죽고 싶은 심정이 들었다. 내가 무슨 잘못을 저질러 이런 수렁에서 갖은 수모를 겪나 하는 자책감과 회의가 들어서였다. 그럴 때면 그저 하루에도 수십 번씩 '아, 하느님, 하루 빨리 이 어둡고 긴 터널을 벗어나게 도와주소서'라고 기도할 따름이었다.

미안하고 고마운 분들

J의 고발로 내 주변의 많은 사람에게 폐를 끼쳤다. 애꿎게 말려들어 곤욕을 치른 현기환 전 의원에게 미안하고, 선거캠프에서

나를 도왔다는 이유 혹은 남편 회사의 재무 담당이라는 이유만으로 법정에선 분들에게도 미안하다.

1차 조사를 받은 후, 나를 도왔던 많은 사람이 검찰에 불려가 조사를 받았다. 더욱이 부산 동구의 스님 대부분이 조사를 받으러 갈 때는 죽고 싶은 심정이었다. 선거사무소에서 나를 도왔던 이들은 물론 남편 회사의 L 전무는 피의자 신분으로 조사를 받았다. L 전무는 회사의 재무 담당이란 이유로 거의 매일 검찰에 출두했다. 이들이 밤늦게까지 조사받을 때면 남편도 잠을 이루지 못하고 애를 태웠다. 나 때문에 이렇게 고생하는 가족, 동료들을 볼 때마다 살을 에는 듯한 기분이었다. 검찰에 "차라리 나를 조사하라"고 울부짖고 싶었다. 그런데 그분들은 오히려 건강 조심하라고 나를 걱정해주었다. 어려운 일을 당할 때 보면 사람의 진심을 알 수 있다고 하는데 그런 의미에선 내가 그동안 잘 살았다고 볼 것인가. 불행 속에서도 희미한 위로를 느꼈다.

고마웠던 이들 중에 이제는 여의도를 떠난 남경필 의원이 떠오른다. 국회에서 나에 대한 체포동의안이 통과되던 날 남 의원은 나에게 다가오더니 "의원님, 이건 분명히 잘못된 겁니다. 저는 투표 안 하고 기권하고 나갑니다"라고 하더니 나가 버렸다. 내가 국회에 들어오고 난 뒤 남 의원이 자필로 "함께 열심히 잘해 보자"는 편지를 보낸 사실 말고는 그때까지 개인적 인연이 없었는데도 그런 위로의 말을 해준 것이었다. 그 말을 들으면서 "고맙습니다"라고 몇 번이고 되뇌었는지 모른다. 체포동의안 투표가 끝난 후 나를 위로해 준 여성 비례의원 몇 명, 내 손을 잡아준 이진복·고 서용교 의원의 얼굴은 지금도 잊을 수 없다.

아무것도 모르는 6살짜리 손자가 "할머니, 힘내세요"하면서 내 어깨를 주물러 주기에 나도 모르게 눈물을 흘린 적도 있다. 손자들에게 훌륭한 할머니의 모습을 보여주고 싶었기 때문이었다.

내가 시련을 겪을 때 나를 믿고 따뜻한 말 한마디라도 해준 분들, 내 손을 잡아준 분들을 나는 잊지 못한다. 그분들이 내게 준 믿음과 사랑의 힘으로 나는 여의도를 떠난 후에도 열의를 가지고 충실한 봉사의 삶을 살 수 있었다. 앞으로도 나를 필요로 하는 곳에서 최선을 다해 노력하는 삶을 살면서 그분들에 대한 미안함과 감사함을 두고두고 갚아 나갈 생각이다.

02 ——

'4년'보다 알찼던 '2년'

알아주는 이 없어도 최선을 다하자

오로지 국민을 위한 정치를 해 보겠다는 나의 꿈은 예상치 못한 '공천헌금 의혹'이란 암초를 만나 좌절하고 말았다. 내가 국회의원으로 활동한 시간은 불과 2년 못 되었으며, 2012년 8월 새누리당에서 제명되면서 활동 폭이 제한되는 바람에 그나마도 제대로 의정활동을 펼치기 힘든 여건이었다.

요즘 일부 야당 의원들을 보면 재판부 변경 신청 등 온갖 법 기술을 발휘하고, 여론전을 펼치며 사법부 또한 정치적 사건에는 이런저런 이유로 재판을 늦춰 대법원의 확정판결이 나올 무렵이면 임기를 거의 마치는 경우가 많다. 그러나 당시의 나는, 공천헌금 스캔들은 터무니없기에 무죄를 확신하긴 했지만 돌아가는 주변 상황은 그렇지 못해 언제 여의도를 떠날지 알 수 없었다. 비유하자면 돛대도 삿대도 없는 조각배 신세였다. 신바람을 내며 민의의 바다를 헤쳐나가기는커녕 언제 가라앉을지 모르는 암담한 처지였다. 그 와중에도 나는 '누가 뭐라든 내 할 일은 최선을 다해 하자' '임기 4년 동안 할 몫을 서둘러 하자'는 마음가짐으로 의정활동에 임했다.

이를 위해 당선 직후에는 같은 교육문화체육관광위원회의 김세연 의원(부산 금정구)이 주도하던 의원 공부 모임에 참여해 인문사회 분야 지식을 쌓는 열의를 보였다. 이 모임은 주 1회 조찬 모임을 가졌는데 때로는 외부 전문가를 초청해 강의를 듣는 등 활발하게 활동했다. 2050년이면 우리나라가 소멸할 우려가 있을 정도로 심각한 저출산 문제에 눈을 뜨게 되었고 기후변화에 따른 환경 문제의 심각성에 대한 공부도 열심히 했다.

국민의 '가려운 곳'을 긁어주는 정치

국회의원에 대한 평가는 다양한 기준이 있을 수 있다. 법안 발의는 몇 건인지, 본회의와 상임위에서는 얼마나 활약했는지, 지역구 민원은 무엇을 어떻게 처리했는지 등등. 한데 비례대표라면 아무래도 상임위 활동이 주요한 평가 기준이 될 수밖에 없다.

대부분 국회 상임위는 대부분 전문성을 보고 배정된 경우인 만큼 이를 바탕으로 유관 상임위에서 어떤 질의를 어떻게 하고, 어떤 대안을 제시했는지를 보면 그 의원이 가진 전문성이나 의정활도에 대한 열의를 평가할 수 있기 때문이다.

나는 국회에서 주로 교육에 초점을 맞춰 합리적인 비판을 하고 건설적인 대안을 제시하려 했는데 그 첫걸음은 「한국장학재단 설립 등에 관한 법률 일부 개정법률안」을 대표 발의한 것이었다. 이는 현역 군인들의 학자금 대출 이자 부담을 덜어주기 위한 것으로, 제19대 국회가 정식 개원하기도 전인 2012년 6월 13일 발의했다.

그때까지만 해도 한국장학재단으로부터 학자금 대출을 받은 대학생은 군 복무 중에도 매달 그에 대한 대출 이자를 납부해야 했다. 나는 이것이 '누구든지 병역의무 이행으로 인하여 불이익한 처우를 받지 아니한다'고 명시한 헌법 제39조 2항의 정신에 어긋난다고 보았다. 때문에 한국장학재단이 이를 지원하도록 하는 개정안을 대표 발의했다.

국회가 개원한 다음 날인 7월 3일엔 「교원 지위 향상을 위한 특별법 일부 개정법률안」을 대표 발의했다. 이 개정안은 학교의 장에게 교원의 정당한 교육 활동이 부당하게 침해되거나 교원에 대한 무고·폭행·협박·모욕 등이 있는 경우 필요한 조치를 할 수 있도록 권한을 부여하고 또한 학교장의 요청이 있는 경우 관할 교육청이 엄정히 조사하여 침해자에 대해서는 법적으로 대응토록 하여 교원의 정상적인 교육 활동에 대한 권리침해의 구제를 실효성 있게 하자는 내용이었다. 어찌 보면 교권이 무너지는 각종 사건이 빈발하는 요즘 현실에 비춰보면 교권 확립을 위한 선견지명을 보여준 입법안이었다고 할 수 있는 내용이었다.

개원 직후인 7월 17일에는 의원회관 소회의실에서 '대안교육기관 지원법 제정을 위한 입법공청회'를 주최했을 만큼 당시의 나는 의욕이 넘쳐났었다. 그 당시 매년 전국적으로 7만여 명의 학생들이 제도권 교육에서 벗어나고 있으며, 이들을 위한 다양한 형태의 대안학교가 있었으나 교육 당국은 제도권 학교를 벗어났다는 이유만으로 대안교육기관에 대한 지원은 소홀한 실정이었다. 대안학교 교장, 학생, 학부모와 교육부 관계자 및 한국교육개발원 연구실장을 초청한 이 공청회에서는 다양한 의견이 제시되어 많은 도움이 되었다.

2012년 8월 17일 새누리당에서 제명되고 나니 당장 상임위에서 자리가 바뀌었다. 여당 의원들과 나란히 앉았다가 반대편 야당 의원석으로 옮겨야 했다. 이는 단지 물리적 이동만이 아니었다. 날개가 꺾였다 할까, 발언 기회도 줄어들고 소관 부처 관계자들이나 동료 의원들이 나를 보는 눈이 달라지면서 나의 의정활동에도 힘이 빠질 수밖에 없었다. 그래도 굴하지 않고 내가 해야 할 일, 하고 싶은 일은 여전히 계속했다.

그중 하나가 나에 대한 재판이 한창 진행 중이던 2013년 9월 10일 '교원양성대학 지원 및 발전 방안 토론회'였다. 당시 전국 10개 교육대학과 한국교원대 등 3개 대학 초등교육과에서 초등교사를 양성하고 있었다. 교육대학 출신인 나는 국가 미래를 위해서 초등교육이 더없이 중요한 만큼 시대 변화에 맞춘 새로운 교사상이 요구되는 한편 저출산으로 인한 학생 감소 등의 사태에 직면한 교육대학은 안팎으로 변화가 필요하다고 인식하고 있었다. 이를 위해 송광용 전 서울교육대 총장이 주제발표를 한 이날 공청회에서는 권역별 종합교육대학, 평생교육 담당교사 양성 등 여러 가지 정책안에 대한 토론이 이뤄졌다.

내가 국회의원이 되면서 계획했던 것 중 가장 역점을 둔 것은 교육감 선거제도의 개선이었다. 직접 출마해 본 경험에 비추어 보면 교육감 선거는 출마 후보의 '진영'이 뻔한데도 당적 표시를 할 수 없는가 하면 후보의 능력이나 인성이 아니라 추첨으로 정해지는 후보 순위가 득표에 큰 영향을 미치는 '로또선거'였기 때문이다. 이런 선거방식을 바꾸기 위해 2013년 6월 21일 학계·교육계 전문가와 중앙선거관리위원회 관계자를 초청해 '교육감 선거제도 관련 토론회'를 열고 그 결과를 바탕으로 그해 10월 16일 시장이나 도지사 출마자가 교육감 후보자를 추천하도록 하는, 일종의 '러닝메이트' 방식 도입을 골자로 하는 「공직선거법 일부 개정안」을 대표 발의했다.

내 의정활동의 편린을 보여주는 상임위원회 속기록 기록을 보면, 학교폭력, 학교급식 식중독, 대학 등록금, 사학연금 개혁, '킬러 문항'과 선행학습, 좌 편향 역사교육 등 우리 교육의 문제를 나름 성실히 앞서 짚었다고 자부한다.

상임위 활동을 이야기하자니 잊을 수 없는 이름이 떠오른다. 2013년 3월 27일 교육문화체육관광위 주최로 열린 '대안교육기관 지원법안 공청회'에서 대표발의자로 나섰던 김세연 의원이다. 김 의원은 발언 도중 "기록으로 좀 남겨 두고자 하는데, 이 법안은 원래 우리 교문위에 함께 계신 존경하는 현영희 위원님께서 처음에 준비를 시작하셨다가 여러 사정으로 인해서 제가 넘겨받아서 최종 마무리해서 대표 발의했다는 점을 말씀을 좀 드리겠습니다"라고 나를 배려해주었다. 임기 중 한 건의 법안도 대표발의하지 않는 의원도 있으니 그대로 넘어갈 만도 했는데 공청회를 여는 등 입법을 위해 노력했던 나를 배려해 공적 기록에 남도록 신경 써준 것은 지금 생각해도 고맙다.

어쨌거나 지금 와서 돌아보면 여러 악조건을 무릅쓰고 안간힘을 썼지만 내 의정활동의 성과는 대부분 미완성으로 끝났다. 무소속이라는 한계도 있었고 2014년 '낙마'로 인해 끝까지 챙기지 못한 탓이었다. 이후 2014년 1월 대법원의 확정판결에 따라 의원직을 상실한 나는 의원회관을 떠나야 했다. 그렇게 나의 여의도 생활은 마감되었다.

03 ——

정책 질의의 모범을 보이다

무소속의 한계를 넘어

앞에서 이야기했듯이 나는 '공천헌금 스캔들'이 터지면서 2012년 8월 17일 새누리당에서 제명되었다. 그러나 의원 신분을 유지할 수 있었기에 얼마나 될지도 모르고 내가 의식할 지역 유권자들은 없지만 당초 내가 국회의원이 되고자 했을 때 다짐했던 대로 최선을 다해 내게 주어진 국회의원의 소명을 다하기로 마음먹었다.

진행 중인 재판의 결과에 따라 임기 도중에 사퇴할 수도 있기에 '4년 동안에 할 일을 서둘러 끝내자'고 거듭 다짐했다. 한눈팔지 않고 상임위원회 등 의정활동에 매진하던 나에게 대정부 질문 기회가 주어졌다.

사실 의정활동의 꽃이라고 할 국회 본회의에서의 대정부 질문은 나 같은 초선 무소속 의원에게는 가히 그림의 떡이라 할 정도였다. 그런 만큼 2013년 6월 13일 제316회 국회 본회의 7차 회의에서 교육·사회·문화 분야 대정부 질문자로 선정되자 나는 '대정부 질문의 모범을 세워보자'란 당찬 의욕을 품었다.

평소 나는 본회의나 상임위에서 의원들이 질문하는 것을 보며 '이게 아닌데……'하는 생각을 할 때가 많았다. 민생이나 정책에 관한 날카로운 비판이나 합리적인 대안 제시 대신 당리당략에 따라 정치공세로 일관하거나 말꼬리를 잡고 무턱대고 호통을 치는 것을 능사로 알고, 의석에서 고함이나 야유가 나와도 오히려 이를 훈장처럼 여기는 풍토가 매우 못마땅했다.

나는 교육·사회·문화라는 대주제에 맞춰 '음식물 쓰레기' 문제에 질문의 초점을 맞추고 준비에 들어갔다. 이는 내가 지향하던 '생활 정치'를 위한 것이기도 하고 여성 정치인이란 특성을 살릴 수 있는 주제라고 판단해서였다. 이를 위해 관련 통계와 자료를 철저히 조사하고, 전문가들을 만나고, 음식점 주인을 인터뷰하는 것은 물론 음식물 쓰레기 처리장을 답사하는 등 철저하게 준비했다. 현장조사에 매진했던 보좌관들은 의복 등이 쓰레기 냄새에 절은 나머지 조사 후 일주일 가까이 제대로 식사도 못 했을 정도로 사전 준비에 만전을 기했다.

정부 각료들도 인정한 대정부 질문

다음은 제19대 국회 회의록에서 찾아낸, 그날 내가 했던 대정부 질문이다. 조금 길지만 현장감을 살리기 위해 인용한다.

• **현영희 의원:** ……버려지는 음식물 쓰레기는 전체 생활 쓰레기의 31.6%를 차지하며 연간 550만t에 이르고 있습니다. 그 경제적 가치는 약 20조 원에 달하고 추가적인 처리비용만도 8000억 원가량이 듭니다. 이를 20%만 절감하더라도 화면에 보시는 것처럼 전 세계에서 영양실조로 고통 받고 있는 어린이들 1억 4800만 명에게 식사를 제공하고도 남습니다. 음식물 쓰레기로 인해 연간 발생하는 온실가스 양은 885만t으로 이는 우리나라 전체 승용차의 18%가 내뿜는 양에 달하며 소나무 18억 그루가 흡수해야 되는 양입니다. 온실가스로 인한 지구환경 변화의 심각성을 고려할 때 음식물 쓰레기를 줄이는 일이야말로 지구를 살리는 길입니다.

또한 식량자급률 50%밖에 되지 않는 우리나라로서는 낭비되는 음식물을 줄이는 일만이 식량 안보를 위한 매우 중요한 사안이기도 합니다.

• **현영희 의원:** 향후 예상되는 가장 큰 문제는 처리비용 증가입니다. 아까도 말씀하셨다시피 작년까지 음폐수의 평균 처리비용은 해양 처리일 경우에는 4만 원에서 4만 5,000원 정도, 그리고 육상 처리의 경우에는 톤당 7만 원 정도였습니다. 현재는 육상 처리비용이 약 11만 원입

니다. 그래서 이것이 인상이 되는 바람에 지자체의 재정 부담이 증가한 상태입니다. 그래서 아까처럼 업자와의 그런 부적절한 관계로 인해서 저런 사태가 일어난 겁니다. 이를 전적으로 지자체가 부담하기에는 불가능하다고 보는데 이에 대한 견해는 어떠십니까?

……정부의 적극적인 대응책 마련이 필요하다고 보는데 총리께서는 앞으로 어떠한 방향으로 정책을 마련할 것인지 밝혀 주시기 바랍니다.

……다음은 환경부 장관님께 질문드리겠습니다.……

• **현영희 의원:** 이러한 정부의 정책 실패에도 불구하고 정부는 올 6월부터 음식물 쓰레기 종량제를 시행하며 감소 목표를 또다시 20%를 설정했습니다. 장관님, 환경부는 매번 음식물 쓰레기 줄이기대책을 발표할 때마다 20%라는 근거를 제시하는데 감량 목표인 20%에 대한 기준은 어떻게 산출되었습니까?

• **환경부 장관 윤성규:** 그 부분은 2009년도에 지난 정부에서 대책을 수립 추진하도록 대통령께서 지시하신 바가 있습니다. 그래서 그게 20%로 이렇게 굳어진 것이고 우선 그것을 달성하는 게 1차 목표가 되겠습니다.

• **현영희 의원:** 그러니까 아무런 근거 없이 과거와 같이 반복해서 설정한 것이 아닙니까?

• **현영희 의원:** ……2013년도 음식문화 개선 및 종량제 정책 홍보 계획안을 보면 종량제에 대한 홍보에만 집중되어 있고 음식물 쓰레기 분류기준에 대한 홍보계획은 전혀 없습니다. 본 의원은 음식물 쓰레기 분류

기준에 대한 대국민 홍보가 필요하다고 생각하는데 이에 동의하십니까?

• **현영희 의원:** 덧붙여서 음식물 쓰레기 줄이기에 적극 협력하고 가시적인 성과를 달성한 업소나 단체에 대해서는 인증 마크를 부여하고 인센티브를 주는 정부 인증 제도를 도입하는 것이 좋다고 생각하는데 장관님께서는 어떻게 생각하십니까?

동료 의원들도 감탄

보다시피 말싸움도 하지 않았고 막무가내식 호통도 없었다. 실증적 조사를 바탕으로 총리와 주무장관에게 조근조근 묻고 답변을 얻어내고 대안을 제시했을 따름이다. 비록 이 질문으로 가시적인 조치가 이뤄진 것은 아니었지만, 버려지는 음식물 쓰레기에 관한 통계에서 시작해, 처리비용 마련 방안, 환경 문제, 아동교육 필요성까지 음식물 쓰레기 문제를 두루 빈틈없이 짚었다고 자부한다.

당연히 총리와 관계부처 장관을 상대로 일문일답을 하는 동안 의원석에서 야유가 나올 일도 없었고, 본회의가 끝난 후에는 정부 관계자들과 몇몇 동료 의원들이 감탄 어린 호평을 했다. 그중에서도 이재오 의원의 문자메시지가 기억에 남는다. 이 의원은 당시 새누리당 중진 의원으로 MB계의 좌장 격이었으니, 박근혜 대통령을 지지했고 소속 상임위원회도 달랐던 나와는 그간 이야기를 나눌 기회가 거의 없었다. 그런데 내가 대정부 질문에서 조근조근 문제점을 짚고, 대안을 제시하는 모습이 흡족했던지 이례적으로 "충격적일 정도로 인상적인 대정부 질문이었다"는 평을 문자로 보내주었으니 내가 얼마나 뿌듯했겠는가.

04 ——

유보통합 토론회로 유종의 미를

떠나기 한 달 전에도 할 일을 하다

나 개인이 겪고 있는 시련과는 무관하게 시간이 흘러 2012년 12월 19일에는 제18대 대통령 선거가 치러져 108만 표 차이로 새누리당 박근혜 후보의 대통령 당선이 확정되었다.

박근혜 정부의 출범을 기뻐하고 축하한 것은 선거공약에 유보통합이 들어있었기에 27년 가까이 그렇게 고대하던 유보통합이 '이제 드디어 실현이 되겠구나'라는 기대에서 그랬던 것이다.

유보통합은 유치원과 보육시설(어린이집)로 이원화되어 각각 교육부와 보건복지부에서 관장하는 바람에 혜택이 양측에 골고루 주어지지 않고 학부모의 부담 또한 차이가 많이 나며 교사의 전문성, 환경 등에서도 통일된 정책을 펴기 어려운 현실을 개선하기 위한 것으로 유아 교육계의 오랜 숙제였다.

그러나 해가 바뀌어 새로 출범한 박근혜 정부에서도 유보통합과 관련해 당장 구체적인 청사진이 없는 것으로 판단되었기에 우선 유보통합의 필요성과 유아 교육계의 고충을 알려 분위기 조성하는 데 힘쓰기로 했다.

비록 재판을 받고 있어 활동에 제약이 있었지만 그 결과에 관계없이 국회의원 배지를 달고 있는 한 유보통합에 최선을 다하는 것이 내가 할 일이라 판단한 나는 먼저 나의 석·박사 지도교수였던 중앙대학교 유아교육과의 이원영 명예교수께 도와 달라고 부탁을 했다.

교수님과 나는 먼저 어린이집 대표들과의 간담회를 가졌다. 어린이집의 문제점에 대한 현장의 목소리부터 들어보기 위해서였다. 대표들은 여러 가지 정부와 정책에 대한 불만과 더불어 현장의 어려움도 토로했다. 나는 이를 일일이 메모했다. 이원영 교수도 간담회를 잘 개최했다고 만족해했다. 며칠 뒤 이 교수께서 전화로 0~2세 영유아 보육시설 대표들과 따로 간담회를 한 번 더 개최하는 것이 어떠냐고 제의하셨다. 어떻게 할까 고민하다 다시 간담회를 가졌다.

그 자리에서 쏟아져나온 시설장들의 한탄이 얼마나 생생했는지 간담회장이 눈물바다가 될 정도였다. 특히 그 무렵 창원의 한 보육시설에서 영아가 사망하는 사고가 발생하여 경찰이 조사에 나서고 언론이 한바탕 난리를 쳤기 때문이었다. 나도 함께 울었다. 간담회를 마치고 얼마 뒤에 나는 사고가 난 창원의 보육시설을 방문했다. 그 보육시설은 아예 문을 닫고 교사는 경찰 조사를 받으면서 충격을 받아 집에서 두문불출하고 있다는 소리에 마음이 아팠다.

3,000명 넘게 몰린 기록적인 성황

드디어 2013년 7월 25일 국회의원회관 2층 대회의실에서 유보통합에 관한 토론회를 개최했다. 유치원연합회를 비롯한 보육시설연합회 등 유아 교육단체 관계자와 학계 인사들이 모두 모이는 자리가 처음이어서 3,000여 명의 인파가 몰리는 대성황을 이루었다. 앉을 자리가 없어 복도, 세미나실 등도 꽉 찬 바람에 참석을 못 하고 그냥 돌아가는 교사들도 많았다.

나는 이날 인사를 통해 다음과 같이 토론회 목적을 밝혔다.

"……최근 유아 교육과 보육에 대한 국민적 관심이 증대됨에 따라 정부는 '0~5세 유아 교육·보육 국가 완전 책임제' 실현을 목표로 다양한 정책을 쏟아내고 있으며, 많은 예산을 투입하고 있습니다. 또한 보육과 유아교육 이원화에 따른 불편, 시설 간 서비스 질의 차이 등을 해결하고자 '유보통합 추진위원회'를 발족하면서 유보통합에 대한 강한 의지를 나타내고 있습니다. …… 그러나 이러한 정부의 '0~5세 유아 교육·보육 국가 완전 책임제' 실현이 성공적으로 추진되기 위해서는 불필요한 부처 간 칸막이 해소를 통한 관계부처 간 협력 등 정부의 노력이 필요하며, 무엇보다도 유치원, 학부모, 지역사회 등 유아 교육과 보육 현장의 동참을 통한 상생·발전에 대한 방안이 필요합니다.

이번 토론회는 유아 교육과 보육 현장의 전문가들을 모시고 바람직한 유아 교육·보육의 발전 방향에 관한 다양한 토론을 통해 현장의 목소리를 담아낼 수 있는 정부의 유보통합안이 마련될 수 있도록 정부에 촉구하고자 합니다."

2013년 12월 5일에는 2차 토론회를 열었다. 유아교육 관계자들이 주로 참석했던 1차 토론회와 달리 2차 토론회는 KDI와 정부 관계부처의 실무자들이 참석해 건설적 토론이 이뤄지면서 여러 가지 제안이 나왔다. 두 차례에 걸친 토론회 결과를 정리한 자료집을 만들어 청와대, 국무총리실, 교육부, 보건복지부, 새누리당 대표실에 보내주었다. 그럼에도 불구하고 내가 중도 낙마하게 되어 이를 끝까지 챙기지 못하는 바람에 결과적으로 제대로 정책에 반영되지 못한 점은 끝내 큰 아쉬움으로 남는다.

여의도에서 만난 응원군들

12월에 유보통합정책에 관한 2차 토론회를 개최했을 때에는 초청하지 않았는데도 50여 명의 국회의원이 다녀갔다. 토론회의 중요성 때문이기도 했지만 뜻밖의 큰 호응이 있자 정치인으로서 이런 기회를 놓치기 아깝다는 판단이 들었던 모양이다. O 보건복지위원장을 비롯한 민주당 의원도 몇 명 와 주었다. 서남수 교육부 장관을 위시하여 축사할 사람이 너무 많아 축사하는 데만 1시간 가까이 걸렸다. 그런데 정우택 새누리당 최고위원은 굳이 축사를 안 하고 그냥 가버렸다. 이제는 자기가 아니어도 축사할 사람이 많아 양보를 했던 것으로 보였다. 그냥 생색내기와 표를 의식하고 자기 당의 입장을 밝히는 립 서비스를 누가 못하랴. 그런 모습을 보며 정 최고위원 같은 진정성을 가진 국회의원이 몇 명만 있어도 대한민국의 국회는 국민에게 존경을 받을 것이라는 생각이 들었다.

사실 나는 정 최고의원을 잘 알지 못했다. 그가 당 최고위원에 출마했을 때 나는 선거관리위원으로서 보고 '참 스마트한 분이구나'라고 생각했지만 한 번도 말을 건네 본 적은 없었다. 그러나 지내보니 정말 속이 깊고 인간미가 넘치는 정치인이었다.

앞서 2013년 6월 21일 내가 교육감 선거제도에 관한 토론회를 열자 이진복 의원과 정 최고위원이 참석했다. 그 당시 분위기로는 나는 '공천헌금 사건'으로 이미 당에서 제명을 당한 뒤 재판을 받는 와중이라 새누리당 국회의원들은 아무도 오지 않을 거라고 예상했던 터였다. 이진복 의원은 그래도 오랫동안 같은 부산 동래구에서 활동했기 때문에 올 수 있다고 생각했지만 정 최고위원은 정말 뜻밖이었다. 나는 행사를 시작하면서 두 분을 소개하고 축사를 부탁했다. 정 최고위원은 "현실적으로 상당히 어려운 시기인데도 불구하고 이런 행사를 개최해 주어 너무 감사드린다"면서 "현 의원은 우리 당에서 꼭 필요한 분이다"라고 극찬을 해주었다. 오명을 뒤집어쓰고 당에서 제명되어 이미 당을 떠난 처지였던 나를 두고 '당에 필요한 분'이라니 눈물이 나올 정도로 힘이 되는 격려였다.

정 최고위원은 그 뒤로도 식사 자리에 나를 초대해 "정말 대단합니다. 현 의원은 내공이 매우 강한 사람입니다. 힘든 상황인데도 자신의 일을 끝까지 하겠다는 의지가 대단합니다. 반드시 이겨 내실 겁니다. 용기를 내십시오"라고 격려해주기도 했다. 나는 목이 메어 식사를 제대로 하지 못했지만 진심을 알아주는 사람이 있다는 그 자체만으로도 용기가 생겨 '그래, 낙심하지 말고 더 열심히 노력하자'고 마음을 다잡을 수 있었다.

정 최고위원 외에도 강창희 국회의장, 새누리당 황우여 대표께서도 나를 식사에 초대해 자신의 어려웠던 시기를 이야기 해주면서 어려움을 지혜롭게 헤쳐 나가야 된다고 조언해주었다. 모두 여의도에서 만난 잊지 못할 분들이었다.

5부

날 필요로 하면 어디든 무엇이든

‘공천헌금 사건’에 휘말려 뜻하지 않게 ‘낙마’를 한 뒤 한동안 패닉 상태에 빠졌다. 주변에서 모두 날 두고 수군거리는 것처럼 느껴져 사람과의 만남을 피하기도 했다. 그러다가 ‘내 잘못도 아닌데, 길을 가다 돌부리에 부딪쳐 넘어진 셈 치지’하며 마음을 비우자 다른 세상, 날 필요로 하는 일이 보였다.

여의도에서만 정치를 하는 게 아니었다. 정치란 게 무엇인가. 국민을 행복하게 하기 위한 것 아닌가. 그런 의미에서 내게 넓은 의미의 ‘정치’는 아직도 현재진행형이다.

01 ——

청소년들에게 꿈과 희망을

문화와 교육을 통한 봉사로 기지개

2014년 1월 16일 대법원 판결이 나오면서 내 신분은 달라졌다. 누구의 눈길도 끌지 못하고, 따뜻한 말 한마디 듣지 못한 채 의원회관 433호를 비우고 보통사람으로 돌아가야 했다. 보좌관들을 시켜 의원회관의 짐을 빼고 나자 허탈감이 몰려들었다. 모든 게 끝난 것 같고 앞으로 무엇을 할지 혹은 무엇을 하고 싶은지 아무런 생각도 나지 않았다.

그렇게 막연히 시간을 보내던 차에 남편이 강림문화재단 일을 맡아 보라고 권했다. 강림문화재단은 내가 2010년 교육감 선거에서 떨어진 뒤 실의에 빠져 있자 남편이 "내가 돈을 대서 재단을 만들 테니 이제는 사회봉사에 열중하라"며 만든 것이었다.

자수성가한 남편은 원래 어려운 이를 돕는 데 관심이 많아 이미 2005년 자신의 이름을 딴 임수복장학재단을 만들어 해마다 많은 중·고·대학생들에게 장학금을 지급하고 있었다. 그런데 2011년에 또 50억 원을 출연해 문화를 통해 소통을 도모하는 공익재단 강림문화재단을 만들고는 내가 국회의원으로 활동하는 동안에는 초대 이사장을 맡고 있던 터였다.

허탈한 마음을 달래기 위해 뭔가 할 일이 필요했던 나는 문화와 교육을 접목한 사회봉사란 말에 끌려 2014년 제2대 강림문화재단 이사장으로 취임했다. 그리고는 재단의 방향성을 내가 잘 아는 교육과, 평소 관심이 많았던 문화예술 그리고 여성 권익향상으로 정하고 이를 위한 사업을 적극적으로 펼쳐 나갔다.

메마른 정서에 클래식 음악 선물

나는 정식으로 재단 이사장에 취임하기 전부터 재단 활동에 관여했다. 처음 벌인 행사는 2014년 1월 18일 부산 동구의 매축지 마을에서 형편이 어려운 이들을 위한 '사랑의 연탄 나눔'이었다. 남편이 세운 임수복장학재단의 지원을 받았던 학생 등 40여 명이 참여했는데 반응이 좋아 이후 매년 연말 연초면 이 행사를 계속해오고 있다.

사회의 그늘진 곳에 손을 내미는 봉사도 좋지만 내가 진정 원했고 재단 본연의 목적에 걸맞은 본격 행사는 청소년을 위한 클래식 음악회였다. 그해 2월 18일 부산문화회관 대극장에서 개최한 '강림문화재단과 함께하는 제1회 청소년을 위한 클래식 여행'이란 무료 연주회가 그것이었다. 학교에서 음악 시간도 줄여버리는 등 클래식을 들을 기회가 별로 없는 청소년들을 위해 정서 발달에 도움이 되는 클래식 음악을 접할 기회를 만들어 주자는 의도에서 시작한 재단의 대표 행사다. 해마다 지역대표 방송인 KNN과 함께 연말 혹은 연초에 개최해오다가 비용 문제로 3년 전부터는 격년으로 행사를 열고 있다.

부산심포니오케스트라가 베토벤의 교향곡 1~9번의 주요 악장을 연주한 제1회 연주회는 단순한 연주회가 아니라 청소년 눈높이에 맞춰 연극과 해설을 더한 독특한 형식으로 진행되어 큰 호응을 끌어냈다. 예를 들면 연극배우 권철이 베토벤의 '영웅' 교향곡 연주 직전 놀란 표정으로 무대로 달려 나와 "악보 표지에 나폴레옹에게 헌정한다고 되어 있는 걸 보면 나폴레옹을 존경하셨나 봐요?"라고 물으면 오충근 지휘자가 "아니야! 이건 지워야 해! 처음엔 민중을 위해 혁명을 일으킨 나폴레옹이 대단해 보여서 이 곡을 헌정하려고 했지. 그런데 스스로 황제가 되는 모습에 너무 실망해서 헌정을 취소했어"라고 답하는 식이었다. 이렇게 지휘자와 배우가 각각 베토벤과 청중이 되어 연주 중간마다 대사를 주고받으며 각 교향곡에 얽힌 사연, 베토벤이 맞닥뜨린 삶의 역경과 극복 과정을 들려주는 방식이 언론으로부터 신선하다는 평을 받아 이후 청소년 음악회를 이어가는 데 힘이 되었다.

'청소년을 위한 클래식 여행'은 8회까지 계속되면서 '청소년들이 과연 클래식을 듣겠어?'하는 생각은 선입견임을 보여주었다. 처음에는 각 학교에 협조공문을 보내 학생들을 청하기도 했지만 점차 부모와 함께 자진해서 찾아오는 학생들이 늘었다. 여기에는 2019년 제6회부터 참여해준 명지휘자 금난새 씨 덕이 컸다. 금난새 씨를 모시게 된 데에는 숨은 이야기가 있다. 성남시를 중심으로 클래식 대중화에 열심이던 그의 열성에 매료돼 모셨는데 알고 보니 나와는 인연이 있었다. 금난새 씨의 부친은 가곡 '그네'로 유명한 작곡가 금수현 선생님으로, 그분이 나의 모교인 경남여고에 재직하셨고, 때문에 금난새 씨가 부산에서 태어났다는 사실을 뒤늦게 알게 되었다.

'청소년을 위한 클래식 여행'은 이후 더욱 외연을 키워나갔다. 2022년 12월 13일 부산시민회관 대극장에서 한국-과테말라 수교 60주년 기념을 겸해 열린 제8회 연주회가 대표적이다. 남편인 임수복 강림CSP 회장이 6년 전 과테말라 명예영사를 맡은 인연이 계기가 되어 강림문화재단과 KNN이 공동 개최한 음악회였다. 금난새 씨 지휘로 뉴월드필하모닉오케스트라가 연주하면서 청소년들에게 가까이 다가가고자 '스크린 뮤직 셀렉션'을 테마로 영화 스타워즈 OST를 비롯해 친숙한 곡을 많이 넣었다. 여기에 과테말라 전통곡들을 연주곡에 포함시켜 참석했던 주한 과테말라 대사를 비롯한 대사관 측 인사도 기뻐하는 등 기념연주회의 뜻을 살리면서도 큰 호응을 끌어냈다.

유아교육을 위한 다양한 활동

문화와 교육을 접목한 활동에도 눈을 돌렸다. 2015년 5월 25일에는 부산문화회관에서 '아동 학대 예방'을 주제로 한 '가족사랑 음악 콩쿠르'를 열었다. 가족 단위로 중창, 합창 실력을 겨루는 대회였는데 뮤지컬 배우 남경주 씨를 홍보대사로 모시고 상금도 걸었던 덕분인지 10여 개 팀이 참여해 성황을 이뤘다.

이어 2016년 5월 15일에는 부산 부산진구 범천동의 재단 사무실에 '강림부모교육센터'를 열었다. 유치원을 운영할 때부터 제대로 된 유아교육을 위해서는 원아들의 부모에 대한 교육이 못지않게 중요하다는 소신으로 '부모교육'에도 신경 썼던 것의 확장판이었다. 결혼을 앞둔 예비 부모부터 조부모까지 대상으로 교육 전문가들이 참여하는 워크숍과 상담 등을 제공하려는 것이 센터의 목적이었다.

당시는 아동 학대 문제가 사회적 이슈로 떠오르던 때였는데 의도는 좋았지만 홍보가 덜된 탓인지 호응이 기대에 미치지 못했다. 이를 타개하기 위해 내가 직접 나서기로 했다. TBN, KNN 등 방송에서 '아이와 소통방법' 등 유아교육 전문가로 활동하게 된 계기였다. 그중에서도 2017년부터 한 달에 두 번 3년간 KNN의 아침방송 '김아라의 생생라디오'에서 '현영희의 육아 책도 안 가르쳐주는 육아 팁'이란 코너를 운영한 것이 기억에 남는다. 청취자들이 고민을 상담해오면 즉석에서 해결책을 찾아주는 프로그램이었다. 유아교육 전문가로서의 능력을 보여줄 수 있어 재미도 있었고 청취자들의 반응도 좋아 큰 보람을 느꼈다. 또한 교통방송의 손지현 아나운서가 진행하는 유아기 교육 프로그램에도 출연하여 올바른 자녀교육을 위한 부모교육을 하기도 하였다.

2018년 5월 16일 가정의 달을 맞아 부산시, 부산시교육청, 부산경찰청 관계자들을 초청해 부산여대 신혜영 교수의 발제로 가졌던 '아동 학대 예방과 근절을 위한 방안에 대한 토론회'도 언론의 주목을 받았다.

2018년 5월에는 또 하나의 뜻깊은 행사를 열었다. 경남 밀양초등학교의 백천관악단과 백천밀양관악단을 초청해 부산문화회관에서 '청소년을 위한 관악 초청 연주회'를 개최했던 것이다. 앞에서 이야기했듯이 우리 부부는 모두 밀양 출신이다. 남편은 모교인 밀양초등학교에 일찍부터 관심을 가지고 여러 가지로 지원해왔는데 그중 백천관악단은 황중일 교장 선생님의 부탁으로 1억

4천여만 원을 들여 관악기를 구입해 줘 2006년 창단한 것이었다. 백천은 남편의 호를 딴 것이다. 그리고 백천밀양관악단은 밀양초등학교 5·6학년생으로 구성된 연주그룹이었으며 그 이후에는 초등학교를 졸업한 중학생이 된 청소년들로 구성한 연주그룹도 만들었다. 나는 '이런 자랑스런 고향 초등생과 청소년들이 부산연주회를 통해 자부심을 가지고 더욱 왕성한 특기·취미생활로 보람된 학창시절을 보냈으면 좋겠다'고 여겨 임수복장학재단과 공동으로 이들을 부산으로 초청해 연주회를 열었던 것이다.

사실 이런 다양한 활동을 주도하자니 때로는 여러 모로 벅찼다. 재단의 조직은 단출했기에 연주회 등 행사의 콘셉트 정하기, 연주자나 토론회 참석자 섭외, 장소 마련 등을 내가 일일이 챙길 수밖에 없기 때문이었다. 여기에 방송 준비 등 내 개인 일정까지 더해져 그야말로 몸이 하나인 것이 원망스러울 때도 있을 정도였다. 게다가 문화재단의 성격상 영리를 목표로 하는 것이 아니라 돈을 쓰기만 하는 일을 벌이자니 때로는 남편에게 미안하기도 하고 기금이 아쉬운 적도 있었다. 그래도 반응이 좋으니 신이 나서 사명감을 가지고 지금껏 문화를 통한 소통에 매달리고 있다.

02 ——

고향을 위한 마지막 봉사

'교주'라고도 불린 재부(在釜) 밀양향우회장

강림문화재단 일에 매달린 2년여 동안 바깥일엔 거의 눈을 돌리지 않았다. 사실 그럴 여유도 없었다. 다시 공적인 일에 나서고 싶은 생각도 없었고 재단 일을 하기에도 바빴기 때문이다. 그러던 차에 부산 거주 밀양 출신들의 모임인 재부(在釜) 밀양향우회장을 맡게 되었다. 2016년 일이다.

내 고향은 앞에서 이야기했듯이 경남 밀양시 가곡동이다. 밀양역이 가까이 있고 밀양강을 사이에 두고 있으며 우리 집 가까이 용두목이 자리 잡은 터전 아래 용궁사 절이 있다. 내가 힘들 때마다 용두목에 올라 노래를 부르기도 하고 할머니가 다니시던 용궁사에서 공부를 하기도 하며 어려운 시절을 극복했으니 지금의 나를 낳은, 말 그대로 '요람'이라 할 수 있는 곳이다.

고향을 떠난 후 한 번도 고향을 잊은 적이 없다. 부모님이 살아 계셨을 때는 자주 밀양을 가곤 했지만 돌아가시고 형제들이 모두 타향에 나오고 난 뒤에는 예전처럼 자주 가기 어려웠다. 하지만 고향이 밀양 삼문동인 남편은 고향에 대한 애정이 나보다 훨씬 많았다. 남편은 자신의 모교인 밀양초등학교에 관현악단을 조직하여 아이들에게 관현악기를 사 주었을 뿐만 아니라 15년째 매년 지원금을 보내어 연주회를 개최하며 또 밀양초등학교와 내가 졸업한 밀양여중에 인조잔디를 깔아 주는 등 고향 사랑이 지극하다. 공장을 지을 때에도 내가 극구 반대했음에도 불구하고 밀양 초동면에 공장을 짓고 유기농 농장을 운영하기도 하며 고향발전을 위해 조금이라도 보탬이 되고자 노력하고 있다.

이런 내가 재부 밀양향우회장을 맡은 데는 약간의 곡절이 있다. 고등학교 진학 후 밀양을 떠나 부산에서 줄곧 살고 있지만 고향의 발전에 조금이라도 힘을 보태고 싶었던 나는 당시 재부 밀양향우회에 부회장으로 이름을 올리고 있던 터였다. 그런데 국회의원에서 물러난 뒤 아무런 공직을 맡지 않고 있으니 비교적 자유롭게 보였는지 2015년부터 안재문 전임 향우회장이 자리를 이어받으라고 계속 권했다.

이를 거듭 고사하던 나는 결국 남편과 상의했다. 향우회장이란 자리가 무슨 이권이 걸린 자리는 아니지만 사람들이 모이다 보면 이런저런 말이 나올 수도 있고, 사실상 자기 돈을 쓰며 봉사하는 명예직이기에 많이 조심스러웠다. 그런데 남편은 "이제는 마지막 봉사라 생각하고 고향을 위해 일 좀 해봐라"하며 흔쾌히 맡기를 권했다.

'살아 숨 쉬는 젊은 향우회'를 만들자

그렇게 해서 향우회장을 맡기로 하고 현황을 파악해 보니 여느 향우회나 그렇듯 일을 하는 조직이 아니라 친목 모임이었다. 말인즉 부산 시민의 10% 정도가 밀양 출신이란 말도 있지만 '조직'이랄 것도 없고, 하는 일도 정기 모임이라 해서 가보니 30~40명이 모여 추렴을 해서 식사를 하며 추억담을 이야기하는 것에 그치는 것이었다. 그러니 내게는 향우회가 심하게 말하면 제법 성공한 이들이 모이는 '고급 경로당'으로 보였다.

나는 재부 밀양향우회를 '살아 숨 쉬는 젊은 향우회'로 확 바꿔 고향 밀양을 위해 다양한 활동을 하는 조직으로 만들기로 마음먹었다. 이를 위해 회장직을 수락하고 난 뒤 2개월간 준비위원회를 만들어 재력이 있는 이들 다수를 부회장에, 밀양 읍·면·동 대표들을 이사로 선임하는 등 조직에 새바람을 불어넣었다.

향우회나, 뒤에 이야기할 학교 동창회는 단일한 목적을 달성하기 위해 일사불란하게 움직이는 기업이나 공조직과는 달리 정으로 느슨하게 묶인 조직이다. 그러니 단결력이라든가 조직력이 약해 자칫하면 이도 저도 아닌 친목 모임에 그칠 가능성이 크다. 나는 이런 문화를 바꾸고 싶었다. 이때 내가 착안한 것이 '클러스터론'이다. 예를 들면 포도알 하나하나가 튼실하고 달면 그 포도송이 전체의 가치가 올라간다고 하는, 내 나름의 조직론이다. 이런 소신을 바탕으로 밀양시 16개 읍·면·동마다 대표를 선임해 이들을 중심으로 우선 읍·면·동 향우회를 살려 자연스레 재부 밀양향우회에 활력을 불어넣으려는 계획을 세웠다.

나는 재부 무안면향우회에 참석하고 나서 이런 구상을 했다. 밀양시 일개 면에 불과한 무안면 재부 향우회 모임에 가 보니 한백술 회장을 중심으로 200여 명이 참석해 전체 재부 밀양향우회 행사보다 성황을 이룬 게 아닌가. 또 밀양시에 있는 세종고, 밀양고 동문들의 재부 동창회 역시 활기를 띤 걸 보고 면 단위 혹은 출신학교별 중심으로 향우회를 운영하면 더욱 활성화할 수 있을 것이란 믿음이 커졌다.

이렇게 해서 2016년 3월부터 2020년 3월까지 재부 밀양향우회 회장을 연임하는 동안, 공식적인 취임식을 시작으로 다양한 행사를 펼쳤다. 얼른 생각나는 것만 꼽아봐도 고향 방문의 날 행사, 체육대회, 임원진 일본 워크숍, 베트남 워크숍, 골프대회, 송년의 밤 행사가 떠오른다. 이 가운데 2019년 가수 인순이를 초청해 콘서트를 겸한 밀양 향우 송년 가족의 밤을 성대하게 치른 것이 특히 기억에 남는다. 부산KBS홀에서 '내 고향 밀양을 사랑하는 사람들!'이란 주제로 열린 이 날 행사는 3,500여 명이 몰리는 바람에 좌석이 부족해 2층과 3층 통로까지 메우는 성황을 이뤄 밀양 향우들의 자긍심과 밀양인의 저력을 보여 준 축제의 한마당이 되었다. 그 밖에 역대 재부 밀양향우회는 물론 여느 향우회에서 시도하지 않던 일들을 잇달아 성사시켰다. 그 과정에서 큰일을 치러본 경험이 없는 향우회 실무자들은 내가 벌이는 일마다 "누가 오겠습니까?" "재원이 부족합니다" 등 앓는 소리를 하며 겁을 냈지만 나는 "마, 한번 해보입시다"하고 밀어붙여 일단 낸 아이디어는 모두 실현했다.

특히 골프동호회를 결성할 때는 너무나 힘들었다. 골프동호회를 결성하려고 한 이유는 다른 지역 향우회들도 골프동우회를 하고 있기도 하고 골프하는 사람들은 기업을 하거나 경제적 여유가 있는 사람들이 많기에 골프동호회에 참여한 인사들의 재정적 후원이 향우회 운영에 도움이 되리라고 판단해서였다. 그러나 골프가 대중화되었다 해도 '귀족 스포츠'라 해서 거부감이 있는 것은 사실이다. 때문에 '향우회가 무슨 골프동호회냐'는 반론이 만만치 않았다. 그러나 나는 고집을 부려 손화연 회장을 초대회장으로 하여 골프동호회를 결성하였다. 처음에는 이미 다른 골프동호회에 가입한 경우도 있고 해서 향우들이 잘 모이지 않았다. 하지만 내 생각이 옳았다. 시간이 지날수록 회원이 늘어 매달 7~8팀이 참가하는 활기를 띠면서 이들의 지원이 향우회에 든든한 힘이 되었다. 골프를 치다 보면 잘 모르던 사이라도 고향이 같다보니 금방 형님 동생하며 친해지기 마련이었다. 동호회를 만든 첫해에 고향 밀양 리더스 골프장에서 열린 친선골프대회에는 240명(60조)의 회원이 모여 대성황을 이루었다. 지금도 골프동호회가 향우회의 중심에서 많은 역할을 하고 있다.

이렇게 무에서 유를 창조하는 일이 쌓이다 보니 드디어 향우회 안팎에서 농반진반으로 나를 "교주"라 부르는 이들까지 생겨났을 정도였다.

고향을 노래하다 '밀마루 합창단'

재부 밀양향우회장을 맡으면서 내가 맨 처음 한 일은 향우들로 구성된 합창단을 만드는 것이었다. 개인적으로 음악에 관심이 많기도 했지만 흩어져 있는 고향 사람들의 우정과 친목, 화합을 도모하고 어려운 세상을 노래로라도 밝게 만들자란 생각에 2016년 6월 합창단 창단을 추진했다.

당연히 실무자들의 반대가 쏟아졌다. "향우회에서 무슨 합창단입니까?" "10명도 못 모일 겁니다"라는 이유였다. 예상대로 출발은 초라했다. 간신히 10여 명이 모였는데 연령대도 다양하고 노래를 좋아하긴 하지만 대부분 아마추어였다. 그러나 열정만은 뜨거웠다. 때로는 내가 자비로 밥을 사 가면서 매주 화요일 저녁 7시에 모여 교회 등을 전전하며 연습을 이어나갔다. 합창단 명칭을 고향 사랑의 마음을 담아 밀양의 첫 글자에, 하늘 또는 산의 정상을 뜻하는 '마루'를 붙여 밀마루합창단으로 정하고 권혜옥 단장과 윤태선 후원회장을 선임하는 등 점차 자리가 잡혀갔다. 그렇게 눈물겨운 연습을 하면서 단원도 30여 명으로 불어난 합창단은 그해 10월 부산 시민의 날 시민공원에서 첫 무대공연을 선보였다. 이어 12월 6일 부산 시민회관 대극장에서 가진 '재부 밀양 향우 가족 송년의 밤' 행사에서, 2017년 6월 밀양 아리랑 대축제에서, '청소년을 위한 희망음악회'에서 공연을 했고 드디어 2018년 11월 1일에는 아마추어 합창단으로선 꿈도 못 꿀 창단연주회를 부산 해운대구에 있는 '영화의 전당'에서 갖기에 이르렀다.

2시간 동안의 창단연주회가 끝나고 무대 위에서 청중들의 기립 박수를 받는 모습을 보며 얼마나 감격했는지 모른다. 창단을 주도한 내게는 밀마루합창단이 '숱한 어려움을 이겨낸 보석 같은' 합창단이었다. 그날 '고향을 노래하다'란 테마로 열린 밀마루합창단의 창단연주회를 한 언론은 이렇게 전했다.

'고향'은 내 과거의 시간이며, 정든 산천이며, 나의 심성을 키워준 어머니 같은 존재다. 그래서 고향은 누구에게나 다정스러움과 그리움과 안타까움이라는 깊고 깊은 정감을 안겨준다.
지난 11월의 첫날인 1일 밤 영화의 전당 하늘연극장에서 이 '고향'의 합창이 감동의 물결 되어 부산을 흔들었다. 재부 밀양향우회(회장 현영희)의 밀마루합창단(단장 권혜옥) 창단연주회가 '고향을 노래하다'란 주제로 개최된 것이다.
840석의 자리가 부족할 정도로 꽉 찬 공연장, 30여 명의 합창단이 들려주는 감미로운 음률과 화음의 울림, 밀양을 연호하는 관객들의 환호 속에 눈시울마저 젖어오는 감동의 순간들이 가슴을 채웠다. 밀마루합창단의 윤태선 후원회장의 "밀양 사랑에 흠뻑 젖는 소중한 시간이 되길 기원한다"는 인사말이 더욱 밀양이란 정감을 짙게 했다.……(밀양신문, 2018. 11. 9)

지금은 이해경 합창단장과 청도면향우회장인 김창온후원회장이 맡아 열정을 가지고 열심히 노력하고 있으며 2025년에는 부산에서 제2회 정기연주회를 준비하고 있다.

고향 살리기에 힘 보탠 '농특산물 큰잔치'

향우회는 고향을 떠난 출향인(出鄕人)들 간의 친목과 화합을 도모하는 것이 목적이지만 고향의 발전에 보탬이 되어야 한다는 기대도 크다. 재부 밀양향우회장으로 있는 동안 나는 줄곧 이에 중점을 두고 활동을 펼쳤다. 예를 들면 2017년 10월에는 밀양 대추축제를 기해 500여 명의 향우들과 13대의 버스에 나눠타고 밀양을 방문한 것은 지역 발전에 보탬이 되고자 하는 의도였다. 이는 재부 밀양향우회가 창립된 이래 최초의 고향 방문의 날 행사이기도 했다.

이 같은 노력은 2017년 11월 25, 26일 이틀 동안 부산 해운대 센텀 KNN광장에서 열린 '부산 시민과 함께하는 밀양 농·특산물 큰잔치'로 이어졌다. 당초 이 행사는 연초에 이상기온으로 청양고추 최대 산지인 밀양 무안면에서 고추를 대량 폐기 처분하는 사태가 벌어졌다는 소식을 들은 것이 계기가 되었다. 나는 얼음골 사과, 단감, 대추, 맛나향 고추 등 밀양시에서 생산된 농·특산물을 유통업체를 거치지 않고 부산 시민이 직접 살 기회를 마련하면 고향의 농민들과 부산 시민 모두에게 도움이 되지 않을까 하는 아이디어를 떠올리고 농·특산물 바자회를 추진했다.

처음에는 밀양시나 농민들이 시큰둥한 반응을 보였다. 향우회가 그런 행사를 개최할 능력이 있는지, 한다면 규모는 어느 정도나 될지 회의적이었다. 나는 "장소와 천막 등 시설, 홍보는 향우회에서 맡을 테니 고향의 농민들은 와서 팔기만 하라" "참가비도 없으니 수익은 모두 가져 가라" 등을 강조하며 설득한 끝에 행사를 열 수 있었다. 60여 개의 부스가 들어선 농특산물 큰잔치 결과는 대성공이었다. 이틀간 3천여 명이 몰려 3억 5천만 원의 매출을 올렸다. 밀양시에서도 출품 농산물을 선별하고, 밀양 사회복지공무원 모임인 밀양 사회복지행정연구회 회원들이 부산 시내를 돌며 행사 홍보를 하는 등 향우회와 밀양 관민이 합심한 덕분이었다. 향우회에서는 장소 임대, 천막 설치, 향우 노래자랑, 향토 음식장터 운영 등 큰잔치의 성공적 개최를 위해 전력을 다했다. 나 역시 판매에 서툰 부스에서는 직접 가격표를 붙이고, 손님을 불러모으는 등 직접 참여하느라 행사 후 목이 잠겼지만 참으로 뿌듯했다.

당시 언론에는 "향우회가 나서 이런 성대한 행사를 하는 것은 처음 본다" "향우회에서 고향을 위해 이렇게 큰 행사를 가지니 자부심을 느낀다" 등 시민들의 호의적 반응이 실렸다. 행사가 얼마나 성공적이었는지 타 지역 향우회에서도 벤치마킹하려 나서고 밀양시 측은 이런 행사를 해마다 열어주면 좋겠다는 희망을 피력할 정도였다.

사실 상근 직원이 거의 없는 향우회에서 이런저런 큰 행사를 치르기는 쉽지 않았다. 무슨 기획사에 대행을 전적으로 맡기는 것도 아니고, 나 자신도 실제 행사를 치러본 경험이 없어 행사를 치를 때마다 거의 맨땅에 헤딩하는 심정이었다. 비용 마련이나 출연진 및 장소 섭외에서 밀양시 등 관계 기관의 협조를 얻는 일, 심지어는 관객 동원까지 체크 할 사항이 하나둘이 아니었다. 그렇지만 실무자들을 독려하고, 국회의원까지 지낸 나의 인맥을 총동원해 그야말로 전투하듯 모든 행사를 성공적으로 치러냈다.

이 밖에 지금 내가 살고있는 부산의 해운대구와 내 고향 밀양시가 자매결연을 맺는 데 기여한 것도 기억에 남는다. 해운대구는 부산의 구 중에서 인구 40만 명으로 가장 많고 가장 발전된 곳으로 바다를 끼고 있어 해마다 많은 국내외 관광객이 몰려오는 등 '세계 속의 해운대'라 해도 과언이 아니다. 나는 조금이라도 고향의 발전에 도움이 될 것 같아 박일호 밀양시장과 홍순헌 해운대구 구청장의 만남을 주선하여 자매결연을 제안했더니 양측이 긍정적 반응을 보였다. 이렇게 해서 2021년 10월 18일 밀양시청 소회의실에서 홍 구청장을 위시한 지역 대표들이 참석한 가운데 우호협력도시 협약식을 갖고 MOU를 체결했다. 이후 해운대구에서 밀양의 농산물 판매에도 적극적으로 도와주는 등 교류가 활발해졌다. 개인적으로는 쌍방이 발전하는 계기를 만들었다는 보람을 느끼면서 앞으로도 자매도시로서의 역할을 기대해 본다.

향우회에서 책을 낸다고?

그런데도 나는 여느 향우회에선 시도조차 않던 일을 또 저질렀다. 밀양 출신으로 성공한 사람들의 생생한 이야기를 모아 책으로 엮어낸 것이다. 책 출간이란 대공사는 단순한 계기에서 시작됐다. 2019년 초 향우회 주최로 열린 출향 인사 골프대회에서 어느 성공한 기업가의 체험담을 듣고는 '이런 이야기를 모아 책으로 엮어 고향의 청소년들에게 전해 주면 좋겠다'는 아이디어가 떠올랐다.

이 골프대회에 참석한 한 인사가 "젊었을 때 돈이 없어 라면으로 끼니를 때우곤 했는데 그마저도 모자라 저녁에 라면을 끓여 놓고는 퉁퉁 불기를 기다려 다음 날 아침에 먹었다"는 고생담을 털어놓았다.

이를 들으니 청소년들에게, 요즘 말로 '중꺾마(중요한 것은 꺾이지 않는 마음)' 정신을 알려주기에는 맞춤이란 생각이 떠올라 이런 체험담을 책으로 낼 계획을 세웠다. 평소 "제발 이제는 조용히 살라"던 남편도 이 아이디어에는 "좋은 생각"이라며 용기를 주었다. 즉각 박용현 부회장을 중심으로 추진위원회를 구성해서 책에 담을 인물 선정이며 원고 집필, 제작 관리 등을 논의하기 시작했다.

추진위는 사람마다 입장이 다른 만큼 논란의 가능성이 큰 정치인을 빼기로 하고, 어려움을 이겨 내고 남들이 부러워할 만한 성공을 이룬 밀양 출신 11인을 선정했다. 고르고 보니 손기창 경창산업 명예회장 등 기업인이 절반 조금 넘는 6명이고 여기에 김신 전 대법관, 황철수 전 가톨릭 부산교구장, 연극계의 대모 배우 손숙, '한국의 포스터'를 지향한 작곡가 정풍송 등이 포함되어 나름

구색이 갖춰졌다.

일일이 인터뷰 섭외를 하고, 녹취를 한 다음(김신 대법관은 직접 원고를 집필함), 전문가가 이를 다듬느라 거의 일 년이 걸리고서야 300쪽에 가까운 『자랑스런 밀양인의 성공스토리』가 출간되었다. 책은 단순한 자랑을 담은 게 아니라 "다르게 생각하라, 간절하게 밀어붙여라"(김영기 화미주인터내셔널 회장), "고개는 숙이고 남의 말은 들어라"(임수복 (주)강림CSP 회장) 등 살아있는 교훈이 담긴 것이었다.

이를 부산시와 밀양시에 기증해 각급 도서관에 비치하고 서점을 통한 판매도 추진했다. 그리고 2020년 2월 7일 부산 롯데호텔에서 200여 명이 참석한 가운데 책의 주인공들과 함께 책 출간을 기념하는 북콘서트를 열었다. 이 행사는 내가 2기에 걸쳐 맡았던 재부 밀양향우회장으로서의 마지막 공식행사여서 나로서도 뜻깊은 마무리였다. 향우회가 이런 책을 냈다는 자체도 그랬지만 이 책이 어느 고향 후배의 손에 들어가 부디 "어려움과 아픔이 결코 좌절이나 포기의 이유가 되어서는 안 된다"는 메시지를 전해 줄 수 있기를 기원한다. 이렇게 고향을 위해 노력한 결과 나는 밀양시에서 주는 봉사부문 시민대상(2019년 10월17일)을 받기도 하였다.

내가 이렇게 다양한 사업을 펼치며 향우회를 성공적으로 이끌 수 있었던 것은 도기정 사무총장을 위시한 임원들의 적극적인 도움이 있었기에 가능하였다.

부산을 넘어 전국의 '고향 사랑 전도사'로

내가 이렇게 고향 사랑을 외치면서 부산 향우들과 고향 밀양의 가교 역할을 하기 위해 동분서주하는 모습을 보이자 밀양에서도 호응이 좋았다. 당시 박일호 밀양시장도 향우와 시민이 힘을 합쳐 밀양을 발전시키자고 하면서 가능하면 고향에 투자해 달라고 당부했다. 향우들의 애향심과 박 시장의 노력이 합쳐져 전국 최초로 시 행정조직으로 '향우협력 담당계(2019년 1월1일)'가 만들어지기도 했다.

이처럼 고향발전을 위해 열심히 노력하는 것이 조금씩 성과를 보이자 내가 전국 밀양향우연합회 회장을 맡아야 한다는 여론이 돌았다. 하지만 나는 처음에는 사양했다. 우선 폐교 위기에 몰린 나의 모교 밀주초등학교를 살린 후에 기회가 주어진다면 맡겠다고 하였다. 학교는 폐교되면 다시는 살릴 수 없지만 회장은 언제든지 가능했기 때문이다. 뒤에 이야기하겠지만 학교를 살린 3년 뒤에 나는 전국 밀양향우연합회 회장이 되었다.

서울을 비롯한 전국의 밀양 향우들이 70만 명 정도 된다고 한다. 내가 취임하면서 강조한 부분은, 경남에서 마산, 진주에 이어 밀양이 3번째 정도로 큰 도시였는데 인구가 줄고 경제가 활성화되지 않으면서 갈수록 뒤처지는 상황을 벗어나자는 것이었다. 그래서 나는 기업인 향우들을 만날 때마다 고향에 투자하기를 권유했고 저출산과 고령화를 해결하기 위해 교육에 투자하고 향우들이 자신의 모교를 살리는 데 노력하자고 당부하였다.

전국 밀양향우회 연합회장을 맡은 나는 먼저 향우들의 고향 사랑과 시민과 함께 고향을 살리자는 생각으로 몇 가지 사업을 추진하였다. 각 지역향우회 행사와 전국에서 함께 모이는 어려움 등을 고려하여 '출향인의 날' 행사를 시작으로, 밀양 삼문동의 남천강변에서 시민과 향우 간의 친목을 위해 열었던 '한마음 민속놀이 한마당' 행사 또한 예상을 뛰어넘는 성과를 거두었다. '금난새와 함께하는 클래식 여행'을 계획하여 시민들을 위한 행사도 마련하였다. 그 반응은 대단하였다. 밀양인들의 수준 높은 관람 태도와 금난새 지휘자의 위트 있는 해설로 기립 박수를 받기도 하였다.

2024년 말에는 내가 재부 밀양향우회장으로 있을 때 창단했던 밀마루합창단과 밀양시합창단이 합동으로 '고향 사랑 한마음 송년음악회'를 열었다. 또한 밀양이 낳은 가요계의 거장인 정풍송 작곡가의 노래비를 건립하기로 하고 모금운동을 시작했다.

정풍송 작곡가는 2,000여 곡을 작곡했는데 그중에는 가수 조용필이 부른 '허공', '미워 미워 미워'를 비롯해 '갈색 추억' '웨딩드레스' '옛 생각' 등 주옥같은 노래가 많다. 특히 고향을 노래한

'미리벌'은 정풍송 씨가 직접 작사(본명-정욱) 작곡한 곡으로 고향을 사랑하는 마음을 엿볼 수 있다. 또한 작곡 솜씨뿐 아니라 애국심과 애향심을 인정받아 밀양 시민의 날 문화 부문 대상을 받기도 했다. 대통령상을 비롯하여 2020년에는 트롯 100년 어워즈 수상, 대한민국예술 대상을 수상하는 등 대한민국을 대표하는 자랑스런 밀양인이다. 노래비는 향우들의 고향 사랑하는 마음과 정풍송 작곡가를 존경하는 마음을 모아 건립할 예정이다.

03 ——

"I can do it"을 외친 부산교대 총동창회장

스포츠 격언 중에 "팀보다 위대한 선수는 없다"란 말이 있다. 맞는 말이라고 생각한다. 스포츠 경기에서 한 명의 뛰어난 선수가 승부에 큰 영향을 미칠 수는 있지만 이것이 반드시 결정적인 것은 아니다. 다른 구성원들의 협력과 뒷받침이 없다면 개인의 능력이 아무리 뛰어나더라도 좋은 성과를 내기는 힘들다.

리더도 마찬가지다. 리더 혼자서는 아무것도 할 수 없다. 올바른 방향을 제시하고, 구성원들이 자기 능력을 한껏 발휘할 수 있도록 여건을 조성해주는 것이 리더가 할 일이고 그래야 조직의 목표를 달성할 수 있다. 그런 면에서 나는 재부 밀양향우회 회장으로서 나름 성공했다고 자부한다. 이전에 할 수 없었던, 아니 하지 않았던 다채로운 행사를 통해 향우들의 화합과 친목 증진에 기여하고 고향 밀양의 발전에 조금이나마 힘을 보탰다고 평가받기 때문이다. 오죽하면 향우회 안팎에서 "다음으로 회장을 맡는 이는 현 회장과 비교되어 힘들겠어"라는 말이 나왔을까.

그 덕인지 나는 모교인 부산교육대학교와 경남여고 총동창회장을 잇달아 맡게 되었다.

새바람을 불어넣다

2018년 11월 3일 나는 부산교육대학교 총동창회 제14대 회장에 취임했다. 부산교대는 1946년 개교하여 총동창회 회원이 3만여 명에 이르는데 초등학교 선생님이 주를 이루고 있다. 교육대 9기 졸업생인 나는 이전부터 학교가 어려운 형편이니 총동창회장을 맡아 달라는 권유를 수차례 받아오던 터였다.

부산교대는 이미 기성회장을 맡고 있을 때 3억 2천만 원의 발전기금을 내어 그 이자로 재학생들에게 매년 장학금을 지급하고 있었다.

재부 밀양향우회가 어느 정도 자리를 잡았기에 나는 덜컥 회장직을 맡기로 했는데 알고 보니 총동창회는 고령의 선배 동문들이 주도권을 잡고 있었기에 후배들은 대부분 소극적이었으며 참여도가 저조한 편이었다.

나는 총동창회장에 취임하면서 조직개편부터 단행했다. 실제 업무를 맡을 특임 부회장을 임명하는 한편 교대부설 초등학교 현직 교감이 관례적으로 맡았던 사무총장을 퇴직 교장 출신으로 바꾸고 싶었지만 그러지는 못했다. 관례를 바꾸기는 쉽지 않았기 때문이다.

이렇게 동창회 조직을 추스르고 나서 내가 맨 처음 한 일은 '스승의 날' 행사 부활이었다. 지금도 그렇지만 학생과 학부모들의 공세에 교권은 추락하는 반면, 학령인구가 줄어들면서 교육대의 미래가 안 보이는 등 동창회의 주축인 교사들의 사기가 떨어질 대로 떨어진 상태였다. 이런 마당에 줄곧 해오던 스승의 날 행사도 학부모 부담을 이유로 사라지고 학교에서 자율적으로 재량수업을 하거나 휴교하는 날로 흘려보내는 것이 못마땅했다.

'퇴색해 버린 스승의 날 행사를 우리 힘으로 부활시키자'는 아이디어를 내자 동창회 내에서도 반대가 쏟아졌다. "교장·교육청부터 반대할 것이 뻔해 눈치가 보인다" "교육대가 주관하는 스승의 날 행사는 전례가 없다"부터 실무를 맡아야 할 사무총장마저 "일선 교사들을 행사장에 모으기 힘들다"는 등 다양한 이유를 들었다. 나는 이에 굴하지 않고 "안 된다부터 시작해서야 무슨 일을 하느냐"며 밀어붙였다. 행사 추진위를 구성해 매주 모임을 갖고 본격적인 준비를 시작한 끝에 2019년 5월 15일 벡스코에서 600여 명의 동문이 참여하여 무사히 행사를 치러냈다. 이날 행사를 두고 한 언론은 다음과 같이 보도했다.

부산교육대학교 총동창회가 교원의 사기 진작을 위해 첫 스승의 날 행사를 열었다.
15일 부산교대 총동창회(회장 현영희)는 벡스코에서 현직 교원 중심의 동문과 교수, 내빈 등 600명을 초청해 기념행사를 가졌다. 이계호(충남대) 교수의 특강 '기본이 바로 서야 한다'를 시작으로 교사로서의 본분을 자각할 수 있는 사도 헌장의 낭독, 우수교사 시상 순으로 이어졌다.
현 회장은 "교육 현장이 각박해져 교사들이 받는 많은 어려움을 어루만지고 용기를 북돋아 주고 싶다"며 교사로서 자긍심을 가질 것을 당부했다. 이어 그는 "교사가 사소한 실수나 잘못을 해 소송을 당하는 경우가 많아 사기가 떨어지고 있다. 이에 정년을 채우지 못한 채 학교를 떠나고 교육청과 학교 차원에서 스승의 날 행사도 제대로 이뤄지지 않아 안타깝다"고 덧붙였다.……(국제신문, 2019년 5월 16일)

교사들의 사기를 높여주기 위한 이날 행사에서는 우수교사 10명을 선정해 50만 원씩 상금을 전달하고 "우리가 우리 자신을 존중하자"는 뜻으로 참석한 교사들 모두의 가슴에 스스로 생화를 달며 자축하는 이벤트를 벌였다.

총동창회 연례행사에도 연령대에 맞춰 행사를 준비했는데 고령의 정년퇴직자들을 위한 '힐링 건강 걷기대회'는 그해 6월에,

젊은 교사들을 위한 배구대회는 그해 7월에, 중진 교사들은 10월에 산행을 하는 방식이었다. 또한 11월에 모교 대운동장에서 열린 체육대회에서는 기별로 나누어 배구대회와 윷놀이 그리고 전원이 함께 추는 포크댄스를 행사 순서에 넣었다. 연로한 기별 대표 중에는 "신성한 학교에서 무슨 망발이냐"는 비판도 나왔지만 '베사메무초'와 '아모르 파티'에 맞춰 춤을 추는 참석자들의 얼굴은 즐겁기만 했다. 화합과 친목을 우선 목표로 하는 동창회로서는 성공적인 행사 아니었을까.

2020년에는 코로나19로 인해 모든 행사가 취소되는 바람에 9기 동기들의 제안과 격려로 학교발전기금을 모금했는데 그래프를 그려가며 기별로 경쟁을 시키는 등 회원들을 자극한 결과 목표인 1억 원을 훌쩍 넘는 2억 원을 모금해 이를 모교에 전달할 수 있었다. 이렇게 겁내지 않고 일을 벌이되, 하는 일마다 성과를 보이자 총동창회 안팎에서 나를 인정하고 후배들의 반응도 좋아져 개인적으로 뿌듯함을 느낄 수 있었다.

위기에 처한 모교를 지키려는 분투

2021년 3월 청천벽력 같은 소식을 들었다. 부산교육대와 부산대의 통합 양해각서(MOU)가 곧 체결된다는 것이었다. 명분은 학령인구 감소를 근거로 한 '공동발전' 목적 아래 추진됐지만, 대학 통합이 전문 교원을 양성하는 교대의 특수성을 말살하는 무리수인 데다가 O 총장 주도로 밀실에서 추진되었기에 교육대의 학생, 동문들 간에는 반대 목소리가 높았다.

이에 모교가 사라진다는 위기의식을 가진 총동창회는 ▼통폐합 반대 긴급 기자회견(2021.04.01) ▼총장과의 면담(2021.04.05) ▼통폐합 반대 총궐기 집회(2021.04.15.) ▼MOU체결 총동원 저지 시위, 총장 면담(2021.04.19) ▼한국교총 · 전국교대총동창회 회장단 공동 기자회견(2021.04.23) ▼MOU 반대 총궐기 집회(2021.07.01) ▼기별 릴레이 피켓시위(2021.07.07~2021.10) 등 통합 저지를 위한 투쟁을 잇달아 벌였다. 시위, 기자회견, 기고, 방송 출연 등 다양한 방법을 동원했는데 다음은 내가 통합의 문제점을 지적한 언론 기고문이다.

지금 나라가 온통 코로나 19와 싸우고 있고, 학생들은 비대면으로 수업을 해야 하는 고통 속에서 지내고 있다. 이런 와중에 부산교대와 부산대는 동문과 학생의 극렬한 반대에도 통폐합을 위한 양해각서(MOU)를 비밀리에 졸속으로 체결했다.

너무나 갑작스럽게 벌어진 일이라 황당한 마음에 우리 동문들과 학생들은 경악을 금치 못하고 있다. 그래도 동문들과 학생들은 오세복 부산교대 총장의 양심과 도덕성을 믿었으나 그것은 우리만의 희망에 불과했다.

부산교대는 70여 년의 역사를 지닌 초등교원 양성 기관으로 꾸준히 성장 발전해 오늘에 이르렀다. 우수한 인재들이 교대에 입학해 어려운 여건 속에서도 초등교사로서의 자긍심과 사명감, 책임감을 가지고 부산과 대한민국의 기초교육을 담당해 왔다. 동문들과 학생들이 통폐합 MOU를 반대하는 이유는 다음과 같다.

첫째, 초등교육의 본질을 왜곡하고 초등교원의 전문성을 경시할 우려가 크다. 초등교육은 중등교육에 비해 전인교육과 인성교육을 바탕으로 한 교원의 전문성과 특수성이 더 요구된다. 그런데 통합 찬성 측은 이러한 면을 무시한 채 학령인구 감소와 재정 악화 문제를 들어 MOU를 체결했다. 교육은 '홍익인간'의 이념에 근거해 인격도야에 바탕을 둬야 한다. 초등교원의 전문성과 교육의 본질을 경제나 숫자의 논리에 근거를 두는 것은 도저히 용납할 수 없는 무지한 처사이다.

둘째, 학생들과 동문들의 의견 수렴 없이 통합을 독단적으로 추진하는 문제이다. 학생의 84%, 동문의 90% 이상이 반대하는데도, 오 총장과 몇 사람 교수가 주도해 일방적으로 MOU를 체결하고 통폐합하는 것은 도저히 용납할 수 없는 일이다.

셋째, 정당한 절차를 거치지 않고 밀실에서 야합하는 통폐합은 있을 수 없다. 교수, 학생, 동문의 반대에도 오 총장과 몇몇 교수의 일방적인 의견만 내세운 채 민주적 절차를 거치지 않았다. 오 총장의 고집으로 밀실에서 통폐합을 위한 MOU를 추진한 셈이다. 과연 이러한 행위가 정당한 일인가.

넷째, 지금처럼 무리하고 성급하게 임기 말의 오 총장이 통폐합을 서두를 이유가 없다. 지난해 11월 4일 열린 전국교대총장협의회에서는 교대와 종합대의 통폐합을 반대하는 의견을 제시한 바 있다. 오 총장의 임기가 몇 달 남지 않았음에도 유독 부산교대와 부산대가 이렇게 성급하게 통합을 추진하는 이유가 무엇인지 그 저의가 의심스럽다. 오 총장의 취임 당시 공약집에는 통폐합에 관한 내용은 없었다. 그런데 오 총장은 공약집에는 없지만 구두로 통폐합을 공약했다고 한다. 이 자체가 교수, 학생, 동문을 속인 게 아니고 무엇인가.

지금 3만 동문과 학생들뿐만 아니라 다른 대학 출신 교사들의 분노는 하늘을 찌를 듯하다. 학생과 동문의 동의 없이 이뤄진 통폐합 MOU 체결은 무효다. 우리 동문들은 초등교육의 본질과 전문성을 지키기 위해 끝까지 노력할 것이다. 대한민국의 초등교육이 바로 설 수 있도록 끝까지 투쟁할 것이다.(부산일보, 2021. 4. 20)

아쉽게도 부산교대와 부산대의 통합은 내가 총동창회장직을 물러난 후인 2023년 11월 교육부가 추진하는 이른바 '글로컬대학 30'에 선정됨으로써 지금으로서는 돌이키기 힘든 대세가 된 듯하다. 하지만 훗날을 위해서도 문제점만은 꼭 지적해두고 싶다.

우선 부산교대 총동창회나 교대생들 간에 반대 목소리가 큰 것은 이른바 밥그릇을 지키기 위한 것이 아니다. 오히려 통합을 통해 부산대의 몸집을 키우고 일부 교수들의 위상을 높이려는 욕심 탓이라는 혐의가 짙다. 그렇지 않다면 통합 문제를 공개적인 자리에서 떳떳하게, 시간을 두고 차분하게 논의했어야 하지 않은가. 통합의 3대 명분 중 학령인구 감소와 교원 임용률 하락은 부산교대와 부산대의 통합으로 해결될 수 있는 문제가 아니다. 갑자기 출산율이 높아질 리도 없고, 따라서 초등교사 수요가 늘어날 가능성도 없다. 또 대학 공동발전대책 모색이란 것도 지역 특성을 살리려 한다면 부경대와 한국해양대를 통합하는 것이 더 바람직할 것이란 의견에 교육부나 양 대학 관계자들은 어떻게 답할 것인지 궁금하다.

어쨌거나 총동창회장으로서 모교인 부산교육대의 통합 문제를 매듭짓지 못하고 떠나온 것은, 지금도 통합 저지 운동에 손을 보태고 있긴 하지만 두고두고 아쉬움으로 남을 것이다.

04 ——

'불도저' 경남여고 총동창회장

"즐겁고 유익하고 보람된 동창회를"

경남여고는 1927년 4월 23일 부산 공립여자고등학교로 개교하여 3년 후(2027년)면 100주년을 맞게 되는 역사와 전통이 있는 학교로 부산과 경남의 많은 우수한 여성들을 배출한 명문으로 동문들의 자부심과 긍지가 아주 높은 편이다.

일제강점기에 독립운동에 뛰어든 선배들과 한국전쟁 시 학교에서 부상병들 간호에 헌신한 선배들도 여럿 배출했다. 내가 학교에 다니던 시절에는 맹호부대를 비롯한 베트남전 파병 용사들을 환송하기 위해 부두에 나가 태극기를 흔들거나 참전 용사들에게 위문편지를 보냈던 일이 기억난다. 특히 서독에 광부와 간호사들을 보낼 때에는 수영공항과 해운대 극동호텔에서 한복을 입고 박정희 대통령과 서독의 뤼프케 대통령을 환영하는 행사에도 참석했던 기억이 생생하다.

40회 졸업생인 나는 늘 모교를 자랑스럽게 여겼다. 어렵게 학교에 다니면서도 '나는 할 수 있다'는 정신을 키웠던 고교 시절은 애틋한 추억의 대상이자 꿈과 희망을 준 내 삶의 밑바탕이다.

몇 선배들의 반대에도 불구하고 내 동기들의 끈질긴 노력으로 우여곡절 끝에 2022년 5월 22대 총동창회장이 되었다. 나를 끝까지 믿어주고 격려해준 동기들의 자존심을 세우기 위해서라도 나는 학교의 발전과 동문들의 화합을 위해 최선을 다하기로 마음을 먹었다.

나는 '오고 싶고, 오면 즐겁고 유익하고 보람된 동창회'를 모토로 젊고 활기차며 미래를 준비하는 동창회를 만들기 위해 친소를 가리지 않고 열의와 능력이 있는 후배들을 임원으로 구성하는 한편 나 자신이 기금 1억 원을 출연하여 새로운 사업들을 구상했다.

새로운 사업에 반대하는 선배들도 몇 있었지만 후배들은 기대에 차서 적극 협조하는 분위기였다. 사실 48회부터는 고교평준화가 되면서 명문이란 자부심이 약간 희석되는 바람에 몇 선배들은 평준화 이후의 후배들을 동문으로 인정하지 않으려고 했다. 하지만 역사는 이어가는 것이기 때문에 당연히 모든 후배를 아끼고 보듬어야 한다고 생각하여 후배들이 많이 참여할 수 있도록 유도했다. 그러자 참신하고 훌륭한 후배들이 동창회 활동에 많이 참여하면서 동창회가 차츰 활기를 띠게 되었다.

한 달에 한 번꼴로 행사, 댄스경연대회까지

총동창회장 시절을 돌이켜보면 '어떻게 이 일들을 다했지' 싶을 정도로, 그야말로 불도저처럼 동문들의 친목과 화합을 위한 사업들을 밀어붙였다. 3개월에 한 번씩 이사회가 열릴 때는 명사나 동문들을 초청해 교육, 예술, 건강 등 다양한 주제의 강연회를 열기도 하고, 모교 방문의 날과 스승의 날 행사, 스마트폰 활용방법 교육, 임원진 워크숍, 산악회 등 거의 매달 한 번꼴로 행사를 진행했다. 동창회 임원들은 일이 끊임없이 이어져 힘이 들면서도 호응이 좋으니까 신바람이 나 일에 매달렸다. 그중 기억나는 몇 가지는 2022년 10월 9일 부산문화회관 대극장에서 열었던 '금난새와 함께하는 추억의 음악여행' 음악회, 2023년 7월 부산시청 제3전시실에서 개최했던 동문작품전시회, 2023년 10월 힐링 댄스경연대회다.

'금난새와 함께하는 추억의 음악여행'은 개교 95주년을 기념하는 행사였는데, 처음에는 몇 선배들의 반대도 있었지만 금난새 지휘자의 재치있는 해설이 곁들여져 대성공을 거두었다. 금난새 지휘자를 모신 이유는 가곡 ‘그네’를 작곡하신 선친 금수현 선생님이 모교 교감을 지낸 인연이 있었기 때문이다. 특히 금수현 선생님과 함께 공부하였던 선배들이 금난새 지휘자의 공연에도 가끔 참석하는 걸 보면서 금수현 선생님과의 추억은 여전히 살아있다고 나는 생각했다.

부산시청 대전시실에서 가진 작품전시회 또한 60여 점의 그림과 서예, 공예, 자수, 특히 안홍선 선배의 퀼트 작품 등은 동문의 위상을 높이는 데 충분하였으며 동문은 물론 일반 시민들에게도 공개되는 행사로 경남여고인의 자긍심을 높이는 데 기여했다.

특히 기억에 남고 내가 자부심을 갖는 행사는 동문 댄스경연대회였다. 처음 대회를 준비할 때는 반응이 시큰둥했다. 그러나 댄스를 통한 건강 증진, 친목 도모 등의 취지를 설명하고 협조를 부탁했다. 한데 막상 기수별로 경쟁이 시작되자 “다리가 아프다” “연습할 곳이 마땅하지 않다” 등의 불평은 쏙 들어가고 대신 동문들 간의 열정이 발동되어 성황리에 마칠 수 있었다. 선후배들의 열띤 경쟁으로 내가 예상했던 그 이상으로 열기가 높았던 결과 동기간의 친목을 다지는 것은 물론 행사 자체의 수준이 높아졌다. 특히 팔순을 맞은 선배들도 소녀 때의 기분을 살려 열심히 연습하는 모습을 보면서 몇 년 뒤의 내 모습을 보는 것 같아 우리도 선배들처럼 열심히 해야겠다는 의욕이 생겼다. 경연에는 10개 팀이 참가했는데 이를 위해 몇 달동안 땀을 흘린 동문들은 오히려 내게 "너무 고맙다"고 털어놨다. 대회가 끝난 뒤에도 출전했던 동기들끼리 여행을 가는 등 모임도 더더욱 활성화되었다. 참으로 보람되고 뜻깊은 행사이며 좋은 추억을 남긴 것 같아 동문들에게 감사함을 느꼈다.

아울러 재학생들을 위한 노력도 소홀히 하지 않았다. 경남여고가 있는 동구는 원도심에 있어 신도시에 비해 도로가 협소하고 복잡한 편이다. 이에 따라 경남여고도 학교 옆의 편도 2차선 도로에 불법 주차를 하는 차들과 중앙선을 침범하여 달리는 차들 때문에 학생들이 통학하는 데 불편한 것은 물론 불안을 호소하는 처지였다. 나는 교감 선생님의 이런 고충을 듣고 동구청을 방문하여 청장에게 건의한 결과 주차 단속과 함께 도로에 CCTV를 설치하여 불법 주차를 근절시켜 쾌적한 통학 환경을 마련하기도 하였다.

"영희야, 한 번 더 하면 안 되겠나?"

동문들의 화합을 위해 그리고 모교의 발전을 위해 조금이라도 기여하고 싶었기에 끊임없이 아이디어를 내고 임원들과 함께 머리를 맞댔다. 그렇다고 단순히 친목을 위한 행사만 벌였던 것이 아니다.

동창회 이사들과 함께 1박 2일 일정으로 경기도 오산에 위치한 32회 안홍선 선배의 '아내의 정원' 방문과 충주에서 진행한 워크숍이 그런 예라 할 수 있다. TV에도 많이 방영되어 전국적으로 이름난 '아내의 정원'은 안 선배가 정성 어린 손길로 가꾼 명소다. 자연과 동화된 선배의 우아한 자태는 아름다움 그 자체여서 참가자들에게 많은 것을 느끼게 해주었다. 워크숍 또한 선후배 간의 친목을 다진 것은 물론 모교 발전을 위해 머리를 맞댄 열띤 토론으로 모교와 동창회의 발전을 미리 보는 듯하였다.

환경보호와 기후 변화에 대한 관심을 촉구하기 위해 부산시환경공단 산하의 쓰레기매립장과 쓰레기소각장 등을 방문했던 일도 동문들 사이에서 "환경보호의 중요성을 일깨워 주었다"며 좋은 반응을 얻었다. 또한 대지진으로 고생하는 튀르키예 국민을 위해서 500만 원의 구호금을 보내기도 하였다. 튀르키예는 우리나라 한국전쟁 때 우리를 도운 형제 국가이기도 하다.

나는 명예를 위해서가 아니라 일하는 총동창회장이 되고 싶었다. "어떤 자리냐가 중요한 것이 아니라 무엇을 어떻게 하느냐가 더 중요하다"고 믿기에 안주를 거부했던 것이다. 이런 내 마음이 통했는지 주변의 동기들 중에는 "영희야, 회장 한 번 더 하면 안 되겠나?"라고 하는 이도 있었다. 단지 내게 주어진 임무에 항상 최선을 다할 뿐이었는데 그런 진정을 인정받은 듯해 보람을 느꼈다.

05 ——

사위어가는 고향의 모교를 되살리다

돌아보면 여의도를 떠난 후 나는 여러 가지 일을 했다. 나를 필요로 하는 일이라면 무엇이든, 어디든 팔을 걷어붙이고 나섰기 때문이다. 대부분 '~장'이란 직함을 걸고 하는 일이었지만 개인적으로 벌인 일도 있다. 그중에서 개인적으로 가장 뿌듯했던 일은 내가 졸업한 밀주초등학교의 중흥에 기여한 것이다.

밀주초교를 이대로 둘 수는 없다

앞에서 이야기했듯이 나는 밀양읍 가곡동에서 태어났다. 자연스레 가곡동에 있는 밀주초등학교를 다녔다. 밀주초등학교는 개교 80주년을 코앞에 둔 전통 있는 학교로, 1957년 입학했던 나는 17회 졸업생이다.

내가 다닐 무렵만 해도 밀주초등학교는 전교생이 2천여 명에 가까운, 밀양에서 세 번째로 큰 학교였다. 그런데 재부 밀양향우회장을 맡으면서 2019년 말 우연히 모교를 방문했다가 학교 실상을 알고는 깜짝 놀랐다. 학생 수가 갈수록 줄어들어 학년당 겨우 한 학급이었고, 그마저도 학생들이 계속 전학 가는 바람에 폐교 위기에 놓인 상태였다.

나는 초등학교가 우리 모두의 영혼의 뿌리라고 생각한다. 천진난만하던 시절, 꿈을 키우고 우정을 쌓던 곳이니 말이다. 1959년 사라호 태풍이 왔을 때 물이 넘쳐 강 건너 있는 학교에 가지를 못했다. 그래서 밀양여중고와 밀주학교를 바꾸었는데 그 이유는 그 당시 다리가 없어 우리는 갱빈(일종의 돌다리)을 건너 학교를 가야 했기 때문이었다. 당시 고사리손으로 책걸상을 힘겹게 옮겼던 기억이 나며 애틋한 추억이 어린 곳이기도 하여 더 애정이 생긴 학교였다.

이러한 모교의 위기를 보니 우선 학교를 살려야겠다는 생각이 들어 2020년 초부터 본격적으로 소매를 걷고 나섰다. 우선 밀양교육지원청의 정영환 교육장을 만나 밀주초등학교를 살리는 데 지원을 부탁했다. 이어 장운익 밀주초등학교 교장 선생님을 만났다. 마침 교장 선생님은 밀양교육지원청 교육장을 역임하셨고 경남

교육청 과장으로 계시다가 정년을 앞두고 밀주초등학교로 부임하신 터였다. 그래서 금방 의기투합할 수 있었다.

나는 학교를 살리기 위해 밀주초등학교를 학생들이 오고 싶어 하는 '밀양의 8학군'으로 만들자고 제안했다. 사실 밀양이 발전하면서 가곡동은 구도심으로 밀려나는 바람에 학생들이 갈수록 미리벌초등학교 등 도심 학교로 전학 가는 추세였다. 교장 선생님의 동의를 얻은 나는 먼저 선생님들을 모아 회의를 열었다. 선생님이 먼저 신바람 나야 열성껏 가르치고 그래야만 학생들도 학교 오는 것이 즐겁고 재미있게 공부한다고 믿었기에 선생님들부터 동기부여를 하기 위해서였다.

그 자리에서 나는 먼저 선생님들의 노력을 인정한다, 참견을 하려는 게 아니라 졸업생으로서 모교 발전에 도움이 되고 싶다고 진솔하게 이야기한 뒤 학교의 현재 문제점이 무엇인지, 해결하려면 어떻게 해야 하는지 허심탄회하게 의논해보자고 당부했다. 여기서 나온 의견을 정리한 다음, 운영위원장 등 학부모들을 한자리에 불러모았다. 학교를 살리기 위해선 학부모들이 협조가 필수라고 여겼기에 의견을 듣기 위해서였다.

'오고 싶은 학교'를 만들다

이렇게 학교 발전을 위한 의견을 수렴을 마쳤는데 공교롭게도 코로나 사태가 터졌다. 그러나 이대로 멈출 수 없다는 생각에 여름방학을 맞아 사비를 들여 밀주초등학교 모든 선생님을 부산으로 초청했다. 다음은 이를 다룬 언론 보도이다.

……밀주초등학교(교장 장운익)에 따르면 지난달 31일……17회 현영희 강림문화재단 이사장의 초청으로 교사 20여 명이 부산을 방문해 힐링과 함께 학생들에게 체계적인 영어교육 실시를 위한 방안을 모색하는 자리를 마련했다고 밝혔다.
이날 행사에는 ……현영희 이사장의 모교인 부산교육대학교에서 운영하는 부설 초등학교, KNN방송국, 글로벌 빌리지 영어체험 마을 등을 견학하고 해운대 바닷가를 거닐며 힐링의 시간을 가졌다.……
강림문화재단 현영희 이사장은…… "매년 학생이 줄어드는 모교를 지켜보면서 안타까웠기에 학생들의 체계적이고 상시적인 영어체험 프로그램을 활용한 특성화 학교로 학생들의 영어 교육을 지원하는 데 앞장서 나가겠다"고 밝혔다.(밀양신문, 2020. 8. 11)

선생님들의 부산 방문은 견학 성격이 짙긴 했지만 사기를 높이고 교육방법의 개선에 보이지 않는 효과를 가져왔다고 자부한다. 이어 2021년 입학식을 맞아서는 좀 더 실질적인 기여를 했다. 동문회 주도로 신입생들에게 일인당 20만 원씩 입학 축하금을 주었고, 내 사비를 들여 6학년 학생 20명 전원에게 태블릿 PC를 선물했다. 이는 학생들이 가장 갖고 싶은 것을 조사한 결과 태블릿 PC가 꼽혔기에 사비로 이를 선물한 것이었다. 이듬해에도 이 선물을 했는데 점차 주변에 소문나기 시작했다. '오고 싶어 하는 학교'를 위한 마중물이 된 셈이었다.

뿐만 아니다. 남편의 도움을 얻어 밀주초등학교 병설 유치원의 신입 원아들을 위한 통학비를 지원했다. 이 원아들이 장차 초등학교에 진학할 텐데 그해에는 5명에 불과했다. 그런데 워낙 원생이 적으니 통원버스를 운용할 수가 없고, 통원하기 힘드니 원생들이 다른 곳으로 이사가는 악순환이 벌어지고 있었다. 그래서 아예 택시를 지정해서 통원 전용으로 쓰기로 하고 일인당 연 100만 원씩 500만 원을 기부했다.

이런 지원이 이어지자 학교 분위기가 달라지기 시작했다. 해마다 동남아 학교 건설을 지원하던 경남 라이온스클럽이 코로나 사태로 계획이 무산된 것을 밀양시의 주선으로 밀주초등학교를 지원하기로 했다. 그 결과 1억 5천만 원을 들여 중앙현관을 고쳐 도서실로 만들고 운동장을 생태환경 보호형으로 바꾸는 등 본격적인 학교시설 개선에 투자했다. 이렇게 되자 학부모들도 자발적으로 학교일 돕기에 나서 학교가 몰라볼 정도로 달라졌다.

그 결과는 놀라웠다. 저출산의 소용돌이 속에서도 밀주초등학교는 전국에서 거의 유일하게 학생들이 늘어 2022년에는 5개 학급이 증가하고 전국의 학교에서 2,000여 명의 교사들이 견학을 다녀갔다. 듣기로는 서울서 전학 온 학생이 있을 정도라고 했다. 이 같은 모교의 획기적 변신에 불을 지폈다는 점에서 그 어떤 일을 한 것보다 뿌듯했다. 그 결과로 밀양교육지원청(2022년 12월28일)에서 주는 밀양교육상을 수상하기도 하였다.

잊지 못할 한국인 입양아들

이왕 이야기가 나왔으니 또 하나 뿌듯했던 기억이 떠오른다. 2023년 8월 한인 입양인과 입양 가족 38명을 부산과 밀양으로 초청해 모국의 정취를 흠뻑 느끼게 해준 일이다. 이 행사는 미국의 한인 입양아들에게 한국의 뿌리와 정체성을 심어주기 위해 노력해온 KORAFF(Korea Adoptee Family Foundation · 한국 입양인 가족재단)의 주선으로 이뤄진 한국 방문단을 강림문화재단에서 초청하는 형식으로 이뤄졌다. 내가 미국 시애틀에 거주하는 둘째 딸 가족을 방문했다가 이들의 방문을 알게 된 것이 계기였다.

이들은 8월 9일부터 15일까지 한국에 머물렀다. 부산에서는 3박 4일간 일정으로 부산시교육청의 협조를 얻어 아리랑 · 쾌지나

칭칭나네 등 한국 민요 공연과 탈춤 체험 프로그램을 진행했고, 부산 부평시장에서의 떡볶이 등 먹거리 체험, 송도 케이블카 타기, 해운대 관광 등을 했다. 그 이튿날 내 고향인 밀양으로 초청해 '2023 밀양 방문의 해'와 연계해 다양한 행사를 즐기도록 했다. 영남루와 표충사 방문을 통해 한국의 전통과 역사를 알리는 한편 수려한 경관을 즐기도록 했으며, 밀양 아리랑우주천문대와 국궁장에서 미래와 전통을 체험하도록 해주었다.

방문 기간 내내 동행하며 나는 입양아들이 얼마나 고국의 정에 목말라 했는지 그리고 이들의 미국인 가족이 한국의 발전상에 대해 얼마나 감탄하는지 지켜보며 정말 잘한 초청이라는 사실을 실감했다. 여기에 입양 가족들은 "자녀의 모국을 방문해 아이들과 함께 아름다운 추억을 쌓을 수 있어 행복한 시간이었고, 이를 준비해 주신 모든 분들께 감사드린다"며 "특히 밀양시에서 처음 방문한 영남루와 표충사는 아름다운 자연경관과 건축미가 어우러진 훌륭한 건축물이라 오래도록 기억될 것 같다"고 만족하는 걸 보며 더욱 보람을 느꼈다.

그들이 미국으로 돌아갈 때 나는 미국인 부모들에게 "우리 아이들을 키워주셔서 정말 감사드린다. 미국과 한국은 한 가족이나 다름없다"는 고마움으로 고개를 숙였다. 정말 그랬다. 얼굴과 모든 것이 다른 아이들을 애지중지 키워주는 그들이 진심으로 고마웠다.

그 뒤 모교인 경남여고에서 일일교사로 강의할 기회가 생겼을 때 학생들에게 이 이야기를 들려주며 "너희들이 얼마나 행복한지 그리고 이 땅에서 살아가는 것이 얼마나 감사한 일인지 알아야 한다"고 일러주었다. 그날 학생들은 내가 '꼰대'라고 여겼을지도 모르지만 한 명이라도 내 진심을 알아주고 공감했기를 바라는 것이 솔직한 내 심정이다.

6부
생각이 바뀌어야 나라가 바로 선다

여태 제가 어떻게 자라, 꿈을 키우고, 꿈을 이루기 위해 얼마나 애썼고 그 와중에 뜻밖의 암초를 만나 좌절했다가 다시 일어나는 과정을 이야기했습니다. 그런데 마치려니 뭔가 미진한 생각이 들었습니다. '그래도 조금이라도 살기 좋은 사회가 되도록 내 작은 힘이라도 보태왔는데, 그 과정에서 보고 듣고 느낀 게 적지 않았는데……' 싶어 이대로 마치기엔 아쉬웠습니다. 그래서 내친김에 우리 사회, 특히 정치에 관한 내 생각을 몇 가지 정리해 봤습니다. 어찌 보면 때를 지난 생각도 있고, 짧고 거칠어 좀 더 공부가 필요한 대목도 있습니다. 하지만 우리 정치의 발전에, 그리고 우리 사회가 더불어 잘 사는 데 조금이라도 도움이 되었으면 하는 소망을 담았습니다.

01 ——

어떻게 이룬 나라인데!

박근혜 대통령 탄핵으로 온 나라가 매일 시끄럽다. TV, 특히 종편방송을 틀면 패널들이 나와 탄핵을 두고 서로 갑론을박하는 모습을 볼 수 있다. 그런데 내가 보기엔 패널들이 객관성을 가지고 탄핵 여부에 대한 의견을 펼치는 것이 아니라 대부분 자기 진영의 논리에 따라 일방적 주장을 하는 데 급급한 인상이다.

오늘날 대한민국이 어떻게 이룩한 나라인가? 조선 시대 이전의 역사는 논하지 않더라도 일본과 중국의 사이에서 온갖 시달림을 받으면서도 버티어낸 나라다. 36년간 일제의 식민통치를 겪은 끝에 해방을 맞은 뒤에는 애국자들과 국민의 노력으로 비록 남북으로 갈리긴 했지만 자유 대한민국을 세웠다. 북한의 김일성이 일으킨 동족상잔의 비극, 6·25의 참화를 이겨내야 했고,

그 와중에 부정선거 등 어지러운 정치를 보다 못한 학생들이 주도한 4·19혁명, 박정희의 주도 아래 이루어진 5·16쿠데타란 격변을 겪어야 했다. 그 이후 "우리도 한번 잘 살아보자"란 구호 아래 산업화와 새마을운동 등 근대화에 매진한 결과 이제는 경제·사회·문화·체육 등 각 방면에서 세계 어느 나라도 무시하지 못할 나라로 우뚝 섰다.

짧은 기간에 그 눈부신 성취를 이뤄낸 주역들이 바로 60~80대이다. 그들은 나라 없는 서러움, 전쟁의 아픔, 끼니조차 걱정해야 했던 가난에서 벗어나고자 몸부림쳤던 세대이다. 서독의 탄광에서, 월남의 전장에서, 중동의 건설 현장에서 목숨을 걸고 조국의 번영과 미래의 후손들을 위해 물불을 가리지 않고 뛴 결과 일인당 소득 100불도 안 되던 경제를 세계 10위권으로 끌어올리는, 세계사에서 드문 성과를 일궜다. 이들이야말로 진정한 애국자라 불러도 틀린 말이 아니다.

그런데, 지금 그들의 분노가 하늘을 찌르고 있다. 왜 분노하고 있는가?

우리 헌법 제1조에 '대한민국은 자유 민주주의 국가다'라고 명시되어 있다. 그런데 우리는 과연 민주주의를 제대로 이해하고 실천하는가? 부모들은 자녀에게 민주주의를 제대로 가르쳤는가? 학교에서, 사회에서 민주주의를 제대로 가르쳤는가? 정권을 잡기 전에는 그렇게 민주주의를 외치던 정부와 국회의원들은 민주주의를 국민에게 제대로 가르쳤는가?

과연 우리는 자라나는 청소년들에게 무엇을 가르치고 있는가? 그동안 우리는 민주화를 외쳤고 지금도 민주화를 위해 싸우고 있지만 지금 많은 젊은 세대들이 민주화의 의미를 제대로 파악하지 못하고 있는 듯하다.

이제 우리 모두 반성해 볼 필요가 있다고 본다. 가난에 허덕이던 우리 부모들은 자식에게만은 가난을 물려주지 않으려고 온갖 뒷받침을 하는 데 힘을 쏟았다. 비록 자신은 못 먹고 못 배웠지만 자기 자식만은 잘살게 하려고 모든 걸 희생하였다. 과연 자식들은 그러한 부모의 마음을 알아줄까? 부모들은 자식들에게 물질적 지원 말고 어떻게 사는 것이 올바른 것인지 제대로 가르쳤는지 되돌아봐야 한다. 물론 훌륭하게 자라 부모에게 효도하고 보람을 안겨준 자식들도 있지만 대부분 그러지 못한 것이 현실이다.

솔직히 요즘 젊은 세대의 행태를 두고 기성세대는 “우리는 후진국에서 태어났지만 젊은이들은 선진국에서 태어났잖아”라고 농담 아닌 농담을 한다. 그들은 부모만큼 고생도 안 해 봤고, 또 경제적으로 어려움도 겪지 않았으며 또 공부를 많이 해서 아는 것도 부모 세대보다 많다. 그래서 많은 젊은이가 부모 세대는 자기들보다 나은 것이 하나도 없고, 그저 답답하고 무식하여 세상을 너무나 잘 모른다고 생각하는 듯하다. 그래서 부모 말씀은 모조리 틀렸다고 무시하기도 한다. 생각하면 할수록 자식들이 괘

씸하다. 어떻게 이룩한 나라이고 어떻게 기른 자식인데 이럴 수가 있는가?

분노할 수밖에 없다. 부모의 말은 다 지나간 구식이고 지금 자신들의 사고가 맞다고 주장하면서 기성세대와 부딪치고 있는 것이다. '헬조선(지옥 같은 한국)' '이생망(이번 생은 망했다)'이라며 오늘날의 상황을 비관적으로만 보고, 기성세대에 모든 책임을 돌리며 퇴물 취급하는 젊은이들이 명심해야 할 것이 있다.

일본의 속담에 이런 말이 있다. '나이가 많다고 비웃지 마라. 너도 곧 갈 길이다.' 단순히 나이를 기준으로 기성세대를 싸잡아 '틀딱'이니 '꼰대'니 하며 '퇴물' 취급을 하다가는 본인들도 곧 그런 취급을 받을 날이 닥친다는 의미일 것이다. 우리가, 또 우리 사회가 어디로 가야 바람직할지 모든 세대가 걸음을 멈추고 지혜를 모아야 할 때다.

02

누구를 위한 정치인가

"기업은 2류, 관료행정은 3류, 정치는 4류."

1995년 고 이건희 삼성그룹 회장이 베이징 간담회에서 한 발언이다. 요즘 갈수록 태산인 우리 정치판을 보면서 떠오른 말이다. 한데 오늘날 와서 보면, 30년 전 그의 발언은 틀렸다. 성큼 일류에 오른 기업은 여럿인데 정치는 계속 퇴보해서 4류는커녕 8류, 9류라 하기도 아깝다. 아니 아예 정치라 할 것이 보이지 않는 상태다.

대표적인 것이 윤석열 정부 들어 언론의 정치 뉴스에서 이재명 더불어민주당 대표, 대통령 영부인 김건희 여사의 이름이 하루도 빠지지 않는 현상이다. 경제가 어렵고, 우크라이나 전쟁에 북핵 위협, 트럼프 대통령의 당선 등 국내외 환경이 급박하게 돌아가는 데도 이에 대비한 정책도, 정책을 위한 건강한 논의도 보이지 않는다. 이재명 대표와 김건희 여사가 마치 블랙홀처럼 모든 정치 이슈를 빨아들이고 있다. 자연스레 그것들을 다루는 TV토론도 많이 이뤄지는데 그에 등장하는 패널들도 객관적인 증거에 바탕을 둔 토론보다는 저마다 자신이 속한 당의 입장에 따른 주장만 늘어놓는다.

대한민국은 분명히 민주주의 법치국가로 입법·사법·행정의 삼권분립이 헌법에 명시되어 있다. 법을 따르지 않으면 삼권분립에 위배된다. 그런데 지금 국회는 어떠한가. 이재명을 구하기 위한 방탄 국회, 국민의 대표라는 명분으로 검사·장관·감사원장 등 무차별 탄핵이 거론되고, 정부 정책에 대한 반대를 위한 반대가 판치더니, 급기야 정치인들이 시민단체와 손잡고 내세워 탄핵을 요구하는 지경에 이르렀다. 이 과정에서 온갖 폭로가 이어지고 욕설에 가까운 막말과 인신공격이 오간다. 이처럼 정치에 급수를 매길 수도 없는 지경이니 양식 있는 국민 대부분은 정치 무관심을 넘어 정치 혐오를 갖는 듯하다.

국회의원들이 과연 우리가 생각하는 대로 사심 없이 국리민복을 위해 제 할 일을 하고 있는가 하고 묻는다면 우리 국민 중 고개를 끄덕일 이들은 많지 않을 것이다. 이는 국민보다는 소속 정당, 소속 정당보다는 일신의 영달을 우선하는 국회의원들이 많다고 느끼는 탓이다. 안타깝게도 국회의원들은 지역구민이나 국민보다 소속 정당의 이해, 아니 그보다 앞서 자기 자신의 이익을 위해 활동하는 것 아닌가 하는 생각이 들 때가 많다. 대표적인 것이 그렇게 치열하게 싸우면서도 본인들의 특권이나 이권이 걸리면 여야가 합심하는 것이 이를 보여준다. 대표적인 것이 선거 때면 폐지 또는 축소를 공약으로 삼으면서도 여전히 포기하지 않는 국회의원의 특권이다.

국회의원은 불체포·면책 특권을 누리며 연 1억 5,700만 원의 세비를 포함해 실질적으로 5억 원에 이르는 수입은 물론, 의정활동을 돕는다는 명분으로 보좌진 9명을 두도록 하고 의원회관에 45평 규모의 사무실을 제공한다. 뿐만 아니다. KTX 무료 이용·공항 귀빈실 이용 등 유무형의 다양한 특혜를 누리며 심지어 65세 이상 전직 국회의원은 월 120만 원의 연금(19대부터는 폐지되었음)도 받는다. 이처럼 헌법·법률로 보장된 국회의원의 유무형 특권이 180여 개에 이른다. 일반 국민이 알고 나면 깜짝 놀랄 특권들이다. 문제는 이런 특권들이 국회의원이 자유롭게 효율적으로 활동할 수 있도록 돕는 수준을 넘어 '현대판 귀족'을 만드는 수단으로 변질되었다는 점이다.

이런 특권을 누리는 의원들이 민생은 뒷전이고, 권력투쟁에만 열중하는 것이 우리 정치의 민낯이다. 정부 여당은 선거 때 논공행상으로 공기업과 준정부기관 등에 낙하산 인사를 내려보내고, 국회는 각종 규제 입법을 만들고, 총수를 국회 증인으로 채택하는 등 압력을 가해 '국회발 낙하산 인사'란 추태를 보이고 있다. 기업들이 국회의 갑질을 파악하고 무마하기 위해 국회 출신 인사들을 채용한다는 것이다. 또한 상대 정파에 타격을 입힐 수 있는 무슨 특검법, 누구 인사청문회을 두고는 얼굴을 붉히고, 목소리를 높이며 열을 올리지만 유보통합 같이 국민의 삶, 국가의 백년대계에 대해서는 급할 게 하나도 없다는 자세를 보인다.

유보통합의 경우를 보자. 유아기 교육이 매우 중요한 만큼 유치원과 어린이집에 대해 일관되고 통합적인 정책이 필요하다 여겨 내가 국회의원이던 2013년부터 주장했던 사안이다. 한데 보건복지부가 담당하던 영유아 보육업무를 교육부에 이관하는 1단계를 거치고는 2025년 이를 시도, 시군구에서 시도 교육청으로 이관하는 2단계 통합작업을 2년간 전면 유보하자는 의견이 나왔다. 사전 준비가 미흡하다는 이유인데 그중엔 '지방교육자치에 관한 법률'과 '지방교육재정교부금법' 등 관련 법령을 제정 혹은 개정해야 하는 일도 들어있다. 한데 어느 의원도 이에 대한 관심이나 의지를 보이지 않는다. 다행히 윤석열 정부 들어서 유보통합이 30여 년 만에 이루어졌지만 껍데기만 통합한다고 될 일이 아니다. 진정한 통합을 이루기 위해서 유아교육학자와 현장의 목소리를 반영하여 올바른 정책을 세우는 것이 중요한 시점이다.

일각에서 국회의원 정수를 줄이자는 의견이 나오지만 나 개인적으로는 이에 대해 회의적이다. 국회의원 세비를 국민 평균소득 수준으로 낮추고, 각종 특권을 폐지하되 각계각층을 대표하는 전문가들을 뽑는다는 전제하에 국회의원 정수를 늘리는 것도 정치개혁의 한 방안이 될 수 있다고 보기 때문이다. 만일 유아교육 또는 교육 전문가가 국회에 단 몇 명이라도 있었다면 이런 사태가 벌어졌을까 싶은 의문이 들어서다.

'정치는 너무 중요해서 정치인에게만 맡겨둘 수 없다'는 말이 이를 두고 한 말 아닐까.(※이 글은 2024년 10월에 탈고했기에 이후 정치격변은 반영하지 못했다.)

03 ——

어떤 정치인을 뽑아야 할까

나는 어렵게 자랐지만 고지식한 아버지 덕분에 인간의 도리를 배웠다. 그중에는 '더불어 살기'도 있었으니 어릴 적에 집에서 맛있는 음식을 하면 이웃과 나누어 먹은 것도 그런 예라 하겠다. 이웃집에 별식을 전하는 심부름은 당연히 맏딸인 내 몫이었다. 그런 심부름을 해야 할 때면 그리 싫었지만 빈 그릇을 들고 돌아오는 내 마음은 언제나 가벼웠다. 지금도 나는 좋은 것이 있으면 작은 것이지만 주변의 지인들에게 곧잘 선물을 한다. 받는 사람도 마음이 즐겁겠지만 주는 내 마음도 너무나 즐겁고 행복하다.

나는 정치를 하면서도 주민들에게 나의 작은 마음을 전달하고 싶었고 그들을 위한 올바른 정책을 만들어 우리 모두가 더불어 잘 사는 사회를 꿈꾸어 왔다. 시의원이 되면서 바로 실천하려고 노력하였다. 2002년 6 · 13 지방선거에서 부산 동래구 시의원으로 처음으로 출마하여 당선되고 난 뒤 나는 한 달에 한 번은 꼭 재래시장을 방문하여 그들의 어려움과 고충을 일일이 헤아려 시정에 반영하려고 노력하였다.

선거가 끝나고 처음 시장을 방문하자 상인들은 의아해하였다. "선거도 끝났는데 왜 왔느냐"고 하였지만 나는 앞으로 한 달에 한 번은 꼭 오겠다고 약속하고는 임기 내내 그대로 실천하였다. 그리고 주민 간의 의견 대립으로 인한 분쟁이 일어났을 때에도 양쪽의 이야기를 끝까지 듣고 스스로 해결할 수 있도록 하였다. 이렇게 주민들의 편에 서서 무엇을 어떻게 도와줄 것인가를 고민하고 대화하고 구의원들과도 매달 조찬 간담회를 하며 지역의 발전을 위한 토론을 하였다.

그 결과 재선 때에는 76.3%의 높은 지지를 받아 부산 최고 득표율이란 개가를 올리기도 했다. 나는 진정 존경받는 정치인이 되고 싶었기에 많은 어려움을 겪은 끝에 19대 국회에 비례대표로 들어갈 수 있었다. 하지만 송사에 휘말려 임기 절반만 국회에 머물렀어도 끝까지 내가 해야 할 일을 하려고 노력하였다.

비록 짧은 여의도 생활이었지만 정치인들의 모습을 보면서 '내가 있을 곳은 못 되는구나'하는 생각을 몇 번이나 가졌다. 그런 경험을 바탕으로 국민에게 존경받고 신뢰받는 정치인이 되기 위해 갖춰야 할 몇 가지 덕목을 정리해 본다.

첫째, 정치인은 자신의 권력을 남용해서는 절대 안 된다. 권력을 이용하여 사리사욕을 취하는 국회의원은 자격이 없다고 본다. 한 예로 지역구 국회의원 밑에는 구청장(시장)과 시의원(도의원), 구의원(시의원)이 있는데 선거 때만 되면 공천을 빌미로 금품을 포함한 각종 무리한 요구를 하는 국회의원을 '선량'이나 '국민의 대표'라 부를 수 있겠는가. 내가 아는 어느 국회의원은 구청장 공천을 주는 대가를 받아 집도 새로 구입했는데, 구의원 후보들은 가구도 사들여주고 공천을 받기도 하였다. 정말 한탄스런 일이 아닐 수 없었다. 하물며 선거 운동 와중에도 돈을 요구하기도 하였다. 그리고 자기 자리가 뺏길까 두려웠는지 선거운동도 제대로 못하게 하는 등 갖은 제약을 가하며 경계하기도 하였다. 결국 그 국회의원은 다음 선거에서 공천을 받지 못하였다. 국회의원에게 지방의원이나 시장(군수)에게 공천권을 주어서는 안 된다고 생각한다. 이를 악용해 자기 마음에 들지 않으면 공천을 주지 않고 갖은 비리를 저지를 가능성이 크기 때문이다. 나는 지역을 대표하는 지역 주민들에게 공천권을 넘겨야 한다고 생각한다.

둘째, 주민들에게 약속한 공약은 반드시 지켜야 한다. 보통사람들 간에도 약속은 매우 중요하다. 특히 정치인의 약속은 유권자에게는 절대적인 신뢰의 관계가 된다. 그렇지만 공약을 제대로 지키는 정치인이 과연 얼마나 될까. 물론 예산이라든가 이런저런 이유로 공약을 100% 지킬 수 없을 수도 있지만 최대한 지키려고 노력은 해야 한다.

또한 공약(公約)은 공약(空約)이 되어서는 안 된다. 공약도 그저 당장의 인기를 얻기 위한 것이 아니라 진정 주민에게 도움이 되고 나라의 발전에 도움이 되는 것이어야 한다는 이야기다. 예를 들어 유치원과 어린이집이 바라는 정책은 서로 다른데 현장에 가서 표심을 얻기 위해 그때그때 상충되는 정책을 밝히는 것은 공약이 아니다. 약속을 지킬 수 없는 허언이기 때문에 애당초 '공약'이라 할 수 없다.

언젠가 국회에서 3,000여 명의 유아 교육자들이 참석한 토론회를 개최하는데 국회의원들이 몇 명 와서 축사를 하였다. 어느 국회의원은 교사들을 향해 '무엇 무엇을 해 주겠다'고 하여 박수를 많이 받았다. 내가 보기에는 도저히 가능성이 없는 이야기였지만 교사들은 곧 그렇게 될 것 같은 생각이 들었나 보다. 나는 보좌관에게 저 국회의원의 말을 잘 적어두었다가 상임위원회에서 약속한 발언을 하는지 지켜보라고 했다. 그런데 몇 달이 지나도 한 번도 발언을 하지 않는 게 아닌가. 내가 보기에는 그 국회의원은 한 번도 유아교육과 관련된 발언을 한 적이 없었던 것으로 안다. 공약이 아니라 유권자를 우롱하는 허언을 했던 그 의원은 그래도 당의 최고위원을 맡기도 했으니 정치가 이래서는 안 된다.

셋째, 금전적으로 깨끗해야 한다. 정치를 치부의 수단으로 삼아서는 안 된다는 이야기다. 물론 나는 국회의원은 나라와 국민을 위한 봉사라고 생각하지만 대부분의 국회의원은 그런 생각을 하고 있지 않는 것 같다. 한번은 어느 국회의원이 "현영희는 돈도 많은데 왜 국회의원을 하려고 하느냐?"고 해서 너무나 의아했던 적이 있었다.

국회의원에게는 보좌관(2), 비서관(2), 수행비서 및 비서(3), 인턴(2) 모두 9명의 보좌진을 구성하고 있다. 그런데도 지역구 관리 때문에 보좌진들의 수가 부족하다는 지역구의원들이 적지 않다. 보좌진들의 고생도 만만찮다. 특히 국정감사 때가 되면 밤낮을 가리지 않고 자료를 수집하는 등 소속의원을 위해 고군분투한다. 간혹 언론에서 몇몇 국회의원이 자신의 보좌진들에게서 후원금이란 명분으로 월급의 일부를 도로 받아냈다는 사실을 보도할 때는 참으로 부끄럽고 화가 치밀어 오른다. 그들을 위로와 격려를 해주어야 하는 의원들이 그런 치사한 짓을 한다면 정말 국회의원의 자격이 없다. 이런 금전적 비리가 있는 국회의원은 당장 퇴출시켜야 한다. 나는 후원금을 전혀 받지 않았다. 어느 언론 보도에서는 후원금 0원으로 보도하기도 하였다. 후원회장은 있었지만 한 번도 후원금을 받아 본 적이 없기 때문이다. 물론 의정활동을 위해서는 경비가 필요하다. 나의 세비는 비서가 관리하였고 활동비는 남편이 도와주었다. 남편은 내가 국회의원이 되자마자 나에게 신신당부를 했다. "후원금은 내가 도와줄 테니 정말 깨끗한 정치를 해라"라는 것이었다. 나는 그대로 실천하였고 그렇게 도와준 남편이 고마웠다.

내가 19대 국회의원 예비후보 선거운동을 할 때 지역에 나가보면 주민 대부분은 정치인들을 싫어했다. 직접 만난 주민들은 "거짓말하지 마라", "도둑질하지 마라", "싸우지 마라", "약속을 지켜라" 이러한 이야기를 많이 하였다. 선거 때마다 속았다는 것이다. 어떤 사람은 방문을 쾅하고 닫아버리면서 정치인은 꼴도 보기 싫으니 가라고 하였다. 얼마나 정치인이 꼴 보기 싫었기에 저러나 싶어 이해가 되면서도 한편으로는 입맛이 씁쓸하였다. 나는 결코 그런 정치인이 되지 말아야지 하는 다짐도 하게 되었다.

정치인들은 걸핏하면 민생을 위한 정치를 한다고 부르짖지만, 자신들의 이익과 당의 정권 창출에만 혈안이 되어 정쟁에만 몰두하는 정치인들에게 국민은 속고 있다. 유권자들은 평소에 후보를 잘 눈여겨보아 두었다가 투표로서 진정한 정치인을 반드시 가려낼 의무와 권리를 갖고 있다.

04 ——

정치인의 필수 덕목, 신의

어릴 때 아버지께서 사회생활을 하는 데 있어서 약속과 의리는 매우 중요하다는 말씀을 많이 하셨다. 약속을 지키지 않고 의리를 지키지 않는 사람을 아버지는 신뢰하지 않으셨고 싫어했다. 그래서 주변에서는 아버지를 보고 평생 공무원 스타일이라든가 법 없어도 살 사람이라고 하였다. 고지식한 아버지의 성품을 내 형제들도 많이 닮았다. 그래서 그런지 제대로 출세하지를 못했다. 대신 우리는 남에게 나쁜 소리를 듣지 않고 당당하게 살고 있다고 생각한다.

요즈음 우리 정치계를 보면 모래알 같은 존재들이다. 대부분 의리도 없고 자신의 출세에 도움만 된다면 의리가 무슨 소용이랴 하는 태도다. 그래도 옛날의 정치는 어른도 있었고 의리도 있었다. 김영삼과 김대중을 중심으로 똘똘 뭉치는 모습들을 볼 수 있었지만 요즈음은 오늘의 충신이 내일은 배신을 서슴지 않고, 권력의 환상을 좇아 어떡해서든 자신만 살아남으려고 몸부림치는 모습을 보면 참으로 한심하고 불쌍하게 보일 뿐이다. 어떤 젊은 여성의원은 정권이 바뀔 때마다 변신하여 장관도 하고 정부의 요직에 앉기도 하였다. 그게 대한민국의 정치고 현실이다. 어떤 때는 정말 양심도 없어 보이기도 한다. 결국 주민들은 그 의원을 국회의원으로 뽑아 주지 않았다. 그래도 뻔뻔히 잘 살고 있기는 하다.

또 어떤 의원은 박근혜 대표 시절에 대변인을 하였고, 자신의 책에서 박근혜 대표에게 그렇게 충성을 보이더니 대통령선거 때는 다른 후보에게 가버리고 지금은 박근혜 전 대통령의 사소한 허물까지도 방송으로 공개하는 모습을 보면서 참으로 잠시라도 그를 존경했던 내 자신이 부끄러워지기도 하였다. 2007년 대통령선거 경선 때 그분은 이명박 후보, 나는 박근혜 후보를 지지했다. 나보고 절대 박근혜는 안되니까 이명박 캠프로 오라고 몇 차례나 나를 설득했지만 나는 절대 정치는 신의를 지켜야 한다고 고집을 부렸다. 결국 이명박 후보가 승리해 한나라당의 대표주자로 대통령에 당선되었다. 그래도 나는 박근혜 후보를 계속 지지해 결국 2012년 대선에는 박근혜 후보가 당선되었다.

나는 사실 박근혜 때문에 피해를 본 사람이다. 내가 3억 공천헌금 사건에 휘말렸을 때, 언론의 엄청난 따가운 핍박에도 억울함을 풀기 위한 기자회견도 한 번 못 하고 조용히 숨죽이고 있었기 때문이다. 그 이유는 반드시 박근혜 후보가 대통령이 되어 깨끗한 정치를 해서 국민을 행복하게 만들어주기를 바라는 마음에서였다. 나 하나가 희생되더라도 반드시 박근혜 후보가 대통령이 되어야 한다는 일념뿐이었다.

진정한 신의가 무엇인가 생각해본다. 많은 정치인이 국회의원 선거 때만 되면 박근혜 대표에게 한 번이라도 눈도장을 찍고, '지원사격'을 얻기 위해 그렇게 노력하지 않았던가. 그러나 당선이 되고 나면 언제 그랬냐는 듯이 박근혜 대표를 비판하고 은혜를 저버렸다. 정당은 같은 이념과 가치를 추구하는 사람들이 모여 만든 집단이 아닌가. 물론 그렇다 하더라도 서로의 생각과 의견은 다를 수 있다. 하지만 자신이 따랐던 지도자에게는 진심으로 존경하는 마음을 가져야 하지 않을까. 은혜를 갚지는 못할망정 배신은 안 해야 하는 게 인간의 도리가 아닌가.

내가 필요할 때는 이용하고 필요가 없다면 걷어차 버리는 요즈음의 정치 현실은 정말 의리도 신의도 없는 삼류 정치라고 생각한다. 소신과 철학도 없이 아부만 일삼고, 당선 가능성만 좇아 당을 옮기고 파벌을 바꾸는 철새 정치인들은 정치를 떠나는 것이 국민을 위한 최소한의 도리를 다하는 것일 것이다.

물론 정책을 논하다 보면 자기 생각과 다를 수도 있다. 그래서 토론도 하고 지혜를 모아 문제를 해결해 나아가야 한다. 이것이 국회의원의 임무이다. 지나친 흑백논리는 결국 타협이 되지 않는다. 대화와 타협의 정치가 되어야 한다. 우리는 학교나 가정에서 제대로 대화와 토론을 하는 방법을 배우지 않았다. 단지 지시와 명령, 암기와 경쟁만 있을 뿐이었다. 그래서 자기 것이 채택되지 않으면 온몸으로 싸운다.

우리는 해머로 국회의 문을 부수고 몸싸움을 하거나 얼렁뚱땅 법안을 통과시키는 일을 TV를 통해서 많이 보아왔고 실망하였다. 그래서 국회 선진화법이 만들어진 것이다. 이론적으로는 너무나 좋은 법이지만 현실은 그렇지 않다. 서로 합의가 안 되기 때문이다. 그래서 통과되지 못한 채 국회에 계류된 법안이 얼마나 많이 쌓여 있나.

정부가 제대로 일을 못 한다. 다수당인 야당에서 무조건 정부나 여당의 법안들을 볼모로 잡고 반대를 위한 반대를 해서 일을 못 하게 한다. 무엇이 국민을 위하고 나라를 위한 일인가는 생각을 하지 않는다. 상대 당을 골탕을 먹이고 모든 것을 자신의 정당의 이익에만 초점을 맞춘다. 앞으로는 신의를 저버리고 배신하고 자신의 이익에만 몰두하며 정쟁만을 일삼는 국회의원들에게는 따끔한 국민의 심판이 반드시 뒤따라야 할 것이다.

05 ——

'발등의 불', 늘어나는 나라빚

정부와 가계가 진 빚이 2024년 2분기 말 처음으로 3,000조 원을 넘어선 것으로 나타났다. 그 이유는 경기 불황과 감세 기조로 세수 펑크가 이어지면서 국채발행이 늘었고 최근 부동산 '빚투' 등으로 가계부채가 급증했기 때문이란다.

정말 소름이 끼치는 내용이다. 과연 이 빚은 누가 갚아야 하나. 김영삼 대통령 때 선진국 클럽인 OECD의 회원국이 되었다고 자랑도 잠시 IMF 사태가 터져 나라 경제가 휘청이고 온 국민이 시련을 겪었다. 김대중 대통령이 집권하면서 이 빚을 갚느라 국민 모두는 가지고 있던 금을 국가에 내어놓아 빚을 갚는 데 힘을 보태는 등 경제난을 헤쳐나오기 위해 안간힘을 썼다. 그 당시 300조 원의 빚을 진 상황이었다. 쉽게 말해 빚을 내어 빚을 갚았으니 그 이자만 해도 대단하였다. 노무현 정부 때 500조 원의 빚이 있다고 선거 때 국민에게 호소했던 기억이 난다.

그 빚이 계속 늘어 1,000조 원이 넘었다고 해서 박근혜 대통령이 공무원연금을 개혁하려고 하였다. 그 당시 내 주변 많은 후배 교사들이 조금의 연금이라도 더 받으려고 명퇴 붐이 일었던 일이 떠오른다. 2030년이 되면 연금이 바닥난다는 통계 때문이었다. 문재인 정부 들어서 소득주도 성장이라 하여 부동산 가격의 급등, 포퓰리즘 정책, 코로나 사태 등으로 더 많은 빚을 떠안게 되었다. 전 국민에게 100만 원 지급 등의 퍼주기식 정책은 국민을 더 힘들게 하였다. 윤석열 정부 들어서는 우크라이나 전쟁 등으로 인한 수출 부진과 내수시장 악화 등으로 나라 빚은 더 눈덩이만큼 불어났다.

그런데 이렇게 나라와 가정이 어려운데도 젊은 사람들은 과연 어떤 생각으로 살아가는지 궁금하다. 경제적으로는 빈곤한 사람은 더 어려워지고 부자는 더 부자가 되는 양극화 현상이 더 심화되고 있다. 백화점 명품코너에는 명품을 사기 위해 줄을 서서 대기하고 있고 한편에는 살림이 너무 어려워 자살하기도 하며 이자를 갚지 못해 아우성을 치고 있는 모습은 참으로 안타깝고 미래가 걱정된다. 이러다가는 선진국 문턱을 넘지 못하고 도로 후진국으로 가는 것 아닌가 싶기 때문이다.

60대 이상은 우리나라의 경제성장을 위해 모두가 허리띠를 졸라매고 열심히 노력하였다. 쉽게 말해 어려운 강물을 헤치고 살아온 세대들이다, 그런데 40대 이하는 강을 건너 태어난 세대들로 강물을 건너온 세대들을 이해하지 못 한다. 모두가 귀하게 자랐다고 해야 할까.

그래서 더 이기적이고 세상을 쉽게 살려고 한다. 귀찮고 힘든 일은 하기 싫어하고, 직장도 마음에 들지 않으면 쉽게 나와 차라리 실직수당을 받는단다. 열심히 저축해서 살기보다 주식이나 비트코인, 로또 등 요행으로 쉽게 돈을 버는 한탕주의를 꿈꾸고, 알뜰하게 저축하기보다 당장 즐겁게 지내기를 희망한다. 결혼해서 아이 낳고 살기보다 독신으로 편하게 살기를 바라며 상대방에 대한 이해나 대화보다 오로지 자기 주장이 옳다고 여겨 아예 무시하거나 상대를 하지 않으려 든다. 이제는 가족과의 대화나 타인에 대한 배려 이해심 등은 사라진 지 오래다. 정말 기성세대들이 상상하기 어려운 요즈음 젊은 사람들의 사고방식이다.

지금 일부 정치인들은 국민을 더 게으르고 가난하게 그리고 무식하게 만들려는 듯하다. 문재인 정부 때 칼퇴근을 강조하고, 실직수당 지급을 늘린 것은 국민복지를 강화한 측면과 더불어 직업윤리의 약화란 부작용을 가져왔다는 점을 부인하기 힘들다. 지금도 더불어민주당 이재명 대표는 모든 국민에게 똑같이 25만원을 지급해야 한다고 주장한다. 물론 공짜로 돈을 주면 안 좋아할 사람이 어디 있겠는가. 하지만 부자도 가난한 자도 똑같이 지급하는 것이 과연 평등하다고 할 것인가 영세민들에게 더 많은 혜택이 돌아가도록 하는 것이 바람직하지 않은가.

노인 인구의 증가와 저출생으로 인해 인구는 계속 줄어들고 있어 연금 등을 결국 젊은 세대들이 부담해야 한다. 그런데도 이토록 많은 나라빚을 줄여나갈 생각은 않고, 당장의 표를 얻기 위해 마구잡이로 퍼줄 생각만 하니 이를 어쩔 것인가. 후손들에게 편안하고 더 나은 행복한 삶을 물려주기 위해 누구보다도 정치인들의 각성이 필요한 시점이다.

06 ——

돈만으로는 풀 수 없는 저출산 문제

최근 들어 저출산 문제에 대한 사회적 관심이 부쩍 커져 대통령 직속기관으로 저출산고령사회위원회를 구성하였다. 물론 그 이전 정부 때도 많은 예산을 들여 노력하였지만 효과는 미흡하였고 예산만 낭비하였다.

내가 부산광역시 의원 시절에 저출산 관련 시정 질문을 한 적도 있었다. 그리고 재선할 때는 공약으로 둘째 자녀를 출산하면 20만 원을 지급하자고 주장하였다. 그때만 해도 가임여성 한 명당 출산율이 1.73명이었다. 지금은 어떤가? OECD국가 중에서도 가장 꼴찌인 0.67명이다. 이제 국가의 존립에 위협이 되는 인구위기가 닥칠 지경에 이르렀다. 내가 국회의원 때 의원끼리 조찬 공부모임이 있어 유명 강사들을 모시고 공부하기도 했는데 이 자리에서 카이스트의 어느 교수가 2050년이 되면 국가가 소멸될

위기에 처할 수도 있다고 걱정하는 말을 들었다. 그야말로 위기 대응을 서둘러야 한다고 생각했다.

문재인 정부 때 부산대학교와 부산교대를 통합해야 한다고 할 때도 양 대학 총장이 재정 악화와 학령인구 감소를 이유로 내세웠는데 내가 교대 동창회장을 맡았을 때였다. 우리는 강력하게 반대를 하였다. 초등교육의 특수성과 전문성을 무시하고 통폐합한다고 학령인구 감소에 대응할 수 있다는 그 발상 자체가 잘못된 것이기 때문이었다. 초등교육은 교과서 위주의 지식만 가르치는 교육이 아니라 가장 중요한 인성교육의 기초시기이며 아동의 발달 수준에 따라 다양한 방법으로 교육과정 운영을 해야 하기 때문에 그 특수성과 전문성은 보장되어야 한다. 그래서 학령인구 감소를 이유로 한 교대 통폐합은 맞지 않을뿐더러 초등교육 말살 정책이라고 생각한다.

그보다는 저출산을 해결하면 모든 것이 해결된다고 생각하여 교대 동문들은 강력하게 반대를 했지만 결국 윤석열 정부 들어서 '글로컬30 지정대학'으로 밀어붙여 결국 통폐합 수순을 밟게 되었다. 그때 나는 이주호 장관을 만나 초등교육의 중요성을 강조하며 항의하기도 하고 우리 동문들은 대통령실 앞까지 가서 항의 시위를 하고 건의서를 전달했지만 소용이 없었다. 초등교사 수를 줄인다고 저출산 문제가 해결이 될 것은 아니기에 참으로 안일한 탁상공론 정책이 아닐 수 없다.

20년 전만 해도 직장여성들이 결혼하고 아이를 갖게 되면 직장을 그만두는 일이 대부분이었다. 내 남편이 경영하는 회사에서도 그러하였다. 나는 남편에게 간곡히 부탁해서 결혼해도 계속 직장생활을 유지하도록 권장하여 남편 회사의 여성들은 결혼을 하고 아이를 낳아도 계속 직장을 다니고 있다. 지금은 더 말할 나위도 없이 여러 가지 혜택도 주고 있다. 내가 유치원을 세우게 된 것도 아이 세 명을 낳아 양육하기가 너무 힘들어 평생직장으로 여겼던 교사생활을 접어야 했던 쓰라린 경험 때문이었다. 직장여성을 위하는 일이 양육의 어려움을 덜어주는 것이란 걸 깨달았기에 여성들에게 조금이라도 도움을 주기 위해 유치원을 설립하였던 것이다.

부산 안락동에 강림유치원을 개원하고 나서 2년 뒤 일이다. 그 당시 유치원은 대부분 오전수업만 진행했는데 마침 뜻하지 않은 일이 계기가 되어 나는 종일반 운영을 해 볼 생각을 하고 은사이신 중앙대 이원영 교수님을 찾아뵙고 조언을 구하였다. 교수님께서는 "앞으로 직장여성이 많이 늘어나면 꼭 종일반 운영이 필요할 것으로 예상되니 한번 시도해 보는 것이 좋겠다"고 말씀을 해 주셔서 용기를 내어 실천해 보기로 하였다.

그렇게 나서게 된 계기는 이랬다. 어느 날 유치원 학부모 한 분이 면담을 요청하였다. 유치원 뒤의 안남초등학교 교사였다. 면담 이유는 아이가 한 명인데 유치원을 마치고 나면 집에서 돌봐

줄 사람이 없는데 어떻게 도와줄 수 없느냐고 사정을 하였다. 나도 그런 경험이 있었기에 충분히 이해가 되고도 남았다.

그래서 나는 "유치원에서 돌봐 드릴 테니 걱정하지 말고 근무를 하시라"고 승낙을 하였다. 그런데 당장 걱정이 앞섰다. 아이를 돌봐 줄 공간과 프로그램이 마땅치 않았기 때문이다. 그래서 교사들과 논의한 끝에 내 원장실을 없애 아이를 편하게 보육할 수 있는 공간으로 만들고 오후 활동 보육프로그램을 짜서 교사들이 돌아가면서 돌봐주기로 하였다. 사실은 아이 한 명이라 여러 가지 면에서 걱정했는데 의외로 아이는 너무 재미있어 하고 어머니가 퇴근할 때 데리러 와도 좀 더 유치원에서 놀겠다고 떼를 쓰기도 하였다. 이를 본 어머니는 매우 기뻐하면서 학교에서 안심하고 근무를 할 수 있어 감사하다고 하였다.

그다음 해에 유치원에서 자체 조사를 했더니 종일반 희망 원아가 2명으로 늘어났다. 그 이후 바깥일이 있어도 아이의 귀가 시간에 맞추느라 볼일을 제대로 못 보고 애를 태우는 전업주부들의 자녀들도 함께 돌보기로 하자 점점 불어나 10명이 되었다.

그즈음 정부에서도 이러한 상황을 의식하고 한국유아교육학회 등이 종일반 필요성을 건의하여 방과 후 프로그램인 종일반을 운영하도록 하였으니 사실 종일반 제도는 강림유치원에서 시작하였다고 봐도 무방할 것이다.

그런데 종일반을 운영하는 유치원이 늘어나면서 그에 따른 운영비를 걱정하는 유치원이 많아졌다. 내가 부산 유치원연합회 회장을 맡으면서 정순택 교육감에게 그 필요성을 적극 건의하여 처음으로 각 유치원에 종일반 운영비 10만 원을 지원하도록 하였다.

이제는 유치원뿐만 아니라 초등학교까지도 방과 후 프로그램을 운영하여 직장여성들에게 많은 도움을 주고 있다. 이렇게 노력을 하는데도 저출산이 세계에서도 1위가 된 이유는 무엇일까 나름대로 분석해보면 이러한 이유들이 아닐까 한다.

첫째, 직장여성들이 가장 두려워하는 것이 자녀 양육문제라 할 수 있다. 예전에는 시어머니, 친정어머니, 도우미 등의 도움을 많이 받았지만 요즈음은 그것도 쉽지 않으니 당연히 이 문제가 걸릴 수밖에 없다.

둘째, 결혼 자체를 기피하는 남녀가 많다는 것이다. 결혼하면 여러 가지로 힘든 부분이 많은 것이 사실이다. 특히 여성들은 남편, 시부모와의 갈등 등으로 힘들게 살지 않고 혼자 자기 일을 하면서 편하게 살자는 인식이 많이 퍼졌다.

셋째, 결혼해서 자녀를 낳으면 교육비 부담이 만만치 않다는 것도 이유다. 물론 아이를 키우다 보면 힘드는 것은 사실이다. 그리고 더 잘 키워야겠다는 욕심도 생긴다. 혹시 아이가 남에게 뒤떨어지지 않을까 하는 불안감에 사교육비 등으로 경제적 어려움이 따르기도 한다.

이런 이유로 출산을 꺼리고 나아가 결혼 자체에 큰 매력을 느끼지 못하게 된다고 본다.

옛말에도 "무자식이 상팔자"라고 했다. 그렇지만 우리 부모들은 없는 살림, 고된 시집살이 등을 견디면서도 자식들은 더 나은 삶을 살도록 하기 위해 모든 것을 희생해왔다. 나 하나 희생하더라도 가정을 지키기 위한 우리의 어머니들의 처절한 몸부림이었다고 할까.

이런 생각이 들 때면 떠오르는 것이 내가 졸업한 경남여고의 교훈이다. 시인 유치환 선생님이 교장으로 계실 때 만든 그 교훈을 지금도 가슴에 새기며 살아가려고 노력한다.

"억세고 슬기로운 겨레는 오직 어엿한 모성에서 이루어지나니 이 커다란 자각과 자랑에서 우리는 스스로를 닦는다." 학교 다닐 때는 매주 월요일 전교 조회 시간에 앵무새처럼 외웠지만 세상을 살아가면서 이렇게 훌륭한 교훈이 또 있을까 싶어 나는 힘들 때마다 교훈을 외우면서 나 자신을 다스리곤 한다. 억세고 슬기로운 겨레는 오직 어엿한 모성에서 이루어진다고 믿는다. 우리 모두 모성의 힘으로 저출산을 해결해 나가면 어떨까.

80년대 후반에 피아노를 전공한 맏딸이 고등학교를 졸업한 후 곧바로 독일로 유학을 갔다. 그래서 나도 1년에 한두 번씩 독일에 갔는데 그때 쾰른의 유아교육시설을 방문한 적이 있다. 시설 바로 옆에는 초등학교가 있었다. 그 당시 독일에서는 자녀가 한 명이면 교육비를 100% 내야 하고 2명이면 50%, 3명이면 무상이라고 했다. 그리고 생후 6개월 아이부터 돌봐주고 있었으며 유치원이나 초등학교 어린이들은 수업을 마치고 나면 시설에 와서 간식을 먹으며 체육활동, 독서, 휴식, 숙제 하기 등 다양한 활동을 하다가 부모가 퇴근하면서 아이를 데리고 가는 시스템이 운영되고 있었다.

우리로서는 상상도 할 수 없는 먼 나라 이야기로 느껴져 부럽기 짝이 없었다. 일찍이 유럽 여러 나라에서는 다양한 정책으로 인구문제에 대비했는데 우리는 국가소멸론이 나오는 위기임에도 정쟁만 일삼는 국회의원들을 보면 한심스럽기만 하다.

싱가포르는 어떠한가. 신혼부부는 정부 지원을 받아 적은 부담으로 공공주택에 입주한다고 한다. 그 대신 이혼하면 집은 정부에 반환해야 한다. 그리고 직장여성들을 위해서 동남아의 여성들이 와서 자녀를 돌봐준단다.

미국의 클린턴 대통령 부인인 힐러리 여사가 쓴 『집 밖에서 더 잘 크는 아이들』을 읽은 적이 있다. 그 당시 이혼·직장여성들이 겪는 자녀 양육의 어려움이 사회문제로 떠오르자 힐러리 여사는 유아교육학자들과 의논하여 "유아기 때 100달러를 지원하는 것이 성인이 되어 1,000달러를 지원하는 것보다 훨씬 유익하다"고 대통령에게 건의하여 유아교육에 더 많은 예산을 지원하도록 하였다고 한다.

육아 문제는 단순히 경제적 도움으로만 해결이 되지 않는다고 생각한다. 내가 국회에 있을 때 저출산 문제로 어느 여성의원과 토론을 한 적이 있다. 경제학 전공인 그 의원이 2조 원이라는 큰돈을 지원해야 한다고 하기에 나는 돈만 지원할 것이 아니라 교육적인 다양한 내용도 포함이 되어야 한다고 주장한 적이 있다. 그 당시 함께 참석한 새누리당의 최경환 의원과 심재철 의원이 동의하기도 하였던 기억이 난다. 결국 그 예산은 흐지부지 사용되어 국민은 정책 효과를 체감하지 못하는 실패로 끝나고 말았다.

저출산 문제를 돈만으로는 해결할 수 없다. 먼저 가정의 소중함, 사회의 인식 변화, 부모교육 등의 올바른 프로그램들이 반영된 다양한 정책과 예산 등이 시행되어야 저출산 문제를 해결할 수 있다고 본다. 이제는 정부, 국민 모두가 합심하여 인구문제를 해결하는 방안을 강구해야 하는 마지막 골든 타임이 아닌가 걱정된다.

07 ——

사교육을 어찌할꼬

우리나라처럼 공교육과 사교육을 두고 치열한 논쟁이 벌어지는 나라가 있을까.

공교육은 국가가 국민에게 제공하는 교육으로, 모든 국민은 공교육을 반드시 받도록 되어 있다. 특히 초등교육과 중학교는 무상 의무교육이다. 유치원과 대학교는 선택이지만 정부가 지원하고 거의 대부분이 진학한다. 특히 대학교육은 인생의 마지막 교육 선택으로 그 경쟁은 매우 치열하다. 어느 대학을 졸업하느냐에 따라 인생의 진로가 달라지기 때문에 일류대학에 진학하기 위한 입시경쟁도 치열하지만 아이의 적성이나 의견을 무시한 채 성적만으로 대학을 선택한다.

부모 역시 자기 아이가 일류대학을 다녀야 부모의 역할을 잘한 것이라 생각한다. 그래서 공교육으로 만족하지 못하고 사교육으로 몰리고 있다. 부모의 욕심은 아이가 태어나면서부터 경쟁이다. 다른 아이에게 뒤질까 봐 돌이 지난 아이에게 영어를 비롯한 각종 학원으로 다니면서 아이를 피곤하게 한다. 어떤 엄마는 세 살 되는 아이가 영어 발음을 잘하도록 혀를 수술했다는 뉴스를 보고 경악한 적도 있었다. 특히 만 5세까지는 모국어가 형성되는 중요한 시기이다. 이 시기를 놓치면 아이의 정상적인 발달을 저해하는 것이다. 그러니 이 같은 조기 영어교육 열풍은 자칫하면 부모의 욕심으로 돈을 버리고 아이 버리는 결과를 초래한다고 나는 생각한다. 내 주변에 그렇게 해서 실패한 사례들을 많이 보았다.

내가 유치원을 운영할 때 어느 학부모가 입학 전에 유치원을 방문하여 만5세가 되는 자기 아이에게 영어를 가르치고 있다고 자랑한 일이 있었다. 그런데 그 아이가 입학한 뒤 지켜보니 또래 아이들하고 대화가 잘 되지 않았다. 즉 다른 아이의 말을 제대로 알아듣지도 못할 뿐더러 교사의 말도 제대로 이해하지 못했다. 그래서 교사는 아이에게 따로 여러 가지 방법으로 언어지도를 하였지만 시기를 많이 놓쳐 결국 언어능력이 부족한 채 초등학교에 입학했다. 어느 날 그 어머니가 나에게 전화를 하여 "선생님이 잘 가르치지 못해 아이를 전학시켜야 하겠다"고 하였다. 아이는 수업시간에 교사의 말을 잘 이해하지 못하였고 친구들과도 잘 어울리지 못한다고 했다. 결국 아이는 사립학교로 전학 갔지만 크게 달라진 게 없었다. 이는 어머니의 지나친 욕심으로 유아기 때 모국어를 제대로 익히지 못해 벌어진 일이었다. 모든 배움에는 어느 단계에 꼭 배워야 하는 '적기'가 있는데, 이를 놓치면 다음 발달에도 많은 지장을 준다는 사실을 명심해야 한다.

물론 사교육이 꼭 필요한 경우는 있다. 그러나 학습이 부족한 부분을 보충하기 위해서 사교육의 도움을 받아야 할 때라도 먼저 아이와 의논하여야 한다. 자기 아이가 다른 아이에 뒤처질까 불안해서 무조건 학원을 전전하게 해서는 안 된다. 부모의 지나친 불안감과 경쟁심은 아이에게 스트레스를 안겨줄 뿐이다.

대학을 선택할 때도 아이의 적성을 고려하지 않은 채 성적 위주로 전공을 선택하는 것도 문제다. 적성에 맞으면 다행이지만 적성에 맞지 않으면 과를 옮기거나 재수를 하는 등 다시 학원으로 몰리고 있다. 한편 대입 수능시험이 끝나면 학교 선생님이 아닌 학원 강사가 TV에 나와 수능시험 문제를 해설한다. 학교 교사보다 학원 강사가 더 전문가란 말인가. 아이들도 학교 수업보다 학원 강의가 수능 준비에 더 도움을 준다고 생각한다. 그러니 학교 교사들도 의욕이 나지 않는다. 이러한 모순된 정책과 부모들의 생각을 바꾸지 않으면 부모의 경제적 부담은 커지고 아이들은 사교육에 휘둘릴 수밖에 없다. 대학입시는 학교 교육의 정상화를 위해 학교 수업만으로도 충분히 대학을 진학할 수 있도록 정부가 적극 노력해야 한다.

08 ——

교권이 바로 서야 교육이 제대로 된다

매년 5월 15일은 스승의 날이다. 예전에는 스승의 날이면 전교생이 운동장에 나와 교장 선생님 이하 모든 선생님에게 꽃을 달아 드리고 '스승의 은혜' 노래도 부르면서 스승에 대한 존경심을 표시하기도 하였다. 그런데 언젠가부터 이런 행사는 사라졌다. 오히려 스승의 날에 즈음하여 부산교육청에서 '선생님은 촌지를 받지 않습니다'라고 쓰인 현수막을 학교마다 걸도록 지시한 적도 있었다. 지나가는 어린 학생들이 '촌지가 뭐지'라는 궁금증을 자아낼 지경이었으니 교사의 사기가 다 떨어졌을 것은 말할 것도 없다. 참으로 어이없고 기가 찬 노릇이었다.

요즈음은 학부모가 수업하는 교실로 찾아와서 선생님을 때리고 욕설을 하기도 한다. 또한 몇몇 중고등학생은 여선생님을 놀릴 뿐만 아니라 성희롱까지 하는 사태가 벌어지기도 한다. 이를 참지 못하여 교직을 떠나는 교사도 늘어나고 있다. 내가 아는 선생님은 아이가 남의 물건을 훔쳐도 눈을 돌려버린단다. 그 이유는 만약 그 아이를 지도하다가 그 아이의 부모가 학교로 달려와 자기 아이를 도둑으로 몰았다고 추궁할 것이 두려워서라고 했다. 교사의 사명감과 양심을 저버리고 아예 모른 척하는 것이 속이 편안하다고 한다. 아예 학생의 생활지도를 포기한 셈이다. 이래서야 어찌 올바른 교육이 이루어질까.

내가 국회의원에 당선되고 나서 제일 먼저 발의한 법안이 교권확립을 위한 법안이었다. 그런데 안타깝게도 2년 가까이 되도록 내가 몸담았던 상임위원회에서 상정조차 하지 않았다. 내가 마지막으로 국회를 떠날 때 그 당시 새누리당 간사였던 K 국회의원에게 이것만은 꼭 상정을 시켜달라고 당부했지만 결국 들어주지 않았고 그대로 국회에 파묻혀 버린 바람에 참으로 안타깝고 아쉬웠다. 교사의 그러한 푸대접을 인식하지 못한다면 나는 그 사람은 국회의원의 자격이 없다고 본다.

나는 아이들에게 항상 부모 다음에 선생님의 고마움에 대해 바르게 인식할 수 있도록 가르쳤다. 막내 아이가 초등학교에 다닐 때였다. 1학년 담임 선생님이 어머니들을 부르더니 매달 10만 원씩 내라고 하였다. 즉 곗돈을 모으는 일이었다. 나는 너무 어이가 없어 그 이후 학부모회의에 참석하지 않았다. 어느 날 그 반 어머니가 학교에 갔더니 선생님이 우리 아이를 앞으로 불러내 뺨을 때리더라고 전해주었다. 내가 선생님의 요구를 들어주지 않으니 그런 것 같았다. 그 이후로도 학급에서 궂은일은 우리 아이가 도맡아 한다는 이야기를 들었다. 나는 너무나 화가 났지만 참았다. '그래, 집에서 못 하는 일이니 학교에서라도 해라'하는 마음으로 아이를 위로하고 집에서 더 사랑하고 가르쳤다. 결국 그 선생님은 몇 년의 세월이 흘러 파면이 되었다.

아마 요즈음 같아서는 당장 뛰어가서 선생님과 싸웠겠지만 교사가 다 그런 사람이 아니며 선생님에 대한 아이의 존경심이 사라질 것 같아 지혜롭게 이 일을 해결하고 싶었기 때문에 참을 수 있었다. 물론 교사가 다 훌륭하다고 볼 수는 없지만 그래도 묵묵히 자신의 자리를 지켜가며 아이를 지도하는 무명의 교사들이 많다고 확신한다. 물론 잘못하면 벌을 받아야 하지만 모든 교사들을 싸잡아 매도하는 것은 참으로 잘못된 일이라고 생각한다. 유치원에서 대학교까지 우리는 많은 선생님을 만난다. 때로는 교사를 잘못 만날 수도 있을 것이다. 그때는 부모의 지혜로 잘 이겨낼 수 있어야 한다. 부모 자신이 아이의 선생님을 우습게 본다면 아이도 선생님을 존경하지도 않고 우습게 볼 것이다. 그러면 과연 내 아이의 교육에 도움이 될까. 남을 배려하지 않으며 지나친 경쟁 심리와 성적 위주의 교육으로 치닫다 보면 과연 우리 사회는 어떤 모습이 될지 걱정이 된다.

어느 날 미국에 있는 외손자와 전화를 하다가 학교 생활에 대한 이야기를 듣고는 깜짝 놀랐다. 아이는 "할머니, 미국에서는 교육을 하고 한국에서는 공부를 해요"라는 것이었다. 나는 4학년 아이가 어떻게 그런 생각을 했는지 물어보았다. 손자는 "미국에서는 학교 공부 외에 봉사도 하고 스포츠도 많이 하고 토론도 하는 교육을 많이 하는데 한국에서는 학교 공부만 많이 시켜요"라는 게 아닌가. 내 손주는 한국에 있다가 2학년 때 미국으로 갔다. 거기서 3년 정도 학교에 다니다 보니 한국의 교육과 미국의 교육을 나름대로 비교를 한 것 같았다. 그리고 아이 엄마의 이야기를 들어보면 학교의 선생님의 권위는 절대적이라는 것이다. 학부모들도 학교의 규칙을 잘 따르고 교사와 언제나 상담을 하며 학부모들의 봉사활동도 적극적으로 이루어진다고 한다. 학부모의 참관수업이나 재능이 있는 학부모들의 재능기부도 많다고 한다. 학부모와 학교에 대한 신뢰가 매우 두터운 듯하였다. 교사를 존중하고 학교를 신뢰할 때 올바른 교육이 이루어진다.

09 ——

방치할 수 없는 역사 왜곡

내가 국회에 있을 때 고등학교 역사 교과서 문제로 여야 의원들끼리 많이 다투었다. 우리나라 건국 시점을 두고 민주당은 1919년 임시정부 시절 김구 선생을 이야기하고 보수인 새누리당은 1948년 대한민국 정부 수립일인 이승만 대통령 때라고 이야기하며 대한민국 건국일조차 의견이 달랐다. 고교 역사 교과서 출판사들의 해석과 정치인들의 주장이 각각 달랐기 때문이다. 역사는 사실을 그대로 알리되 학자에 따라서는 해석이 다를 수 있지만 절대 팩트를 왜곡해서는 안 된다고 나는 생각한다.

내가 초등학교에 다닐 때는 반공교육이 철저히 시행됐다. 해마다 웅변대회를 비롯하여 글짓기·그리기 대회, 표어 등 다양한 방법으로 공산당에 대한 경계심을 심어주는 교육이었다. 또한 간첩을 잡기 위한 정부의 노력은 대단하여 '반공을 국시의 제일로 삼고……'를 외우기도 하면서 철저하게 자유 대한민국을 수호하기 위한 노력이 펼쳐졌다. 그러나 김대중 정부 때부터 햇볕정책 등으로 북한과의 교류를 시작하면서 노무현 · 문재인 정부 들어서도 유화정책으로 젊은 사람들의 북한에 대한 사고와 가치관이 많이 퇴색되었다. 그리고 간첩을 잡기보다 민주화를 앞세워 많은 간첩이 활동해도 정부는 손을 놓고 있다. 지금도 북한은 핵으로 우리를 위협하고 있지만 문재인 정부는 전쟁 종식을 부르짖었다. 북한 주민들은 같은 동족으로 굶주림에 몸부림치고 있어도 좌파 성향의 사람들은 여기에는 눈감은 채 북한의 3대 세습정치를 묵인한다.

어릴 때 역사에 대한 교육이 평생을 가기 때문에 유아기 때부터 제대로 배워야 한다고 믿는다. 그래서 국회의원 시절 보좌관을 시켜 유아기, 초등학교 수준의 역사책들을 구입하여 역사 인식을 분석해보고는 깜짝 놀랐다. 예를 들어 6·25가 남침이 아니라 북침으로 일어났으며, 미국과 우방의 국가들이 전쟁을 도왔다는 이야기보다 미군이 들어와 우리나라에 농산물을 팔아 착취를 했다고 하는가 하면 북한을 정상국가로 인정하는 등 내가 알고 있는 역사와는 너무나 다른 게 아닌가. 아무리 나라에서 정식으로 검증된 책이 아니고, 저자들의 성향에 따라 역사 서술이 다를 수 있다 해도 이런 내용을 아이들에게 읽힐 수 있나 싶어 교육부 장관을 상대로 항의성 질의를 한 적이 있다.

내 손주가 초등학교 1학년 때 북한의 김정일이 사망하고 김정은 체제로 바뀌었다. TV 뉴스에서 매일 북한 소식을 전하는데 손주가 곁에 다가와 "할머니, 김정은이 왜 나쁜 사람이에요?"라고 묻는 게 아닌가. 나는 아차 하는 생각이 들어 아이가 이해하기 쉽게 설명을 해주었다. 그 뒤로는 TV에 김정은이 나오면 "할머니, 나쁜 사람 나왔어요"하는 모습을 보고 어릴 때부터 역사를 보는 눈을 어떻게 길러주느냐에 따라 성향이 달라지는 것을 다시 한 번 깨달았다.

내가 유치원을 운영할 때 김대중 정부가 들어선 후 유치원 교육과정의 사회생활 영역에 '북한하고 친하게 지내기'가 새로 삽입되어 유아들에게 북한말 가르치기도 하였다. 그리고 어느 유치원에서는 연구수업 주제로 북한과의 관계에 대한 수업을 실시한 적도 있었다. 나는 이것은 아니다 싶어 수업에 참가하지 않았다. 역사는 바르게 가르쳐야 한다. 정치권에는 북한 실정에는 눈 감은 채 걸핏하면 친일파 청산을 외치는 이들이 있다. 그런데 같은 동족이지만 언제나 총칼을 겨누는 동족을 우리는 이해할 수 있을까. 우리나라는 자유 민주주의 국가로서 그 정체성을 지켜야 하며 이를 위해서는 무엇보다 바른 역사 교육이 앞서야 한다고 생각한다.

10 ——

그래도 희망은 있다

정치가 아무리 잘못하고 있어도 우리 국민은 예부터 수많은 고생과 희생을 하면서도 은근과 끈기로 이 나라를 지켜 나왔다.

정치가 이 나라를 멍들게 해서 '헬조선'이니 '이생망(이번 생에는 망했다)'이니 해도 우리 민초들은 꿋꿋이 역경을 이겨내고 작지만 큰 나라를 일궈냈다. 일제에서 해방이 되고도 한국전쟁으로 폐허가 되었지만 오늘날 우리는 74년 만에 국민소득 3만 달러 시대에 진입해 세계 10위권의 경제대국 위치에 올랐다. 아프리카나 남미 등 먼 나라에서도 우리의 상표가 붙은 가전제품, 자동차를 볼 수 있다. 가발과 섬유제품이나 수출하던 나라에서 첨단 반도체를 만들고, 로켓을 쏘아올리는 위업을 자랑할 정도다.

뿐인가. 피아니스트 임윤찬은 '클래식의 오스카'라 불리는 '그

라모폰 클래식뮤직 어워즈'의 피아노 부문 음반상을 받았다. 소설가 한강은 노벨 문학상을 받아 우리나라의 문학적 위상을 높였다. 대중예술 부문의 성취도 눈부시다. 칸 영화제의 수상은 이제 큰 뉴스가 되지 않을 정도이며 봉준호 감독은 영화 '기생충'으로 아카데미상 작품상을 받았다. 가수 싸이의 '강남스타일'이나 최근의 로제의 '아파트'에는 세계 젊은이들이 열광했다. 세계적인 팬덤을 형성한 BTS 는 말할 것도 없다. 체육은 또 어떤가. 2002년 월드컵 축구 4강, 베이징 올림픽에서의 야구 금메달 수상이 온 국민을 감동시켰는가 하면 피겨스케이트 김연아 선수의 금메달, 축구선수 손흥민의 영국 프로리그 득점왕 소식은 예전에는 상상도 할 수 없는 쾌거였다.

이처럼 대한민국은 경제·문화·체육 등 다방면에서 구미 선진국과 어깨를 나란히 하고 있다. 'K-팝' 'K-푸드' 'K-뷰티'하는 식으로 한국의 문화가 세계를 리드하는 위치에까지 오른 느낌이다. 물론 이것은 정치인들이 정치를 잘해서가 아니다. 우리 국민의 저력이, 민초들의 힘이 바탕이 된 것이다.

예를 들면 시의원 시절 지역구에 나가보면 연말이면 어려운 독거노인과 불우이웃을 돕기 위해 부녀회에서 김장을 하는 모습이 보였다. 이를 보면서 나는 더 올바른 정치를 해야겠다고 마음을 다잡기도 하였다. 사회 곳곳에서 그래도 정이 있고 마음이 따뜻한 국민이 많았기에 그나마 이 나라가 발전하고 있다고 생각한다.

요즘 유튜브에서 우리나라에 온 외국인들이, 카페에 휴대폰이나 노트북을 놔두고 자리를 비우거나 지하철 등에서 줄을 서고, 노약자에게 자리를 양보하는 모습을 보고 혀를 내두르는 장면을 자주 볼 수 있다. 경제뿐만 아니라 우리 국민의 품격이 궤도에 오른 증표라 할 수 있다. 때로는 대형 사고도 일어나고, '묻지 마' 범죄를 저지르는 파렴치한들이 있기는 하지만 이는 소수다. 그리고 이런 일들이 벌어지면 온 사회가 반성하고 경계하며 스스로 고쳐 나가는 능력을 보이고 있다.

한마디로 제2차 세계대전 이후 독립한 나라 중 원조를 받던 처지에서 이제 아프리카의 빈곤국가나 대지진 등 재난을 겪는 나라에 흔쾌히 원조하는 나라가 우리 말고 또 있는가. 우리는 단순한 경제대국이 아니다. 앞에서 이야기했듯이 이제 문화선진국으로 나아가고 있다. 그 중심에 우리가 있다.

이제 우리 모두 마음과 힘을 모아 세계에서 우뚝 서는 그날을 기대해 본다. 미래의 자손들에게 훌륭한 유산을 물려주기 위해 분발해야 하지 않겠는가.

어떤 자리냐가 아니라

무엇을 어떻게 하느냐가 더 중요하다

이 글은 제 자신과 손주들을 비롯한 가족 그리고 저를 아는 모든 분들에게 드리는 일종의 다짐입니다. 제가 어떤 길을, 무슨 생각으로 어떻게 걸어왔는지 알리고, 앞으로도 흔들리지 않고 제가 옳다고 생각하는 일, 저를 필요로 하는 곳에서, 모두가 조금이라도 행복해지는 데 나름의 힘을 보태겠다는 뜻을 담아 지난날을 되돌아보았습니다. 감사합니다.

길이 없으면 만들어서 간다

1판 1쇄 2025년 1월 20일

지 은 이 현영희

발 행 인 주정관
발 행 처 더좋은책
주　　소 서울특별시 영등포구 양산로91
리드원센터 1303호
대표전화 02-332-5281
팩시밀리 02-332-5283
출판등록 2011년 11월 25일(제2020-000287호)
홈페이지 www.ebookstory.co.kr
이 메 일 bookstory@naver.com

ISBN 978-89-98015-56-5 03810